BUFFY & ANGEL – Die Geheime Geschichte

DER LANGE WEG ZURÜCK

Nancy Holder und Jeff Mariotte

Buffy & Angel

Die Geheime Geschichte

Drittes Buch

Der lange Weg zurück

Aus dem Amerikanischen
von Antje Görnig

vgs

Die Deutsche Bibliothek – CIP-Einheitsaufnahme

Holder, Nancy: Buffy und Angel : die geheime Geschichte /
Nancy Holder & Jeff Mariotte.
Aus dem Amerikan. von Antje Görnig. – Köln : vgs
Die geheime Geschichte Buch 3. Der lange Weg zurück. – 2001
ISBN 3-8025-2875-1

Das Buch »Buffy & Angel – Die Geheime Geschichte. Drittes Buch. Der lange Weg zurück« entstand nach der gleichnamigen Fernsehserie (Orig.: *Buffy, The Vampire Slayer)* von Joss Whedon und (orig.: *Angel*) von Joss Whedon & David Greenwalt, ausgestrahlt bei ProSieben.

Erstveröffentlichung bei Pocket Books, New York 2001.
Titel der amerikanischen Originalausgabe:
Buffy & Angel. Unseen. Long Way Home.

Lektorat: Dorit Esser
Produktion: Wolfgang Arntz
Umschlaggestaltung: Sens, Köln
Titelfoto: © Twentieth Century Fox Film Corporation 2001
Satz: Kalle Giese, Overath
Druck: Clausen & Bosse, Leck
Printed in Germany
ISBN 3-8025-2875-1

Besuchen Sie unsere Homepage im WWW:
http://www.vgs.de

PROLOG

In Sunnydale gab es so manches, was es eigentlich nicht geben sollte. Monster zum Beispiel. Oder Vampire. Oder die unglaubliche Zahl von zwölf Friedhöfen innerhalb des Stadtgebiets.

Dennoch gab es das alles.

Sunnydale lag direkt am Höllenschlund, und in einer besseren Welt wäre diese Hochburg des Chaos', der Zerstörung und des Wahnsinns gar nicht auf der Landkarte verzeichnet. Es gäbe sie ganz einfach nicht. Nirgendwo. Und niemand würde sie vermissen.

Aber es gab nun mal keine bessere Welt. Und ausgerechnet die Person, die eigentlich in Sunnydale sein sollte, war weg: Buffy, die Jägerin.

Gerade hatte sie noch im Wohnzimmer von Rupert Giles gestanden, die Schultern gestrafft und tief durchgeatmet, während Tara ihr Ritual beendete. Dann war Buffy auf den schimmernden goldenen Kreis, der im Raum wie verirrtes Sonnenlicht schwebte, zugegangen – und im nächsten Augenblick war sie auch schon verschwunden.

Xander Harris fehlten die Worte. Es war tatsächlich eingetreten, was sie mit den Kerzen, mit Taras endlosen monotonen Beschwörungen, Buffys Visualisierungen und all dem Zauber versucht hatten zu erreichen. Natürlich hatte er mit seinen Freunden schon viel Merkwürdiges gesehen und erlebt; Dinge, die er hoffentlich nie wieder erleben musste.

Aber trotzdem war es ganz schön gruselig gewesen, wie Buffy in diesen Kreis getreten war. Sie hatte die Hand gehoben und an etwas Unsichtbarem gedreht, als öffne sie eine Tür. Xander fröstelte es unwillkürlich. Seine Freundin Anya legte ihm liebevoll die Hand auf die Schulter.

»Ist dir kalt?«, fragte sie.

Wortlos schüttelte Xander den Kopf. Ein sanfter warmer Wind war durch das magische Tor ins Zimmer geweht und brachte eine Vielzahl von Düften mit sich. Es roch nach Zimt, Rosen, Schokolade und vielleicht nach frisch gemähtem Gras – ähnlich wie der Tee, den Tara im Bronze zu bestellen pflegte; bei diesem Tee musste Xander immer an Kompost in Tütchen denken.

Wie aus weiter Ferne erklang das Läuten einer Glocke; einzelne Schläge in großen Abständen, etwa alle zwanzig Sekunden. Nach einer Weile wurde es leiser und auch der Wind erstarb. Xander sah sich um: Giles, Riley, Joyce, Spike, Tara und Anya blickten gebannt auf den Kreis, den Buffy betreten hatte. Ihre entrückten Gesichter verrieten, dass auch sie das Läuten wahrgenommen hatten.

Laut Plan sollte Buffy Angel auf der anderen Seite des Portals treffen – wo auch immer das sein mochte –, mit ihm gemeinsam die Jugendlichen retten, die aus Los Angeles verschwunden waren, und dann den Zugang versperren, durch den die Monster nach Sunnydale strömten. Auf ihrer Reise sollten die beiden von den drei Hexen – Willow, Tara und Doña Pilar, einer alten Frau aus Los Angeles – geführt werden; auch ein russisches Mädchen namens Alina, das keiner der Anwesenden bisher kennen gelernt hatte, sollte dabei sein.

Hey, alles ganz selbstverständlich!

Jedenfalls lautete so der Plan. Xander konnte nur hoffen, dass der Plan den Anforderungen auch standhalten würde. Hoffentlich wusste dieses russische Mädchen mit der verrückten Maschine, was es tat, und hoffentlich waren Willow, Tara und Doña Pilar auch so versierte Hexen, wie sie zu glauben schienen. Eigentlich mussten dann Buffy und Angel nur noch alles und jeden besiegen, der auf der anderen Seite des Portals lauerte, dort in Monsterville ... Natürlich waren die Jägerin und ihr Vampir-Ex gut – auf dieser Seite der Realität waren sie sogar die Besten. Aber wer wusste schon, was auf der anderen Seite für Regeln galten? Vielleicht handelte es sich bei den Einheimischen hinter diesem Portal um Kreaturen, die Jägerinnen zum Frühstück verspeisten und sich dann mit Blut die Zähne putzten.

Schließlich ergriff Giles das Wort und brach damit den Bann. »Nun, das war's dann also«, sagte er. »Ich ... Ich bin überzeugt, es geht ihr gut und sie wird in kürzester Zeit wieder bei uns sein.«

»Hoffentlich!« Buffys Freund Riley sah sich um. »Mir gefällt es gar nicht, Buffy diese Sache aufzubürden.«

»Wissen wir doch, Riley«, tröstete ihn Anya. »Das gefällt keinem von uns, aber sie ist nun mal die Jägerin, nicht wahr? Sie macht die Regeln. Wir sind ja nur ihre Jagdgehilfen.« Sie lächelte. »Ha! Ich bin eine Jagdgehilfin!«

»Spike?«, rief Joyce plötzlich und Xander sah auf. Der Vampir war ganz dicht an den goldenen Kreis getreten. Es sah aus, als stehe er vor einem Fernseher, der ausgeschaltet wurde, und als starre er dem Bild hinterher, das sich zu einem kleinen Lichtpunkt auf der Mattscheibe verkleinerte, um schließlich ganz zu verschwinden. Buffys Mutter Joyce fasste ihn an der Schulter. »Gehen Sie nicht zu dicht dran, mein Lieber«, warnte sie ihn.

Aber Spike schüttelte ihre Hand ab. »Scheiß drauf!«, knurrte er wütend. »Ich gehe rein.«

Und schon drang er in den verblassenden Kreis vor und war verschwunden, bevor irgendjemand noch etwas sagen konnte.

»Wow!«, rief Anya. »Das war aber nicht geplant!«

In diesem Augenblick fiel Tara keuchend auf die Knie. Stöhnend sagte sie: »Er war nicht vorbereitet und ich ebenso wenig.«

»Tara?« Giles kam besorgt näher und kniete sich neben sie. Begütigend strich er ihr über den Rücken. »Alles in Ordnung mit dir?«

»Ich ... Ich weiß nicht«, antwortete Tara und zog eine Grimasse. Dann strich sie sich das Haar aus der Stirn. »Die ganze Zeremonie sollte Buffy und Angel beim Überschreiten des Portals helfen und während ihres Aufenthalts auf der anderen Seite beschützen. Als Spike einfach so in das Licht gesprungen ist, wurde meine Verbindung zu Willow und Doña Pilar unterbrochen und das ... das hat richtig wehgetan.«

»Wieder mal ganz toll, Spike!«, bemerkte Xander missbilligend.

»Aber es geht ihm doch gut?«, platzte Anya heraus und sah Tara, dann Giles und ihren Freund Xander mit großen Augen an.

Sie schien wirklich besorgt zu sein und das ärgerte Xander. Anya und Spike hatten vieles miteinander gemein, und schon einige Male war der Eindruck entstanden, sie könnte versucht sein, etwas mit dem Vampir anzufangen. Xander musste sich eingestehen, dass er tatsächlich eifersüchtig war. Aber das bedeutete im Grunde wohl nur, dass er sie liebte.

»Oder?«, hakte Anya mit einem Anflug von Verzweiflung in der Stimme nach, als niemand reagierte.

»Ich ... Ich bin sicher, es geht ihm gut«, stammelte Giles, während er mit Riley Tara auf die Beine half. Willows Freundin schien fürchterliche Schmerzen zu haben.

Xander fragte sich, was ohne den telepathischen Kontakt mit Buffy und Angel geschehen würde. Waren sie nun verloren?

Anya ließ sich auf die Couch fallen und schlug die Beine übereinander. Stirnrunzelnd fragte sie: »Okay, und was jetzt?«

Wie zum Schutz schlang Tara die Arme um sich. »Ich weiß nicht«, wiederholte sie und schüttelte den Kopf. »Ich weiß es nicht. Das ist ja alles Neuland. Für uns alle. Schließlich probieren wir das zum ersten Mal aus.« Sie wiegte sich vor und zurück. »Ich fühle mich innerlich ganz krank. Mir ist so schwindelig.«

Riley ging in die Küche, um ein Glas Wasser zu holen. Als er es Tara reichte, schüttelte sie nur den Kopf, aber er hielt ihr unbeirrt das Glas entgegen und nickte ihr aufmunternd zu. Mit zitternder Hand nahm sie das Glas und leerte es in einem Zug, als wäre sie vierzig Tage in der Wüste gewesen.

Xander starrte gebannt auf den schimmernden goldenen Kreis. In diesem Augenblick sah er in ihm nur eine der vielen Masken, die der Höllenschlund trug, um die Jägerin anzulocken und in den Tod zu führen.

»Mach, dass Buffy nichts geschieht«, betete Xander tonlos, obwohl ihm das Beten ansonsten eher schwer fiel. »Hoffentlich kommt sie zu uns zurück!«

Er legte seinen Arm um Anya und sie lehnte mit einem Stoßseufzer den Kopf an seine Schulter.

»Wäre ich noch im Besitz meiner alten Fähigkeiten, könnte ich das ganz leicht in Ordnung bringen«, sagte sie. Nachdenklich betrachtete sie Tara, die mit geschlossenen Augen dasaß und ihren Kopf auf die Sofakissen legte. Der Hexe stand der Schweiß auf der Stirn. »Aber vielleicht bin ich so doch besser dran.«

Riley brachte das leere Glas in die Küche zurück. Buffys treuer Soldat war stinksauer – auf wen, konnte man nur raten, aber Xander wettete, er war vor allem sauer auf sich selbst. Er machte sich vermutlich Vorwürfe, dass Spike so unvorhersehbar hatte aus der Reihe treten können, wo er doch in seiner Selbstsucht so berechenbar war. Wahrscheinlich warf Riley sich auch vor, Buffy gehen gelassen zu haben. Als könnte ihr irgendjemand vorschreiben, was sie zu tun oder zu lassen hatte! Und ganz bestimmt warf er sich vor, nicht gleich hinter Spike hergestürmt zu sein, obwohl er es im Grunde sicherlich besser wusste.

Riley war eben bis über beide Ohren verliebt, dachte Xander. Und obendrein war er einfach ein netter Kerl.

Xander dachte betrübt daran, wie ihm Riley kürzlich anvertraut hatte, dass er überzeugt sei, Buffy liebe ihn nicht richtig. Xander war schockiert gewesen. Auch seine Liebe hatte die Jägerin einst abgewiesen, aber da war es um den Tanz in den Mai gegangen, und dann hatte sie mit Angel geschlafen.

Okay, er war damals ein echter Zombie gewesen, ein gesellschaftlicher Außenseiter und eine Spur zu pummelig. Buffy war damals die Neue aus Los Angeles gewesen. Aber Riley war ein gut aussehender, gestandener Soldat, der Manns genug war, einen Nuklearangriff auf Kamtschatka zu befehlen oder etwas in dieser Art. Es war doch gar nicht möglich, dass sie ihn nicht liebte.

Höchstens in einem anderen Universum, dachte Xander und hoffte inniglich, es möge Buffy gut gehen, wo auch immer sie sich gerade aufhielt ...

1.

Buffy trat durch die Tür, die sie visualisiert hatte, und überschritt eine Schwelle. Aber das war auch schon alles, was man normal nennen konnte. Auf der anderen Seite sah es ganz anders aus, als sie erwartet hatte – allerdings musste sie sich der Ehrlichkeit halber eingestehen, dass sie wohl am ehesten erwartet hatte, immer noch in Giles' Wohnzimmer zu stehen und zu Tara zu sagen: »Hab ich doch gleich gesagt, dass es nicht funktioniert!« So gesehen war so ziemlich alles, was sich vor ihren Augen auftat, eine Überraschung.

Und mehr als das: Vor ihr breitete sich eine irreale Märchenlandschaft aus, wie es sie in dieser Form sicherlich nirgendwo auf der Erde gab. In der Ferne thronte ein Schloss auf einem grünen Hügel. Die Mauern und Türme waren blaugrau und an den Turmspitzen flatterten pinkfarbene Wimpel. Auf der Ebene, die zwischen Buffy und dem Schloss lag, standen Baumgruppen; eine Art Wald, abgesehen davon, dass es im Wald normalerweise auch Unterholz und Dornen gab. Hier jedoch wuchs zwischen den hohen kräftigen Bäumen ein Teppich aus saftigem grünem Gras, der jede Menge Platz zum Spazierengehen oder Picknicken bot.

Das Schloss stand auf dem höchsten der Hügel, die sich hinter dem Wald erhoben. In weiter Ferne waren schneebedeckte Gipfel zu erkennen, ein wenig zu unecht und wie mit Puderzucker bestäubt. Über dem ganzen Panorama leuchtete eine vollkommene gelbe Sonne an einem strahlend blauen Himmel. Alles in allem eine entzückende Idylle.

Dann war da allerdings noch ein Drache.

Im Gegensatz zu der idyllischen Landschaft, die zu traumhaft war, um echt zu sein, gleichzeitig zu real für einen Traum, machte dieses Ungetüm einen wirklich erschreckenden Eindruck. Mit seiner meergrünen Gestalt erinnerte der Drache entfernt an einen Leguan – einen Leguan in der Größe des Sunnydaler Kinos. Er hatte mannshohe messerscharfe Zähne, einen stacheligen Schwanz und ledrige Fledermausflügel. Die Bestie richtete ihre roten wachen Augen auf Buffy, schüttelte einige Male den Kopf und stieß eine Wolke übelriechenden Atems aus.

Bei diesem Gestank hat es das Vieh gar nicht nötig, Feuer zu spucken, dachte Buffy und hielt sich im Geist die Nase zu.

Der Drache beäugte sie mit Interesse. Falls er vorhatte, sie zum Mittagessen zu verputzen, wusste sie nicht so recht, was sie tun konnte, um es ihm auszureden. Es kam ihr in den Sinn wegzulaufen, aber das verwarf sie sofort wieder. Das würde nicht viel nützen, denn mit seinen langen kräftigen Beinen konnte das Untier sicherlich schneller laufen als sie – außerdem kannte sie sich in dieser Gegend nicht aus.

Sicherheitshalber warf sie rasch einen Blick über die Schulter.

Vierzig Meter Rasen und dann nichts mehr.

Die Wiese endete abrupt an einem vermutlich sehr steilen Abhang und dahinter erstreckte sich bis zum Horizont das verschwommene Blau des Meeres. Buffy vermutete, dass sie sich oben auf einer Klippe befand, die steil zum Meer hin abfiel, aber um sich Gewissheit zu verschaffen, hätte sie bis an die Kante vorrücken müssen. Dazu hatte sie jedoch angesichts des hungrig dreinblickenden Drachen in ihrem Rücken keine große Lust.

»Hallo!«, begrüßte sie das Monster; es war ja nicht von vornherein auszuschließen, dass es sprechen konnte. »Buffy Summers. Jägerin. Hast du irgendwo einen Typen im schwarzen Ledermantel gesehen, mit kurzem braunem Haar und dunklen Augen?«

Der Drache senkte seinen Kopf und schlug die Vorderklauen in den Grasboden.

»Also nicht. Hab ich mir schon gedacht«, fuhr Buffy fort. »Ich sollte mich nämlich hier mit ihm treffen, aber ich kann ihn nirgends entdecken.«

Der Drache schnaubte erneut und Buffy schüttelte sich vor Ekel. Sie hatte schon Vampire in Abwasserkanälen gejagt, selbst dort hatte es besser gerochen. Eigentlich konnte sie sich an keine Kloake erinnern, die schlimmer gerochen hatte als der Atem dieses Drachen.

Außerdem bewegte er sich so ...

Wie ein Stier, fand Buffy, der sich für den Angriff bereitmacht ...

In diesem Augenblick griff er sie auch schon an, mit weit aufgerissenem Maul, und seine gefährlichen Zähne glänzten feucht im Sonnenlicht.

Das Ganze kam Buffy verdächtig einfach vor. Wenn er auf sie zuraste, würde sie ausweichen, er würde nicht anhalten können und dann hieß es auch schon Bye-bye und der Drache ging über die Klippen!

Sie wich nicht von der Stelle, sah ihm in die roten Augen, schätzte seine Geschwindigkeit ab und behielt dabei seinen Schwanz und die Klauen genauestens im Auge – falls er vorhatte, mit dem einen oder anderen auszuschlagen. Erst als er praktisch schon auf ihren Zehenspitzen stand, flitzte sie los und stürzte sich in den vor ihr liegenden Wald. Wie erwartet versuchte der Drache zu bremsen. Die Vorderbeine gruben sich in den Boden und die Hinterbeine blockierten. Erdklumpen flogen durch die Luft.

Da er zu viel Schwung drauf hatte, schleuderte und schlidderte er in einer Dreivierteldrehung auf den Abgrund zu und stürzte über den Rand. Wie tief er fiel, konnte Buffy nicht sehen; vielleicht waren es hundertfünfzig Meter, vielleicht aber auch nur ein paar Zentimeter.

Aber als er aufschlug, ertönte ein drachenmäßiges Heulen; alle Sirenen der Welt gingen auf einmal los, es klingelte Buffy regelrecht in den Ohren. Ihr tat der Drache fast leid. Wahrscheinlich handelte er aus purem Instinkt. Mit seinem Spatzenhirn hatte er sie als Bedrohung eingestuft und attackiert und sie hatte ihn austricksen können, ohne ins Schwitzen zu geraten. Sie ging auf den Klippenrand zu um zu überprüfen, wie tief der Drache abgestürzt war und ob er wirklich verschwunden war.

Da hörte sie donnernde Flügelschläge in der Luft.

Das Biest konnte also fliegen.

In diesem Augenblick kam Buffy zu dem Schluss, dass Weglaufen letztendlich doch das Beste war.

Da kein anderes Ziel in Sicht war, rannte sie auf das Schloss zu. Ihre Jägerinnenkräfte durchströmten sie und mit großen, leichtfüßigen Schritten lief sie schneller als der aktuelle Sprint-Weltmeister. Aber da hörte sie, wie hinter ihr das Geräusch der Flügelschläge lauter wurde und wusste, der Drache hatte sich über die Klippe aufgeschwungen. Sie riskierte einen Blick über die Schulter und sah, wie er sich seinen gummiartigen Hals nach ihr verrenkte, seinen Körper ganz lang und schmal machte, um den Luftwiderstand zu verringern. Er kam direkt hinter ihr her.

Buffy lief noch ein paar Meter weiter und blieb dann stehen. Sie wollte nicht hinterrücks angegriffen werden. Sie drehte sich um, stemmte die Hände in die Hüften, schöpfte Atem und suchte nach einem neuen Plan, während sie auf den Drachen wartete.

Aber ihr fiel absolut nichts ein. Und da kam das Monster auch schon näher; der Speichel in seinem offenen Maul glitzerte.

Buffy kam sich vor wie eine Krabbe auf dem Vorspeisenteller. Mit dem Unterschied, dass sie noch lebte.

Sie blieb ruhig stehen und wartete ab. Der heiße Atem des Drachen strich bereits über sie hinweg, aber immer noch wich sie nicht von der Stelle, denn es machte keinen Sinn, vor ihm wegzulaufen. Je näher er kam, desto größer wurde sein Kopf, der die Größe eines Busses erreichte, als der Drache direkt über ihr war. Als Buffy bereits das rosafarbene ausgefranste Zahnfleisch und die spitze blaue Zunge erkennen konnte, bewegte sie sich endlich.

Sie warf sich flach ins Gras und schon fegte der Unterkiefer des Drachen knapp über sie hinweg. Sie trat mit beiden Beinen nach oben aus, so fest sie konnte, mitten in seinen riesigen Kiefer. Sie hörte die Zähne aufeinander schlagen und hatte das Gefühl, unter ihren Füßen krachten Knochen. Der Drache geriet ins Taumeln und stieg dann höher, als wolle er einem weiteren Angriff auszuweichen.

Aber er flog lediglich mit bemerkenswerter Wendigkeit eine Kehre und kam mit weit geöffnetem Maul, aus dem Blut und Speichel tropften, im Sturzflug auf Buffy zu. Sie wartete, bis er nah genug war – so nah, dass er hoffentlich nicht mehr manövrieren konnte – und warf sich dann zur Seite. Aber er drehte den Kopf, klappte den riesigen Kiefer zu und streifte ihr ausgestrecktes Bein dabei mit einem seiner spitzen Zähne. Der stach ihr durch die schwarze Lederhose bis ins Fleisch.

Buffy rollte sich aus der Reichweite des Drachen und setzte sich auf, um die Verletzung zu begutachten: eine lange Platzwunde am Oberschenkel, aus der das Blut hinunter zur Wade strömte.

Aber sie hatte keine Zeit, sich darum zu kümmern, denn der Drache war bereits gelandet und streckte seine Schnauze nach ihr aus. Bevor er das Maul erneut aufreißen konnte, stürzte sie sich auf ihn, setzte ihre Hände auf der Schnauze auf und katapultierte sich auf seinen Hals. Rasch drehte sie sich um und klammerte sich mit den Beinen fest, als säße sie auf dem Rücken eines Pferdes. Der Drache schüttelte heftig den Kopf und versuchte sie loszuwerden, aber sie krallte sich mit beiden Händen in sein schuppiges Fleisch. Das Untier warf den Kopf zurück, es wollte sie auf seinem Rücken zerquetschen, aber dazu war es nicht beweglich genug. Es krümmte sich und knurrte und schnappte. Buffy hielt sich mit eisernem Griff, grub Hände und Beine in den Hals des Feindes und überstand alle seine Versuche, sie abzuschütteln.

Schließlich flog er los.

Er schlug ein paar Mal mit den riesigen Flügeln, die sich zu einer Spannweite von mindestens neun Metern auseinander falteten, stieß sich mit seinen kräftigen Beinen ab – und dann war er auch schon in der Luft.

Das gefiel Buffy nicht. Ganz und gar nicht.

Sie gewannen rasch an Höhe und befanden sich innerhalb weniger Augenblicke weit über den Baumkronen. Beim Anblick der Landschaft, die unter ihr in der Tiefe so schnell dahinglitt, wurde Buffy ganz schwindelig. Der Drache machte das Ganze noch schlimmer, indem er in Schräglage eine Kurve flog, bei der einem nur speiübel werden konnte. Buffy drohte den Halt zu verlieren, denn ihre Handflächen schwitzten und ein Bein war blutverschmiert. Wenn der Drache so weitermachte, konnte es nicht mehr lange dauern, bis sie herunterfiel.

Vom Rücken eines Drachen aus großer Höhe in Bäume zu stürzen – so hatte sich Buffy ihren Tod nicht vorgestellt und sie hatte sich im Laufe der Jahre manche Todesart ausgemalt.

Bevor es jedoch so weit kam, richtete sich der Drache wieder gerade in der Luft aus. Die Jägerin rutschte zurück in die Kuhle zwischen Hals und Schultern.

Bei der ganzen Schaukelei war ihr eine Idee gekommen. Das Problem war nur, sie wusste nicht, wie sie die Idee in die Tat umsetzen sollte.

Und das zweite Problem war, dass sie sich vielleicht selbst umbrachte, wenn sie es versuchte.

Aber vor die Wahl gestellt, direkt zu sterben oder wenigstens zu versuchen, den Drachen zu töten, fiel Buffy die Entscheidung leicht. Dann wollte sie ihn doch lieber mit in den Tod nehmen.

Also machte sie ihren ersten Zug.

Es kostete sie einige Überwindung, mit der rechten Hand den Drachenhals loszulassen. Ihre Finger hinterließen einen Abdruck im grünen Fleisch, was sie irgendwie ermutigend fand. Hoffentlich hatte sie ihm wenigstens ein bisschen wehgetan, wenn er schon so offensichtlich scharf darauf war, sie zu töten. Rasch erhob sie sich aus dem Sitz, beugte sich vor und griff nach dem rechten Ohr des Monsters. Mit aller Kraft zog sie daran. Der Drache stieß ein Brüllen aus, das seinen ganzen Körper durchschüttelte, und sackte um einige Meter ab. Buffy spürte, wie sich ihr Magen zusammenschnürte.

Aber sie ließ sich nicht beirren und griff nun mit der anderen Hand nach dem linken Ohr der Bestie. Sie zog aus Leibeskräften daran.

Der Drache brüllte und schüttelte den Kopf wie ein nasser Hund. Fast hätte er die Jägerin heruntergeschleudert, aber sie konnte sich irgendwie noch halten.

Wieder sackte das Ungetüm einige Meter ab, denn es versuchte, mit den Flügeln nach seiner Reiterin zu schlagen, statt sie zum Fliegen zu verwenden.

Buffy ließ wieder mit der rechten Hand los und beugte sich vor. Diesmal musste sie auch die Beine vom Hals ihres Widersachers lösen und sich ganz auf die Stärke ihrer linken Hand verlassen. Sie wollte weit nach vorne gelangen. Und sie schaffte es, ballte die freie Hand zur Faust und schlug dem Drachen ins rechte Auge.

Das Monster kreischte vor Schmerz, kippte nach links und trudelte im freien Fall gen Boden.

Buffy hielt sich zwar rasch wieder mit beiden Händen fest und klammerte die Beine um den Hals des Drachen, aber sie spürte, wie die Zentrifugalkraft und der heftige Wind sich miteinander verschworen, um sie loszureißen. Jeder einzelne Muskel ihres Körpers schrie vor Schmerz. Bis zu einem solchen Ausmaß hatte sie ihre Jägerinnenkräfte noch nie gefordert. Wenn sie losließ, bedeutete das den sicheren Tod.

Die Welt wirbelte wie verrückt auf sie zu, immer schneller und schneller. Aus den Augenwinkeln erhaschte sie einen Blick auf die Wiese und die Bäume in der Tiefe. Eines musste sie noch tun. Sie ignorierte alles, was der Verstand ihr mahnend zurief, und zwang sich, noch einmal loszulassen, um ein weiteres Mal das Auge zu attackieren. Der Drachenkopf scheute diesmal zwar vor dem Angriff zurück, was aber zur Folge hatte, dass sie beide weiter in Schwindel erregender Geschwindigkeit nach unten wirbelten.

Der schwere Körper nahm direkten Kurs auf die Baumkronen. Als das Untier plötzlich zu begreifen schien, was geschah, bäumte es sich auf und begann, heftig mit den Flügeln zu schlagen. Für einen kurzen Moment schien sich der freie Fall zu verlangsamen. Aber nur für einen Moment – und dann war es auch schon zu spät für weitere Maßnahmen.

Im Augenblick des Aufpralls ließ Buffy los und rollte sich bei ihrer Bruchlandung durch die Baumkronen so fest wie möglich zusammen.

Trotz der laut krachenden brechenden Ästen und der Schmerzen, die ihr dutzende Zweige verursachten, bekam sie den explosiven Aufschlag des Drachen mit. Als sie schließlich aus unzähligen Schürfwunden blutend auf dem Boden aufschlug, nahm es ihr für einen Augenblick die Luft. Aber sie hielt die Augen offen, denn sie wollte um keinen Preis, dass der Drache auf ihr landete.

Diese Gefahr war nicht besonders groß. Das Monster war tausend Kilo schwerer als sie und die Äste teilten sich unter seinem Gewicht wie Wasser, die Baumstämme hingegen nicht: Der Drache hing zehn Meter über ihr auf mehreren geraden, dicken Stämmen aufgespießt fest. Tot war er noch nicht, aber viel fehlte nicht mehr. Sein Blut floss die Baumrinde hinunter wie ein Sturzbach. Er machte fruchtlose Versuche zu treten, seine Flügel zuckten. Wieder verspürte Buffy fast Mitleid, aber als sie versuchte aufzustehen, erinnerte sie ihr schmerzendes Bein daran, dass es wirklich darum gegangen war zu töten oder getötet zu werden, und sie hatte getan, was sie für ihr eigenes Überleben tun musste.

Ich wette, das war der größte Pflock meiner ganzen Karriere!, schoss es ihr durch den Kopf.

Sie blickte hinüber zu dem Schloss in der Ferne. Aus den Augenwinkeln bemerkte sie eine Veränderung und wirbelte herum. Und das aufgespießte Monster veränderte sich tatsächlich: Der ganze Körper begann zu schimmern, als verflüssige er sich, dann schrumpfte er allmählich.

Diese Spezies zerfällt also nach dem Pfählen nicht zu Staub, dachte Buffy, aber immerhin wurde aus der Mega-Familienpackung eine Probepackung.

Allerdings schrumpfte der Drache nicht nur, er veränderte auch seine Form. Der Hals wurde kürzer, die Flügel verschwanden, die Beine wurden länger ... Und als die Verwandlung abgeschlossen war, erkannte Buffy ganz deutlich eine Gestalt.

Aus dem Untier war ein Mann geworden. Zwar einer, der auf einen Baumstamm aufgespießt war, aber zweifelsfrei ein Mann. Er war nackt, wie es der Drache gewesen war – zugegebenermaßen war aber auch nicht viel von ihm übrig, über das man Kleider hätte hängen können.

Am schlimmsten aber war, dass er noch lebte. Er hatte bestimmt große Schmerzen, aber er war nicht tot.

Noch nicht.

Buffy rannte auf ihn zu, um ihm zu helfen. Sie arbeitete sich durch das stoppelige Dickicht. Die neuen Kratzer und Schnitte von den Ästen, die sie peitschten und stachen, ignorierte sie.

Vielleicht war er ein verzauberter Prinz oder so etwas, dachte Buffy. Das würde auch zu der Märchenwelt passen, in der sie sich befand.

Dass Märchen aus alten, finsteren Zeiten stammten, war Buffy klar, aber sie hatte vom wahren Ausmaß der Finsternis keine Ahnung gehabt, bis sie den auf dem Baumstamm aufgespießten Mann sah, der sich vor Schmerzen krümmte.

»Halt aus!«, rief sie, stemmte einen schweren Ast in die Höhe. Während sie sich näher heran arbeitete, konnte sie sein Blut riechen – dazu brauchte es keine besondere Vampirbegabung; es war einfach zu viel Blut. Viel zu viel.

Dann brach der Stamm plötzlich und der Mann stürzte zu Boden. Mit einem abscheulich nassen Platscher landete er ungefähr drei Meter vor Buffy.

Und als wäre das alles nicht schon schlimm genug, ergriff der Mann das Wort.

»V-vielen Dank«, ächzte er mit einem merkwürdigen Akzent. Buffy kniete sich neben ihn.

»Mir?«, erwiderte sie ohne nachzudenken. »Du dankst mir? Ich habe gerade Hackfleisch aus dir gemacht!«

»Du hast mich befreit«, stöhnte der Mann und wand sich vor Schmerzen. »Von dem Fluch.«

Ein Fluch, natürlich!, dachte Buffy. Was sonst!

»Ist das hier denn besser?«, fragte sie.

Er hustete und seine Kräfte schwanden zusehends. »Aber ... du bist noch nicht fertig«, flüsterte er. »Sie wartet im Turm. Sie braucht deine Hilfe.«

»Sie kann warten«, entgegnete Buffy. Wer auch immer sie sein mochte, dachte sie.

Der Mann wurde wieder von einem quälenden Husten geschüttelt, der ihn vollends zu erschöpfen schien. Als er noch einmal das Wort ergriff, konnte Buffy ihn kaum verstehen.

»D-die P-Prinzessin.«

Die Prinzessin?, dachte Buffy. Sonst noch was?

»Sie wurde gegen ihren Willen hergebracht«, fügte er hinzu.

Ach was?

»Von wo denn? Und wie?«, wollte Buffy wissen.

»M-mit M-Magie. Sie sagte ... sie komme aus dem Lande Alay.«

»L.A.?«, fragte Buffy. »Hat sie das gesagt?«

Da gurgelte Blut aus dem Mund des Mannes.

Er hörte auf zu husten.

Kaum war Angel durch das Portal getreten, hatte er Buffy auch schon in der Ferne entdeckt.

Die Landschaft wurde von einem dicken Nebel eingehüllt, der sich nass und kalt auf seiner Haut anfühlte, aber durch eine kleine Lücke erspähte er ihre schlanke Gestalt und das blonde Haar. Buffy rannte, ihr atemloses Hecheln und die halb schluchzenden Laute deuteten zweifelsfrei darauf hin, dass sie sich in Schwierigkeiten befand.

Angel hatte sich bereits in Bewegung gesetzt und rannte den Berg hinunter auf sie zu, da wurde ihm klar, dass Buffy niemals solche Geräusche von sich geben würde. Nur weil er damit rechnete, Buffy vorzufinden, nachdem er durch das Portal gegangen war, hatte er den ersten Blondschopf, den er entdeckte, ihr zugeschrieben.

Wer immer das Mädchen war, das dort lief – es steckte in Schwierigkeiten; aber Buffy schien nirgends in der Nähe zu sein, soweit er das durch den übernatürlich dichten Nebel erkennen konnte.

Als sich eine weitere kleine Lücke im Nebel auftat, sah Angel auch, wovor das Mädchen weglief: Es wurde von zwei kräftig gebauten, langhaarigen Männern gejagt. Ihre Gesichter wirkten wild und sie führten antike Waffen.

Der Vampir war am Fuß des Hügels angekommen, ein enges Tal tat sich vor ihm auf. Er hatte jetzt einen besseren Ausblick auf die ganze Szene. Die Männer sahen wie Barbaren aus; sie trugen Lendenschurze aus Tierhaut und geschmiedeten Metallschmuck. Einer ließ ein Breitschwert über seinem Kopf kreisen, während der andere eine reich verzierte Streitaxt in seinen riesigen Händen hielt. Die junge Frau, die Angel nun besser sehen konnte, war ähnlich gekleidet. Sie trug einen Brustpanzer aus Metall, der über ihrem Bauchnabel endete, und einen langen, seitlich aufgeschlitzten Rock aus Leder. Sie trug keinen Schmuck und das hüftlange Haar wallte beim Laufen über ihren Rücken.

Der Barbar mit dem Schwert, der ebenso blond war wie sie, holte sie ein. Er griff in ihr volles Haar und riss ihren Kopf nach hinten. Die Frau geriet ins Stolpern und stürzte. Nun kam auch der zweite Kerl herbei. Er hatte Haare schwärzer als Teer.

Lachend bauten sich die beiden vor ihrem Opfer auf. Sie erinnerten Angel an Männer, die sich bei einem sportlichen Ereignis messen; sie amüsierten sich prächtig. Die junge Frau hingegen stieß Angstschreie aus.

Angel überlegte nicht lange und stürzte sich knurrend auf die beiden Männer. Er rammte dem Blonden seine Schulter in die Rippen und trat dem Schwarzhaarigen die Streitaxt aus den Händen. Ineinander verkrallt, stolperten Angel und der blonde Kerl über die junge Frau und gingen beide zu Boden. Schreiend versuchte das Mädchen, sich aufzurappeln. Der dunkle Typ wollte sich schon auf sie stürzen, da packte ihn Angel am Handgelenk und verdrehte ihm den Arm, bis die Knochen brachen. Der Mann schrie vor Schmerzen, fiel auf die Knie und barg den gebrochenen Arm vor dem Körper.

Angel drehte sich ohne Zeitverlust wieder zu seinem ersten Gegner um, aber der Blonde hatte sich schneller erholt als vermutet und stürmte bereits mit dem Schwert auf ihn zu. Die Klinge bohrte sich in Angels Rücken und die Spitze trat knapp über seinem Magen auf der Bauchseite wieder aus. Ächzend kippte er vornüber und landete bäuchlings im Dreck. Der Barbar setzte einen Fuß auf seinen Rücken, dann zog er das Schwert wieder heraus.

»Das wird dich lehren, dich nicht in anderer Leute Angelegenheiten zu mischen!«, knurrte er. Angel verstand seine Worte, obwohl der Wilde eindeutig nicht seine Sprache sprach.

Der Vampir blieb auf dem Boden liegen, versuchte seine Kräfte zu sammeln und die unglaublichen Schmerzen zu unterdrücken. Sobald die Schwertklinge nicht mehr in seinem Fleisch steckte, hatte der Heilprozess begonnen, aber es würde eine Zeit dauern, bis eine Wunde dieser Größe völlig ausgeheilt war. Und so lange blieb Angel geschwächt.

»Nun«, sagte der Mann hinter ihm. »Wo waren wir stehen geblieben?«

»Mein Arm«, heulte der andere. »Er hat mir den Arm gebrochen.«

»Halt's Maul!«, herrschte ihn der Blonde an. »Wir haben noch was mit der Kleinen hier zu erledigen.«

»Nein, bitte!«, flehte das Mädchen. »Ich bitte euch ...«

»Dafür ist es zu spät, meine Liebe. Wir sollen dem Hohen Rat deinen Kopf bringen.«

Sie fing an zu schluchzen. Angel war klar, es bestand akuter Handlungsbedarf.

Trotz seiner Schmerzen schaffte er es, sich aufzurichten, und setzte zu einem Sprung an. Dabei drehte er sich in der Luft und verpasste dem blonden Barbar einen Tritt an den Hinterkopf. Der Treffer verursachte ein abscheuliches Geräusch. Der Getroffene krümmte sich, sein Kopf explodierte zu einem rot-grauen Sprühregen. Die spitzen Schreie der jungen Frau erstarben. Ihr Mund klappte auf, aber es kam kein Laut über ihre Lippen. Schon ergriff der Dunkelhaarige mit der gesunden Hand die Streitaxt. Angel jedoch sprang mit ausgestrecktem Arm in die Höhe und verpasste dem Wilden einen Handkantenschlag gegen den Kehlkopf. Getroffen gab dieser ein gurgelndes Geräusch von sich und klappte dann zusammen.

Angel wankte ein wenig, die Schmerzen drohten ihn zu überwältigen. Aber er blieb auf den Beinen. Die junge Frau wimmerte noch tonlos vor sich hin, aber Angel nahm mit zusammengekniffenen Augen wahr, wie sie sich allmählich fasste, bis nur noch einzelne Schluchzer zu hören waren. Tränen liefen ihr über die Wangen.

Er atmete tief ein und spürte einen stechenden Schmerz an der Stelle, wo ihn das Schwert durchbohrt hatte. Er hielt den Atem an und drehte sich zur Sonne um.

Zur Sonne!?

Der Nebel im Tal hatte sich mittlerweile so weit gelichtet, dass Angel der brennenden Sonne am Himmel schutzlos ausgeliefert war. Er brauchte einen Sekundenbruchteil um zu erkennen, was daran nicht stimmte. Es war das Merkwürdigste einer ganzen Reihe von Merkwürdigkeiten.

Die Sonne war nämlich blau. Nicht gelb und auch nicht weiß, sondern so blau wie ein Swimmingpool in Bel Air. Sie stand an einem strahlend smaragdgrünen Himmel und versengte den harten roten Boden mit ihren Strahlen.

Und Angel fing nicht einmal an zu schwelen.

Es war ein tolles Gefühl, eine Art Befreiung. Wo immer er gelandet war, es war ein Ort, an dem er sich tagsüber frei bewegen konnte. Und das hatte Angel in den vergangenen über zweihundert Jahren wahrlich nicht sehr oft erlebt. Die Sonnenwärme auf der Haut zu spüren, war ein unglaubliches Gefühl. Herrlich.

Es drängte sich ihm nur eine störende Frage auf: Wenn er unter dieser Sonne sicher war, was gab es in dieser Welt dann für einen Mond?

2.

Ganz bestimmt hatte das Untier sie bereits entdeckt!

Salma de la Natividad schlug die Hände vor den Mund, um ihr Keuchen zu unterdrücken. Aber es war zu spät. Und wenn sie ehrlich war, war diese Geste sowieso nicht mehr nötig, wenn die riesige Kreatur sie bereits bemerkt hatte. Und davon war Salma überzeugt. Denn als das Monster an dem Gang vorbeigerast war, wo sie sich an die glitschige Wand gepresst hatte, war es einen winzigen Augenblick ins Zögern geraten, als hätte es sie wahrgenommen. Vermutlich hatte es sie nicht richtig gesehen – wozu brauchte ein unterirdisches Monster, das sein Leben lang durch enge Tunnel kroch, Augen! Aber Salma vermutete, dass es sie auf andere Weise orten konnte. Vielleicht spürte es die minimalen Vibrationen in der Luft, die sie verursachte; vielleicht hatte es auch einen besonders ausgeprägten Geruchs- oder Geschmackssinn. Möglicherweise konnte es sogar den Blutstrom in ihren Adern oder ihren Herzschlag hören.

Mit der Schnelligkeit und Wucht eines unterirdischen Expresszuges donnerte das Untier an der Öffnung ihres Ganges vorbei. Auch was seine Länge anging, stimmte der Vergleich mit dem Zug. Salma war schon öfter in Manhattan gewesen und während sie normalerweise Limousinen oder Taxis benutzte, hatte sie ihre Eltern beim letzten Besuch darum gebeten, einmal mit der U-Bahn fahren zu dürfen. Sie erinnerte sich noch sehr gut daran, wie sie an der Station eingetroffen war, als gerade ein Zug vorbeiraste; erinnerte sich an den heftigen Windstoß und den Lärm, den er bei der Einfahrt verursacht hatte.

Das Monster jedoch – das Salma für ein Art Wurm hielt,

obwohl es unvorstellbar größer war als jeder Wurm, den sie je gesehen hatte oder sich vorstellen konnte – dampfte weiter. Es drehte sich nicht um und machte nicht kehrt, um sich auf sie zu stürzen. Durfte sie sich in Sicherheit wähnen oder war es glatter Selbstmord, in diesem Tunnelabschnitt zu bleiben?

Es gab leider nur eine Möglichkeit, dies festzustellen. Sie schob sich ganz langsam zur Öffnung des Ganges vor, durch den der Wurm gerade verschwunden war, und stützte sich dabei mit einer Hand an der ekelhaft feuchten Mauer ab. Ein stechender Geruch wehte ihr entgegen, der noch schlimmer war als im restlichen Tunnel. Ein Gestank von etwas Unsauberem, das niemals an die Sonne oder die Luft kam, sondern nur in seinem Universum aus Dreck und Tod und Verwesung vegetierte. Salma erstickte fast daran, musste husten und spuckte auf den Boden.

Außer dem Gestank fehlte jedoch jede Spur von dem Wurm. Es war unwahrscheinlich, dass er durch denselben Tunnel zurückkehrte, denn dazu musste er sich umdrehen, und sie bezweifelte, dass ihm dies in der Enge möglich war. Also riskierte sie es, den Tunnel zu betreten, und spähte in die Finsternis. Ob es vielleicht hier etwas anderes gab als in den Tunneln, die sie bereits hinter sich hatte?

Nein, dieser Gang glich den anderen vollkommen, er war nur noch übel riechender. Etwas Fauliges tropfte von der Decke und klatschte vor ihr zu Boden, als sei es von dem vorbeirasenden Wurm gelöst worden. Da Salma keine Ahnung hatte, wie sie je den Ausgang dieses Labyrinths finden sollte, war für sie der eine Tunnel genauso gut wie jeder andere. Sie beschloss, die entgegengesetzte Richtung von dem Wurm einzuschlagen, denn sie hatte keine Lust, plötzlich hinter ihm zu stehen.

Mühsam watete sie durch den dicken Brei, der den Boden knöcheltief bedeckte, und kam an drei weiteren Abzweigungen vorbei. Da keine von ihnen einen besonders einladenden Eindruck machte, lief Salma weiter geradeaus. Das war bestimmt sinnvoller, als wahllos abzubiegen.

An der nächsten Öffnung stürzte ihr das Monster plötzlich entgegen.

Es war nur wenige Meter entfernt. Das Mädchen konnte nicht abschätzen, ob es bereits in voller Fahrt gewesen war, bevor es sie entdeckte, oder ihr ruhig aufgelauert hatte. Denn als sie in den Tunnel hineinblickte, kam es bereits in voller Fahrt auf sie zugerast.

Schreiend rannte sie los. Sie schluchzte, bis sie merkte, dass sie damit nur Luft und Energie verbrauchte, die ihr dann zum Laufen fehlte. Sie kniff also den Mund fest zusammen und lief noch schneller. Die Angst ergriff Zentimeter um Zentimeter Besitz von ihrem Körper, sie wusste, sie durfte auf keinen Fall langsamer werden oder gar vor Schreck stehen bleiben. Sie sah ihre Eltern vor sich in ihrem Wohnzimmer zu Hause in Los Angeles. Sie sah ihren Bruder Nicky. Und sie sah ihre Großeltern. Es war klar, was ihr diese Bilder sagen wollten: Rette dich, komm nach Hause! Wir warten auf dich. Beeil dich!

Tue ich ja schon, dachte sie verzweifelt und rannte auf die Bilder zu, als könne sie direkt aus dem Tunnel nach Hause zurückkehren – als könne sie es ungeschehen machen, dass sie hierher gekommen war. Sie war unbeabsichtigt in einen schimmernden goldenen Kreis getreten und war auf einem Feld herausgekommen, wo sie von berittenen Soldaten gefangen genommen worden war.

Hinter ihr rückte der Wurm unaufhaltsam näher. Salma spürte seinen feuchten Atem bereits an Rücken und Beinen. Das Untier klapperte mit den Zähnen und verursachte durch seine hohe Geschwindigkeit das charakteristische U-Bahn-Donnern. Eine Stimme schien es nicht zu haben – auch keine Gliedmaßen. Es bestand nur aus einem langen Schlauch mit einem furchterregenden Gesicht und scharfen Zähnen an der Spitze. Und diese Zähne waren nur noch wenige Meter hinter ihr.

Der Schlamm, in dem Salma bei jedem Schritt versank, bremste sie. Der Wurm hingegen war mehr als geschaffen für diese Umgebung, er grub sich die Gänge ja selbst. Sie wusste, dass sie ihm nicht mehr lange entrinnen konnte. Sie spürte ihn bereits an ihrem flatternden Kleid. Noch einen ordentlichen Sprung und dann war sie verloren.

Dem drohenden Verhängnis zum Trotz zwang sie sich weiterzulaufen und erreichte einen weiteren Seitentunnel. Salma warf sich hinein, schaffte es kaum um die Ecke und schlug so heftig gegen die Wand, dass sie Sterne sah und in den Dreck fiel. Aber sie hatte es geschafft: Dem Wurm war es nicht gelungen abzubiegen und er raste weiter den Tunnel hinunter, den Salma gerade verlassen hatte.

Nach Atem ringend setzte sie sich auf. Erneut drohten Tränen zu fließen, aber ihre Angst wich und sie spürte, wie sie unheimlich wütend wurde. Sie musste vor etwas weglaufen, gegen das sie nicht ankam, denn sie war schließlich keine Buffy Summers, die solche Kreaturen bezwingen konnte. Plötzlich wurde ihr klar, dass sie schon immer vor Problemen weggelaufen war – bei dem Umzug nach Sunnydale beispielsweise, wo die Leute in ihr nur ein reiches, privilegiertes Mädchen sahen. Sie hatte sich oft gefragt, ob die anderen sich nur mit ihr anfreundeten, weil ihre Eltern so wohlhabend waren.

Aber im Vergleich zu diesem fleischfressenden Riesenwurm waren die Nachteile, eine de la Natividad zu sein, wirklich gering. Salma konnte sich kaum erinnern, was ihr an dem Leben im elterlichen Haus eigentlich so sehr missfallen hatte. Sicherlich, es hatte Einschränkungen in ihrer Freizeitgestaltung und in ihrem Privatleben gegeben, aber keine besonders schweren. Sie hatte lediglich die Bedürfnisse und Wünsche ihrer Eltern, Großeltern und ihres Bruders Nicky berücksichtigen müssen, aber das war in einer funktionierenden Familie nun einmal so: Man war nicht allein auf der Welt und es gab Menschen, um die man sich kümmern musste und die sich im Gegenzug um einen kümmerten.

Aber in diesem Augenblick war Salma ganz auf sich gestellt. Und der Monsterwurm konnte jederzeit wieder auftauchen.

Durch ihre Wut motiviert, stand Salma auf und wischte sich den Dreck ab. Sie war fest entschlossen, unter allen Umständen einen Ausweg zu finden.

Flirrenden Libellen gleich brummten die Hubschrauber über der Stadt wie im Soundtrack eines Vietnamfilms. Shirley Caine blickte zu ihnen auf, als sie vom Parkplatz auf den Eingang des Supermarktes zuging. Es wimmelte nur so am Himmel und Shirley konnte sich gar nicht vorstellen, was der ganze Rummel sollte. Polizei, vermutete sie, und Kamerateams. Wegen der Bilder, die man im Fernsehen gezeigt hatte, wäre sie fast nicht aus dem Haus gegangen, hatte aber im Endeffekt keine echte Wahl gehabt: Eine Familie brauchte etwas zu essen und sie war nicht auf die Idee gekommen, Vorräte zu bunkern, wie es andere offenbar getan hatten, bevor es auf der Straße so eskaliert war.

Den Nachrichten zufolge waren in den letzten Stunden mehr als ein Dutzend Menschen getötet worden, weil sie in die Schusslinien von rivalisierenden Straßenbanden geraten waren. Man hatte die Bürger von L.A. angewiesen, zu Hause und weg von den Fenstern zu bleiben – besonders in bestimmten Vierteln, aber auch im gesamten Stadtgebiet, um nicht unnötig zur Zielscheibe zu werden. In Los Angeles herrschte Krieg. Richtig sicher war eigentlich niemand. Im Monterey Park hatten die Anwohner eine Art bewaffnete Bürgerwehr gegründet. Als drei von ihnen bei einer Schießerei mit Bandenmitgliedern jedoch verwundet worden waren, hatten sie sich wieder aufgelöst und waren in die relative Sicherheit ihrer Häuser geflohen.

Da sich diese Vorfälle nicht in Shirleys Viertel ereignet hatten, hielt sie es für relativ ungefährlich, rasch zum Supermarkt zu laufen. Mit zwei Teenagern im Haus – ganz zu schweigen von ihrem Mann Henry, dessen tägliche Portionen man mit seinem eigenen Gewicht aufwiegen konnte – schwanden die Vorräte rasch, und wenn es ihr nicht gelang, die Meute zu Hause zu füttern, holten sie sich draußen etwas. Das hielt sie für viel gefährlicher als ihren rascher Alleingang.

Henry hatte sich schon den Fuß verstaucht, weil er von seinem Büro zum Auto gerannt war – auf der Flucht vor einem vermeintlichen Bandenmitglied, das sich dann als sein Boss entpuppte.

Mister D'Angelo war ihm mit ein paar dringenden Änderungen an seinem Bericht über eine Wasseraufbereitungsanlage hinterhergelaufen. Nun war Henry zu Hause, mit bandagiertem Bein und Eisbeutel, und sie hatte ihn gebeten, sich nicht vom Fleck zu rühren und auf die Kids aufzupassen, solange sie unterwegs war.

Eigentlich war sie ein wenig sauer. Er hatte sie ohne große Einwände gehen lassen und nur ein »Sei vorsichtig!« nachgerufen. Dann hatte er sich sofort wieder in seine Arbeit vertieft – Wasserprobleme wie auch Ausschreitungen waren in dieser gottverlassenen Stadt nun mal an der Tagesordnung. Seine Gelassenheit war vielleicht ein Zeichen dafür, dass sie selbst überreagierte und ihren Gang zum Supermarkt dramatisierte, redete sie sich ein.

Nun kreisten die Hubschrauber jedoch tatsächlich fast unmittelbar über dem Kopf der Frau. Und die heulenden Sirenen klangen, als kämen sie näher. Rasch eilte Shirley auf die geschlossene Tür des Supermarkts zu, um sich in »Sicherheit« zu bringen.

Sie betrat gerade die Gummimatte vor der automatischen Schiebetür – und dachte unwillkürlich darüber nach, dass solche Türen wahrscheinlich doch mit einer Fotozelle über dem Rahmen gesteuert wurden und nicht mit einem unter der Matte verborgenen Mechanismus, wie sie immer vermutet hatte –, da rasten zwei dunkle Fahrzeuge auf den Parkplatz. Das erste bog mit quietschenden Reifen um die Ecke, bremste schlitternd kurz vor den abgestellten Wagen und schoss dann auf die gegenüberliegende Parkplatzausfahrt zu. Der nachfolgende Wagen nahm direkten Kurs auf diese Ausfahrt, um dem fliehenden Fahrzeug den Weg abzuschneiden. Beide Fahrer stiegen auf die Bremse, die Reifen qualmten und die Wagen kamen ruckartig zum Stehen. Fast gleichzeitig stießen Gewehrläufe durch die Scheiben und eröffneten den Schusswechsel. Die Fenster der Gangsterwagen zerbarsten wie auch bei anderen Fahrzeugen auf dem Parkplatz.

Shirley blieb wie angewurzelt vor der offenen Tür stehen. Sie registrierte plötzlich, dass jemand von drinnen auf sie zukam. Instinktiv wollte sie weglaufen – aber sie hätte nur auf den Parkplatz rennen können und der war soeben zum Kriegsgebiet geworden.

»Madam!«, rief ein Mann von drinnen. Offenbar ein Angestellter des Supermarkts, denn er trug einen grünen Kittel mit dem Firmenlogo und ein Namensschild aus gelbem Plastik. »Bitte, Madam, kommen Sie schnell rein!« Er streckte eine Hand aus, um sie in den Laden zu ziehen, blieb aber mit seinem Körper hinter der Tür. Shirley erwachte aus ihrer von den Hubschraubern, Sirenen und Schüssen verursachten Hypnose und begriff endlich, wo sie war und was los war. Sie glitt durch die Tür in das verdunkelte Innere des Shops.

Es waren nicht viele Leute dort, höchstens ein Dutzend. Sie kauerten hinter den Kassen, weil sie sich im Schutz der schweren Theken in Sicherheit wähnten. Die Tür schloss sich hinter Shirley. Bei dem Anblick der verängstigten Menschen füllten sich ihre Augen mit Tränen.

Verdammt, dachte sie. Henry hätte sich mehr Sorgen um mich machen können!

»Du kannst unmöglich die Anführerin der Truppe sein, Anya!«, schimpfte Xander, als er mit seiner Freundin die Main Street hinunterging. Mit wachsamem Blick begutachteten sie das Ausmaß der Zerstörung. In Sunnydale sah es allmählich aus wie in einem Kriegsfilm: ausgebrannte Slums, in denen die Ausgestoßenen der Gesellschaft wie verwundete Tiere dahinvegetierten. Xander und Anya hatten zwar von weitem einige Monster gesehen, aber keines war ihnen nah genug gekommen, um eine unmittelbare Bedrohung darzustellen.

Dann haben wir also Zeit für eine unserer liebsten Beziehungsinteraktionen, dachte Xander erfreut. Die Disziplin der liebevollen Zankerei.

»Wer soll denn sonst Chef sein?«, fragte Anya und wich einer umgestürzten Mülltonne aus. »Ich habe schließlich Erfahrung. Ist vielleicht noch einer von euch tausend Jahre alt? War einer von euch ein Rachedämon?«

»Ich bin nicht sicher, ob das die erforderlichen Kriterien sind«, bemerkte Xander und zeigte dabei auf einen grünen Koloss, der sich fünfzig Meter weiter vor ihnen die Straße hinunterbewegte. Die beiden kehrten gerade von einer von Giles angeordneten Ortsinspektion zurück, auf der sie erkunden sollten, wo zuletzt Portale gesichtet worden waren. Aber es hatten sich keine neuen Portale gezeigt und in ihrer unmittelbaren Reichweite auch keine Monster.

»Und welche Kriterien wären das?«, fuhr Anya auf. »Etwa das, was du machst? Witze erzählen und ... und dafür sorgen, dass wir genug zu essen vorrätig haben?«

Autsch! »Ich habe ja gar nicht gesagt, dass ich den Posten übernehmen will, solange Buffy weg ist«, erwiderte Xander leicht schmollend. »Ich meinte ja nur, dass ich schon am längsten dabei bin. Weißt du, am Anfang waren nur Willow und ich da, die Buffy geholfen haben.«

»Oh, und was ist mit Giles? Ihrem Wächter?«

Xander sah auf seine Schuhe, dachte an die Anfänge und ignorierte den faustgroßen Klumpen auf dem Gehsteig, der entfernt an etwas Organisches und früher einmal Lebendiges erinnerte. »Also, klar, natürlich war er da. Aber er war damals noch ziemlich britisch, weißt du? Steife Oberlippe, Tweedanzug und so weiter. Ihm stand nicht sonderlich der Sinn danach, sich unter die Dämonen zu mischen.« Die vielen Gelegenheiten, bei denen er selbst sich vor Vampiren versteckt hatte, wegen einer kleinen Verletzung zum Zuschauer oder einfach starr vor Angst geworden war, erwähnte Xander in diesem Augenblick lieber nicht. »Sie war damals sehr auf mich angewiesen.«

»Das habe ich aber auch schon anders gehört«, entgegnete Anya.

»Also, kommt auf die Quelle an«, gab Xander zurück. »Vielleicht haben manche, die ... also, die dabei waren ... ein schlechtes Gedächtnis.«

Sie bogen um eine Ecke. Im Hof eines großen Hauses lag eine Monsterleiche; Fliegen umschwärmten sie. Ein Hund schnüffelte an der Masse, setzte seine Duftmarke und sauste mit eingeklemmtem Schwanz davon.

»Wer denn sonst?«, fragte Xander und betrachtete den Haufen verwesenden Fleisches. »Du bist noch zu neu in dieser menschlichen Welt.«

»Warum nicht Giles?«, schlug Anya vor. »Immerhin sind wir hier draußen, weil er es uns befohlen hat.«

»Ich weiß«, sagte Xander. Genau aus diesem Grund hatte er das Thema überhaupt angeschnitten – er und Anya hatten die Anweisungen von Giles bedenkenlos befolgt. Aber nun hatte er Bedenken. »Vielleicht ist er am besten geeignet, weil er mal Wächter war. Im Augenblick macht er sich aber vor allem große Sorgen um Buffy und trifft wohl keine Karriereentscheidungen. Oder überhaupt Entscheidungen, die uns allen das Überleben für die nächsten zehn Minuten sichern. Und Tara leidet immer noch an *linkus interruptus*. Dann bleiben ja nur du und ich.«

»Joyce ist auch noch da. Aber da bin ich mit dir einer Meinung«, sagte Anya. »Sie ist eine wunderbare Frau, nur sind wir hier nicht in der Kunstgalerie.«

»Sehr richtig«, stimmte ihr Freund zu.

»Es ist nicht mal ein Kunstevent. Obwohl ich sagen muss, dass wir in der Zeit, als ich noch Rachedämonin war, einmal im Jahr eine Art Show veranstaltet haben. Ich habe zum Beispiel mal einen Mann mitgebracht, dem ich einen unstillbaren Juckreiz angehext hatte. Auf Wunsch seiner Frau. Das verflixte siebte Jahr, verstehst du?« Anya blickte stolz. »Ich bekam eine lobende Erwähnung.«

»Vermutlich nicht für deinen guten Charakter«, bemerkte Xander. Als er Anyas Blick bemerkte, fügte er rasch hinzu: »Heute ist das natürlich ganz anders. Auch in dieser Disziplin würdest du jetzt gewinnen. Auf der ganzen Linie. Überhaupt in allen Kategorien.«

Anya war geschmeichelt. »Es gab auch die Kategorie Führungsqualitäten«, sagte sie. »In der würde ich dann also auch gewinnen?«

»Aaaaahhh …« Es war wie verhext. Wieder reingelegt!

»Und ich gebe zu bedenken, dass ich älter als Giles bin. Ich verfüge über mehr Weisheit«, ergänzte seine Freundin.

»Aber du siehst jünger aus«, meinte Xander. »Nicht so reif.« Kaum ausgesprochen, wusste er schon, was er angerichtet hatte.

»Was, du hältst mich für unreif?«, brauste Anya wütend auf.

»Ich meinte reif im negativen Sinne«, verteidigte er sich. »Nicht reif im positiven Sinne. In Richtung alt, kauzig und schrullig, verstehst du?«

Anya sah ihn lange und durchdringend an. »Ich bin froh, dass du mich nicht für eine alte Schrulle hältst, Xander«, sagte sie schließlich. »Angesichts der Tatsache, dass ich, sagen wir mal, historisch bin. Aber nicht kauzig!«

»Kein bisschen kauzig«, pflichtete ihr Xander erleichtert bei.

Anya setzte sich wieder in Bewegung und ihr Freund machte einige schnelle Schritte, um zu ihr aufzuholen. »Ich glaube, ich muss gar nicht unbedingt die Scoobie-Königin sein«, sagte sie. »Ich versuche nur, meinen Platz in der Gruppe zu finden, verstehst du? Du hast deinen Platz. Willow hat ihren und Giles seinen. Sogar Tara findet ihren. Und was ist mein Part? Xanders ehemals dämonische Freundin?«

»Was ist denn meiner?«, gab Xander zurück.

Anya lächelte ihn warmherzig an. »Ehemaliger zielloser Herumtreiber und ab und zu der nützliche, tapfere und wunderbare Xander.«

»Wunderbar?« Xander spürte, wie er rot wurde.

»Ja.«

»Also, weißt du was?«, meinte Xander. »Ich glaube, bis Buffy zurückkommt, kannst du ruhig die Scoobie-Königin sein. *Meine* Scoobie-Königin bist du sowieso immer.«

Anya blieb abrupt stehen und küsste ihn auf die Wange. Hand in Hand setzten sie ihren Weg zu Giles fort.

Es hatte funktioniert! Er war drin!

Spike verspürte kurz ein Gefühl der Übelkeit, ihm verschwamm alles vor den Augen. Er blinzelte einige Male, schluckte und stellte seinen Blick scharf. Er sah kurz über die Schulter – und erwartete eigentlich Giles' Wohnzimmer und die Scoobies zu sehen, wie sie ihn durch einen goldenen Schleier schockiert anstarrten.

Aber da war nichts. Er war einfach an einem ganz anderen Ort und es war ein verflucht seltsamer anderer Ort.

Und was noch seltsamer war: Er konnte Buffy nirgends sehen, obwohl er ihr doch in weniger als einer Minute durch das Portal gefolgt war. So rasch konnte sie unmöglich außer Sicht gekommen sein. Weit und breit war nichts zu erkennen, wo sie sich verstecken konnte.

Eigentlich hasste Spike die Natur. Und jetzt war er quasi mitten in ihr gelandet. Er fand sich auf einer sanft ansteigenden Wiese mit hohem Gras wieder, das sich in der Sommerbrise wiegte. Die Luft war erfüllt vom Schreien des Nachtvogels und dem Summen unsichtbarer Insekten, es duftete sauber, irdisch, nach Natur. Ein voller Mond stand hoch am Himmel und warf sein schimmerndes Licht auf die Wiesen und den glitzernden Fluss. Spike konnte den Fluss sehen und auch hören, wie er etwa einen Kilometer entfernt durch die Felder floss.

Aber vielleicht war das alles ja gar nicht so schlimm. Vielleicht hasste er ja nur die Natur auf der Erde und auf der Erde befand er sich definitiv nicht. Spike blinzelte noch einmal, aber alles blieb unverändert: der Mond, der Himmel, das Gras, der Fluss – keine Buffy.

Aber was war das? Der Mond war blutrot und der Himmel leuchtete in Pink. Die Gräser schienen einen violetten Einschlag zu haben, nur vermochte Spike nicht zu beurteilen, ob sie wirklich diese Farbe hatten oder lediglich im Licht des Mondes so aussahen.

Es war wirklich schön, dass Buffy nicht da war, fand er. Die Jägerin wäre ihm nur im Weg und würde sich weibermäßig Sorgen machen, wenn sie herausfände, was er im Schilde führte.

Als er Buffy bei ihren Vorbereitungen in Giles' Wohnzimmer beobachtet hatte, wie sie dann durch das magische Portal getreten war, da hatte er die Ausführungen der anderen über die bevorstehende Reise erst richtig verstanden. Über eine unendliche Zahl von Universen hatten sie gesprochen, in denen alles möglich war.

Über Welten, in denen die Evolution ganz andere Wege genommen hatte. Welten, in denen Monster die Tage und Nächte regierten und die Menschen sich in großer Angst im Verborgenen hielten, um nicht bei lebendigem Leibe gefressen zu werden. Als Buffy ging, war Spike klar geworden, dass ihn eigentlich nichts auf der Erde, in der alten Realität, hielt. Cheryce war weg. Drusilla kehrte nie wieder zurück. Buffy und ihren Soldatenjungen zu necken, war zwar ganz witzig, aber nichts, was ein Mann zu seiner Lebensaufgabe erklären konnte – besonders kein unsterblicher Mann.

Da war Spike plötzlich der Gedanke gekommen, dass irgendwo in all diesen Welten vielleicht jemand existierte, der ihm den verdammten Chip aus dem Kopf holen konnte. Oder dass es eine Welt gab, wo der Chip nicht funktionierte, wo die Menschen nicht die vorherrschende Rasse waren und er Geschmack an einer anderen Ernährungsform entwickeln konnte. Die Möglichkeiten hinter dem Portal waren unendlich – die zu Hause viel zu beschränkt.

Also war er losgegangen, ohne ein Wort oder eine Vorwarnung, und durch das Portal geschritten – nur wenige Augenblicke bevor es wieder verschwand.

Er hatte nicht die leiseste Ahnung, wo er sich nun befand – er wusste ja nicht einmal, wie er überhaupt definieren sollte, was »wo« unter diesen Umständen bedeuten konnte.

Nun gut, es führte zu nichts, weiter auf der Wiese stehen zu bleiben und den Mond anzustarren, wie hübsch seine Farbe auch war. Da Spike nicht wusste, in welche Richtung er gehen sollte, und weit und breit kein Zeichen von Zivilisation zu erkennen war, marschierte er erst einmal auf den Fluss zu.

Nach einem halben Kilometer roch er es plötzlich. Er blieb abrupt stehen und atmete tief durch die Nase ein. Er war unverkennbar, dieser einzigartige Geruch, der eisenhaltige Geschmack, den er hinten im Hals spürte. Spike warf lachend den Kopf in den Nacken, lief über die Felder auf den Fluss zu und hüpfte dabei vor Freude.

Am Fluss angekommen, stieg er die niedrige Uferböschung

hinab, kniete sich ans Wasser und beugte den Kopf hinunter. Das Wasser schien schwarz im Mondlicht, aber Spike war sich sicher, dass es bei Sonnenaufgang betrachtet – falls es überhaupt eine Sonne in diesem Wunderland gab – rot sein würde.

So rot wie Blut.

Er tauchte sein Gesicht in den Fluss und trank. Spürte, wie die nahrhafte Flüssigkeit seinen Mund füllte und seinen Hals hinunterrann. Das war besser als jeder Kuss.

Der Fluss war mit Menschenblut gefüllt. Nichts kam an diesen Geschmack heran. Der Vampir trank in großen Schlucken und rollte sich dann lachend auf den Rücken. Er schöpfte etwas Blut mit den Händen und ließ es sich übers Gesicht und in den Mund tropfen. Wie sehr hatte er schon befürchtet, das nie wieder schmecken zu dürfen, und hier gab es einen ganzen Fluss davon! In zehn Metern Breite – und wer weiß wie tief oder lang – strömte er an ihm vorbei. Bestimmt hätte es Cheryce gefallen, nackt darin zu baden, sinnierte er. Blöder Chip!

Was auch immer das für ein Ort war: Es war das reinste Paradies für Vampire. Spike hätte nie für möglich gehalten, dass es so etwas gab. Dabei hatte er einfach nur durch ein Portal gehen müssen. Er erhob sich, klopfte den Schmutz von seinen Kleidern und sah sich im Schein des Mondes um.

Er konnte sich gleich an dieser Stelle ein Haus bauen, überlegte er. Wenn er ein paar Leitungen vom Fluss legte, konnte er fließend heißes und kaltes Blut haben, ohne vor die Tür gehen zu müssen. Vielleicht sollte er auch ein Gästezimmer einrichten, falls Blondie unterwegs auf der Jagd vorbeischaute.

Dieser Gedanke inspirierte einen weiteren: Vielleicht gab es welche wie ihn in dieser Realität; andere Vampire, die sich freuten über diesen Himmel auf ... also, nicht auf Erden, aber wo auch immer. Ohne die Notwendigkeit, jagen zu gehen, ohne die ständige Angst, entdeckt und gepfählt zu werden, gäbe es vielleicht eine wirkliche Gemeinschaft, ein Geben und Nehmen, einen Familiensinn, wie es ihn nie auf der Erde gegeben hatte.

Zum Teufel damit!, dachte er. Auch ohne diesen Blödsinn war das Leben an diesem Ort bestimmt lustig.

Spike labte sich noch einmal an dem Fluss und setzte seinen Weg fort. Er musste unbedingt herausfinden, ob diese Welt bewohnt war. Eine Zeit lang hielt er sich noch am Ufer und erreichte nach zwanzig Minuten eine Brücke. Sie war primitiv, aber ganz offensichtlich von menschenähnlichen Wesen gebaut. Zu beiden Seiten des Flusses waren sorgfältig lose Steine zu niedrigen Pfeilern aufgeschichtet, über die ein Steinbogen führte, den wiederum Mörtel zusammenhielt. Für Fahrzeuge, die größer waren als ein Fahrrad, eignete sich die Brücke nicht. Es gab auch keine Straße weit und breit. Aber als Spike die Böschung hinaufkletterte, bemerkte er einen ausgetretenen Pfad, der durch das hohe Gras zur Brücke führte und auf der anderen Seite weiterverlief.

Er betrat die Brücke, testete ihre Stabilität und überquerte sie dann zügig. Dies hier war der eindeutige Beweis dafür, dass in der Nähe jemand lebte. Ob es andere Vampire waren oder eine mögliche Beute, ließ sich noch nicht sagen.

Spike kehrte dem Fluss aus Blut den Rücken.

Auf dem Pfad kam er zügig vorwärts. Allmählich sank der blutrote Mond – den er scharf im Auge behielt – am Himmel, er gab aber immer noch ausreichend Licht. Nach einem Marsch von ungefähr einer Stunde bemerkte Spike am Horizont etwas. Zunächst konnte er nicht erkennen, was es war. Eine sehr unnatürlich anmutende gerade Linie zog sich quer durch die hügelige Landschaft.

Bevor er diese Linie jedoch erreichte, traf er auf eine Gabelung und stand vor einer Entscheidung. Wohin der abzweigende Weg führte, wusste Spike nicht. Der, auf dem er sich befand, schien jedoch direkt zu der schnurgeraden Linie zu führen, hinter der er weitere Anzeichen von Zivilisation vermutete. Also entschied er sich, auf dem Hauptweg zu bleiben. Zwanzig Minuten später erkannte er, was die Linie war: ein fünf Meter hoher Zaun, der sich – so weit das Auge reichte – durch die Felder zog. Es war ein einfacher Drahtzaun, wie es ihn auch auf der Erde gab, zusätzlich oben mit vier Bahnen Stacheldraht versehen. Auf der anderen Seite befanden sich weitere Felder. Spike konnte sich nicht vorstellen, wozu der Zaun gut war. Sperrte er ihn ein oder aus?

Er hob ein Stück Holz vom Boden auf und klopfte sacht gegen den Zaun. Kein Stromschlag, also war er wohl nicht elektrisch. Ihn hochzuklettern, erschien Spike nicht besonders schwer, der Stacheldraht darüber war jedoch kein Vergnügen. Er ärgerte sich – der erste Makel des augenscheinlich vollkommenen Paradieses. Und ihn beschlich langsam ein merkwürdiges Gefühl, während er so dastand; das gute alte Gefühl, beobachtet zu werden, dem zu vertrauen jeder Vampir irgendwann lernte. Er hasste es.

Spike drehte sich um, schlenderte selbstbewusst zu der Weggabelung zurück und nahm den Nebenpfad. Mit der Zeit wurde er müde. Die ganze Lauferei erschöpfte ihn zusehends. Er ging nicht gern zu Fuß und vermied es, wo er nur konnte. Als er gerade daran dachte, sich ein Plätzchen am Wegrand zu suchen, um sich ein wenig auszuruhen, sah er, dass der Weg den Hügel hinunter zu einer Felsgruppe führte. Vielleicht war es besser, sich dort ein Versteck zu suchen, bevor die Sonne aufging. Beim Näherkommen stellte er fest, dass die Felsen viel größer waren, als sie aus der Ferne ausgesehen hatten, sie reichten bis zu zehn Meter hoch und wirkten wie willkürlich in die Landschaft gestreut; wie achtlos liegen gelassene Bauklötze eines Riesenbabys.

Spike hatte die Felsen gerade erreicht, da wurde er angegriffen.

Sechs Männer ließen sich von den Felsvorsprüngen fallen und stürzten aus dem Dunkel auf ihn zu. Spike trat einen halben Schritt zurück und machte sich für den Angriff bereit. Als der Erste nach ihm greifen wollte, wich Spike aus, packte ihn beim Handgelenk und nutzte dessen Schwung aus, um ihn zu Boden zu schleudern. Der Vampir war überrascht, dass seine Widersacher menschlich zu sein schienen, oder wenigstens menschenähnlich. Damit hatte er nicht gerechnet.

Die nächsten beiden stürzten sich gleichzeitig auf ihn und gingen gemeinsam mit ihm in einem Knäuel aus schlagenden Armen und tretenden Beinen zu Boden. Spike versuchte den Kerl wegzuschieben, der auf ihm lag, und drückte ihm die Luft ab, aber der andere krallte sich an seinen Armen und seinem Gesicht fest. Spike spürte warme Atemstöße am Hals, er wand und krümmte sich, aber der Typ kam immer näher und Spike hörte ihn mit den

Zähnen knirschen. Als er plötzlich ein Kratzen an seinem Hals fühlte, explodierte er vor Wut. Er befreite sich, schlug um sich und die beiden Kerle flogen durch die Luft. Rasch sprang er auf die Beine und wandelte sich zum Vampir.

»Was zum Teufel tut ihr eigentlich da?«, schrie er. »Behaltet eure verdammten Vampirzähne gefälligst bei euch!«

Seine Gegner zogen die Köpfe ein.

»Er ist einer von uns!«, sagte schließlich einer. Er war groß und schlaksig und sein glattes, fettiges Haar hing ihm ins Gesicht. Der zweite Vampir, ein stämmiger, kahler Kerl mit Spitzbart, fasste sich an den Eckzahn, als wolle er prüfen, ob er noch da war.

»Wenn ihr echte Vampire seid, könnt ihr eure süßen Zähnchen drauf verwetten, dass ich auch einer bin«, sagte Spike.

»'türlich sind wir Vampire«, entgegnete ein anderer. Er hatte nur einen Arm. »Was denn sonst?«

»Wie meinst du das?«, fragte Spike. Jetzt erst registrierte er, dass sie englisch mit ihm sprachen, obwohl er sich ganz sicher nicht in einem der englischsprachigen Länder aufhielt, die er kannte. »Seid ihr hier alle Vampire?«

»Was sonst?«, antwortete der mit den fettigen Haaren.

»Er ist neu hier«, urteilte ein anderer und kam selbstsicher näher. Er bewegte sich wie ein König und Spike sah sofort den Anführer in ihm – er hatte sich während des Kampfes zurückgehalten und war erst auf den Plan getreten, als es kein Risiko mehr gab. Aber er war kräftig gebaut, groß und breitschultrig, hatte kurzes schwarzes Haar und ein gut aussehendes Gesicht, seine braunen Augen ruhten unter schweren Lidern. Spike hasste ihn auf Anhieb. »Natürlich weiß er nicht, was los ist.«

»Dann klärt mich doch mal auf!«, Spike strich sich über das platinblonde Haar.

Der Kerl baute sich vor Spike auf. Der Rest der Meute trat einen Schritt zurück und überließ dem Wortführer das Feld. »Ich weiß nicht, wo du herkommst«, sagte er. »Aber eigentlich weiß niemand von uns ganz sicher, wie er hergekommen ist oder wo wir hier sind. Wir wissen nur, in was wir uns befinden. Hast du den Zaun gesehen?«

Spike zuckte mit den Schultern. »Hab ich gesehen.«

»Dachte ich mir. Dann müsstest du selbst drauf kommen. Wir sind hier in einem Käfig. Die Leute kommen, um uns anzusehen und unser Verhalten zu beobachten.«

Allmählich dämmerte es Spike, wo er hineingeraten war. Ihm wurde übel.

»Ich bin in einem verdammten Zoo gelandet?!«

3.

Los Angeles

»Wie Sie alle wissen, meine Damen und Herren, haben wir ein großes Problem.« Der Polizeipräsident trug einen teuren grauen Anzug, der gut zu seinem kurzen stahlgrauen Haar passte. Er stand an der Stirnseite des Raumes und sah die versammelten Officer aus seinen kalten blauen Augen an. »Im Grunde sogar eine ganze Menge Probleme. Seit den Aufständen Anfang der Neunziger hat diese Stadt nicht mehr so viele Probleme auf einmal gehabt.«

Kate Lockley beobachtete den Mann genau. Er kam nicht oft vorbei, um zur versammelten Mannschaft zu sprechen, also musste es sich um etwas sehr Wichtiges handeln. Eigentlich war er mehr Politiker als Cop, obwohl er natürlich aus ihren Reihen kam. Aber das war vor langer Zeit gewesen, in einer anderen Stadt. Seine Auffassung über die Arbeit der Polizei war nicht mehr angesagt, aber durch politisches Geschick hatte er es geschafft, sein Äußeres so zu wandeln, dass er nicht mehr wie der findige Cop aussah, der er einmal gewesen war. Und er dachte auch nicht mehr so.

Es war tatsächlich das gesamte *Who is Who* der Polizei versammelt – Captains, Lieutenants, Detectives aus verschiedenen Dezernaten und auch eine Auswahl höherer Beamter, etwa einige L.A.-Bezirkssheriffs, der Chef des örtlichen FBI-Büros sowie ein paar Special Agents und U.S. Marshals. Sie alle hörten aufmerksam zu und machten sich teilweise Notizen in ihre Kladden, während der Polizeipräsident sprach.

»Wir haben es nicht allein mit einem Bandenkrieg zu tun, obwohl dieser Faktor die größte unmittelbare Bedrohung für die öffentliche Sicherheit darstellt«, erklärte er mit ernster Stimme. »Und selbstverständlich ist im Augenblick der Großteil unserer Kräfte dafür abgestellt.«

Kate registrierte, dass der Mann wie alle Cops die Angewohnheit hatte, mehr Worte als nötig zu gebrauchen, um einen Sachverhalt zu schildern. Selbst als Tochter eines Polizisten hatte sie das nie richtig verstanden. Vielleicht glaubten die Kollegen, sie klängen so intelligenter. Es mochte aber auch eine Folge davon sein, dass sie zu viel mit Anwälten zu tun hatten, die sich aus beruflicher Notwendigkeit heraus sehr präzise und regelhaft ausdrückten.

Kate zwang sich, wieder zuzuhören. Der Polizeipräsident hatte sich inzwischen zu einem großen Stadtplan an der Wand umgedreht. Der Plan war mit roten, gelben und blauen Fähnchen gespickt.

»... Plünderungen in diesen Vierteln«, sagte er gerade und zeigte auf die roten Markierungen. »Das Kraftwerk in Carson wurde durch eine Explosion zerstört, die zurzeit noch untersucht wird. Während des darauf folgenden Stromausfalls wurde in zahlreiche Geschäfte eingebrochen. Wir wissen von drei Todesfällen, die sich in diesem Zusammenhang ereigneten, und sobald wir die Verdächtigen identifiziert und aufgegriffen haben, werden sie, wie der Bezirksstaatsanwalt versprochen hat, wegen Totschlags angeklagt.

Die blauen Markierungen stehen für die Jugendlichen, die verschwunden sind. Bis zum gegenwärtigen Zeitpunkt haben wir keinen Hinweis darauf, was mit ihnen geschehen ist. Wir wissen nicht, ob sie abgehauen sind, gekidnappt wurden oder was auch immer.«

Kate biss sich auf die Unterlippe, sie musste sich beherrschen, um nicht laut zu widersprechen. Sie wusste nur zu gut, was mit ihnen geschehen war. Allerdings hätte sie es wohl nie geglaubt, wenn sie nicht selbst in der Wohnung von Cordelia Chase gewesen wäre und Angel durch ein merkwürdiges Portal hätte gehen sehen, das ein russisches Mädchen herbeigezaubert hatte. Das Portal führte Angel angeblich in eine Art Paralleluniversum, von wo er die verschwundenen Jugendlichen wieder nach Hause bringen sollte.

Das konnte Kate ihren Vorgesetzten natürlich nicht erzählen. Denn falls sie ihr glaubten – wovon man nicht ausgehen konnte –, würden sie eine Sondereinheit zu Cordelia schicken, Alina in Gewahrsam nehmen und sich ansonsten einen Dreck darum scheren, mit was für Mächten sie sich anlegten.

Kates Einsicht in diese Vorgänge war auch nur bruchstückhaft, aber sie war besser informiert als der Großteil ihrer Kollegen. Seit sie begriffen hatte, dass Angel ein Vampir war, hatte sie sich mit Phänomenen auseinander gesetzt, die rational veranlagte Menschen als Aberglauben und puren Irrsinn abtun würden. Die Entdeckung von Angels wahrem Wesen war zeitlich mit der Ermordung ihres Vaters durch andere Vampire zusammengefallen. Vom Verstand her war Kate klar, dass Angel nichts dafür konnte – er hatte sogar versucht, ihren Vater zu retten. Aber gegen ihre Gefühle konnte dieses Wissen nicht viel ausrichten und ihre Beziehung zu Angel war seitdem arg strapaziert. Die Wahrheit über ihn und seine blutige Vergangenheit zu kennen, machte das auch nicht besser.

Nun befand sie sich in der unangenehmen Lage, ihren Kollegen und gleichzeitig den besorgten Eltern Informationen über die verschwundenen Kinder vorzuenthalten. Sie wusste nicht, was sie schlimmer fand.

»... höher stehende Persönlichkeiten wie der Bürgermeister, ein kalifornischer Senator und mehrere Abgeordnete«, predigte der Polizeipräsident in monotonem Tonfall, »haben mir gegenüber ihre Besorgnis angesichts dieser Situation geäußert sowie ihren Wunsch, das Problem gelöst zu wissen, bevor noch weitere Fälle von verschwundenen jungen Menschen zu Tage kommen.«

Das soll also heißen, dachte Kate bitter, dass die Sache nun, da zusätzlich zu den Kindern armer Bürger auch die von den Reichen und Mächtigen verschwanden, endlich wichtig genug erschien, damit man sich ihrer annahm. Kate merkte innerlich auf. Bin ich zynisch?, fragte sie sich. Sie wollte es nie werden, denn ihrer Meinung nach konnte man als Zyniker kein guter Polizist sein, obwohl viele Cops in der Tat sehr zynisch waren.

Sie war sehr erleichtert, als die Versammlung endete – ohne dass man, wie sie fand, bedeutend weitergekommen war. Aber der Polizeipräsident hatte sich engagiert zeigen können und wie sie ihn kannte, würde er gleich anschließend eine Pressekonferenz abhalten, bei der er die Versammlung als großen Erfolg feiern würde. Falls diese Maßnahme half, in der Stadt wenigstens für eine gewisse Ordnung zu sorgen, dann hatte es sich wohl gelohnt, den Vortrag auszuhalten.

Kate bahnte sich einen Weg zur Tür. Die Zuhörerschaft bestand fast ausnahmslos aus Männern in dunklen Anzügen und die junge Polizistin spürte deren abschätzende, taxierende Blicke, mit denen sie nicht nur ihre Kompetenz als Detective zu beurteilen versuchten, sondern auch ihre »weiblichen Werte«. Sie war froh, als sie draußen war und wieder im Auto saß, um zu ihrer Wache zu fahren, wo man sie kannte. Sie hatte einen Haufen Arbeit vor sich.

»Sehe ich das richtig?«, fragte Buffy. »Ich soll Angst vor dir haben? Ich habe gerade diesen Drachen besiegt. Der war viel größer und obendrein Furcht einflößender als du. Wie wäre es also, wenn du einfach verschwindest. Wir können ja dann erzählen, dass ich unheimlich vor dir gezittert habe, okay?«

Der Schwarze Ritter schwieg.

Buffy hatte ihn bei sich so genannt: den Schwarzen Ritter, mit großen Anfangsbuchstaben. Sie war gerade auf einem Waldweg Richtung Schloss unterwegs gewesen, wo die Prinzessin aus L.A. angeblich in einem Turm gefangen gehalten wurde, als der Schwarze Ritter ihr aus einem Kiefernhain in den Weg getreten war. Er steckte vom Helm bis zu den Metallstiefeln in einer schwarzen Rüstung und die klirrte beim Gehen, wie wenn man im Küchenschrank nach einem Topf wühlte. Sein Helm war eiförmig und hatte ein sehr spitzes

Visier, mit dem der Ritter, falls es speziell für ihn angefertigt war, in die Nähe von Cyrano de Bergerac rückte – von der Nase her betrachtet.

Der schwarze Unbekannte hatte sich vor ihr aufgebaut. In seinen Händen hielt er eine gewaltige Keule, deren ballgroßer Kopf mit einem Dutzend langer Stacheln besetzt war.

Es lag an dieser Keule, dass Buffy ihr Gegenüber ernst nahm. Ein guter Treffer mit diesem Ding konnte großen Schaden anrichten, sogar mit ihren Jägerinnen-Heilkräften wäre es schwierig, sich von einem Schlag auf den Kopf zu erholen.

So groß und schwer die Keule auch war, spielte der Ritter mit ihr herum wie mit einem Baseball-Schläger aus Aluminium. In seinen behandschuhten Pranken wirkte sie federleicht.

»Keine Lust zu reden?«, fragte Buffy ihn. »Das ist okay. Mein Freund sagt auch immer, dass ich ein Gespräch ganz gut allein bestreiten kann, weißt du, also ...« Sie brach ab. »Ähm, gehst du jetzt zur Seite?«

Der Schwarze Ritter bewegte sich nicht. Hinter dem Schloss ging allmählich die Sonne unter. Der längliche Schatten der Rüstung hob sich dunkel vom Weg ab.

»Denn da in dem Schloss ist diese Prinzessin und ich muss nach ihr sehen«, fuhr Buffy einen Augenblick später fort. »Ich habe keine Ahnung, wie spät es ist, aber ich möchte die Sache so schnell wie möglich hinter mich bringen.«

Immer noch schwieg der Schwarze Ritter.

»Okay«, Buffy zuckte mit den Schultern. »Dann gehe ich eben um dich herum.« Sie trat nach links, um an ihm vorbeizugehen. Aber ihr Gegenüber machte ebenfalls einen Schritt zur Seite und versperrte ihr erneut den Weg.

Schon wieder so einer wie Angel, dachte sie. Von der düsteren, schweigsamen Truppe. Ob der hier auch genauso nachdenklich war? Buffy fand, sie hatte es lange genug auf die freundliche Tour versucht. Sie täuschte einen Schritt nach rechts an, der Schwarze Ritter folgte ihrer Bewegung. Sie schlug sich rasch auf die andere Seite und hoffte, ihn auf diese Weise schnell genug umrunden zu können.

Aber er drehte sich zu ihr um und schwang seine Keule. Buffy ließ sich flach auf den Boden fallen und schon pfiff die brutale Waffe knapp über sie hinweg. Sofort ging die Jägerin in die Hocke und sprang kräftig ab. Die Keule kam erneut auf sie zu, aber da war Buffy schon in der Luft und verpasste dem Ritter mit beiden Füßen einen Tritt gegen den Brustpanzer.

Der taumelte, behielt aber das Gleichgewicht.

Buffy keuchte heftig bei der Landung und das lag nur zum Teil an der Anstrengung. Eigentlich hätte ein solcher Tritt jeden umhauen müssen und ganz besonders eine solche Blechdose auf Beinen, bei der es um das Gleichgewicht nicht besonders gut bestellt sein konnte. Da Buffy den Ritter nun mit ganz neuen Augen sah, fiel ihr eine weitere Merkwürdigkeit auf: In seinem Visier, einer durchgehenden Metallplatte, fehlten offenbar die Sehschlitze. Hieß das etwa, er konnte nichts sehen? Aber das war unmöglich, denn er reagierte blitzartig auf jede ihrer Bewegungen.

Während Buffy noch überlegte, kam das schwarze Etwas auf sie zu und holte mit der Keule zu einem neuen Schlag aus. Sie blieb still stehen und wartete, bis der Ritter in Bewegung war, wich dann seitlich aus und verpasste ihm einen Tritt unterhalb des Knies. Die Erschütterung spürte sie in ihrem Bein bis zur Hüfte, aber der Ritter schien überhaupt nichts zu merken. Bevor Buffy in Deckung gehen konnte, ließ er die Keule fallen und schlug nach ihr. Sie bekam den Rücken seines Kettenhandschuhs in die Rippen und flog vom Weg.

Sie rappelte sich gerade auf, da setzte er ihr schon nach. Er schien immer aggressiver zu werden. Die Keule kreiste dicht über seinem Kopf wie der Rotor eines Hubschraubers. Buffy machte sich für ein riskantes Manöver bereit. Wieder wartete sie, bis ihr Gegner ausgeholt hatte und sie den Bogen seiner stacheligen Keule abschätzen konnte. Als die Keule herunterschwang, sprang die Jägerin in die Luft, stieß sich an der Schulter des Ritters ab und machte einen Salto über ihn hinweg. In der Luft drehte sie sich wie ein Turmspringer um die eigene Achse, damit sie bei der Landung den Rücken des Ritters vor sich hatte. Mit beiden Händen griff sie nach seinem Helm, um sich abzubremsen. Dann stemmte sie ihm ihre Beine in den Rücken und riss so fest sie konnte an dem Helm.

Er löste sich ruckartig und sie kippte zusammen mit ihm hintenüber zu Boden. Mit dem Helm in den Händen richtete sie sich auf. Das Ding war überraschend schwer. Buffy riskierte einen Blick hinein und hoffte, nicht auf eine ekelige Masse zu blicken.

Aber der Helm war leer.

Buffy blickte zu dem Schwarzen Ritter auf. Ihm fehlte der Kopf. Über den Schultern der Rüstung war Leere.

Der Jägerin lief ein kalter Schauer über den Rücken. Gegen Vampire und Dämonen zu kämpfen, war für sie selbstverständlich, aber ihren Widersacher hatte sie für einen ganz normalen Menschen in einer Rüstung gehalten.

»Gute Entschuldigung für dein hartnäckiges Schweigen«, bemerkte sie. »Wenn man keinen Kopf hat, kann man nur schwer eine Labertasche sein.«

Leider schien ihn der fehlende Kopf nicht im Geringsten einzuschränken. Als Buffy aufstand und noch die Wendigkeit des kopflosen Ritters bewunderte, hob dieser erneut die Keule gegen sie. Ohne das zusätzliche Gewicht des Helmes war er noch schneller geworden.

Die Keule fegte knapp über ihren Kopf hinweg. Buffy duckte sich, trat ganz dicht an ihren Gegner heran und bearbeitete den Brustpanzer mit einer Kombination: drei schnelle kurze Schläge nach vorne, rechts-links-rechts. Der Ritter wich einen Schritt zurück, ließ aber nicht von Buffy ab. Er warf die Keule weg und packte sie mit seinem riesigen Handschuh am Handgelenk. Buffy schüttelte ihren Arm und versuchte vergeblich, sich aus seiner eisernen Umklammerung zu befreien.

Also ging sie es anders an und ergriff nun mit der freien Hand sein Handgelenk. Sie benutzte seinen Arm als Hebel, knickte das Handgelenk um, so weit sie konnte, bis sie endlich ein befriedigendes Knacken hörte. Die Kettenhand brach ab. Buffy sah kurz in dem Handschuh nach, ob nicht doch eine menschliche Hand darin steckte – natürlich nicht –, warf ihn zu Boden und sprang außer Reichweite des Ritters, der die Keule zum erneuten Angriff wieder aufgehoben hatte.

Buffy hielt sich rechts von ihm, auf der Seite, wo ihm die Hand fehlte, und verpasste ihm eine schnelle Folge kraftvoller Tritte in den Leib. Die Figur schaukelte auf wackligen Beinen vor und zurück und ruderte mit der Keule, um nicht das Gleichgewicht zu verlieren. Buffy legte aus dem Sprung heraus noch einen kraftvollen Tritt nach.

Der Schwarze Ritter zerbarst förmlich. Sein Oberkörper schepperte hinterrücks zu Boden, die Beine schwankten eine Weile und kippten dann nach vorn. Der Oberkörper fiel auseinander, dann riss der linke Arm ab und purzelte ein paar Meter weiter, die Keule entglitt endlich dem erschlafften Handschuh.

Buffy begutachtete den Schaden. »Hätte ich was für Country Music übrig, würde ich jetzt ein paar Zeilen von *I Fall to Pieces* singen«, keuchte sie. »Aber wer steht schon auf Country?«

Der Schwarze Ritter war hoffentlich das letzte Hindernis auf dem Weg zum Schloss gewesen. Die Sonne versank bereits hinter den Hügeln, die sich jenseits des Schlosses aufreihten, und Buffy legte keinen gesteigerten Wert darauf, es in völliger Dunkelheit aufzusuchen.

Sie machte gerade zwei Schritte – da schloss sich der rechte Ritterhandschuh mit eisernem Griff um ihr Bein.

Los Angeles

»Nein!«, rief Nicky de la Natividad aufgebracht. Als er den schmerzerfüllten Gesichtsausdruck seiner Großmutter bemerkte, senkte er die Stimme. »Ich will nicht bloß rumsitzen und auf sie warten«, fuhr er etwas ruhiger fort. »Das kann ich nicht.«

»Aber das musst du, *mi angelito*«, flehte Doña Pilar. Sie stand mit Nicky in ihrer kleinen Küche und rührte in einem riesigen gusseisernen Topf, der auf dem Feuer brodelte. Auf Nickys muskulösen Armen waren immer noch die Brandflecken von seinem

Abenteuer auf Del DeSolas Ölfeld zu sehen. Sein Kopf war vollkommen kahl, sogar die Augenbrauen waren verbrannt, und selbst der kleinste Windhauch fühlte sich auf seinem Schädel merkwürdig kalt an. Vermutlich brauchte er noch ein Weilchen, bis er sich daran gewöhnt hatte. »Buffy ist doch schon auf der Suche nach ihr. Und Willow und ich tun, was wir können, aber ...«

»Aber viel könnt ihr nicht tun, nicht wahr?«, fiel ihr ihr Enkel ins Wort. »Seit ihr den Kontakt verloren habt.«

»Trotzdem! Wenn überhaupt jemand eine Chance hat, Salma zu finden und nach Hause zu bringen, dann ist es Buffy. Daran müssen wir einfach glauben.«

»Dein Glaube war immer schon größer als meiner, *abuela*«, sagte Nicky. »Das ist nichts Neues.«

Seine Großmutter strich ihm zärtlich über die Wange. Der junge Mann war innerlich sehr angespannt. Er hatte Angst. Und er brauchte im Grunde jemanden, der ihm versicherte, dass alles ein gutes Ende nehmen würde.

»Ich habe versucht, dich Glauben und Vertrauen zu lehren, seit du ein Kind bist, Nicky.« Ihre Stimme zitterte. »Wir sind jedoch längst nicht in allem so erfolgreich, wie wir gern wären. Aber mit der erfolgreichen Durchführung des Rituals für die Nacht der langen Messer hast du ja wohl bewiesen, dass ich doch einen gewissen Einfluss auf dich habe, oder?«

»Einfluss schon«, gestand Nicky. Er verstand selbst nicht, warum er sich eigentlich so feindselig verhielt. Wie gern hätte er seiner Großmutter anvertraut, dass er sich wünschte, mehr Glauben und Vertrauen zu besitzen. »Ich habe von dir ein, zwei Tricks gelernt. Aber du hast dieses unerschütterliche Vertrauen, dass sich alles zum Guten wendet, und dem kann ich mich einfach nicht anschließen. Ich mache mir ständig Sorgen, was alles schief gehen kann.«

Stirnrunzelnd wandte sich Nicky von seiner Großmutter ab. Aus irgendeinem unerklärlichen Grund machte es ihn unheimlich wütend, sie beim Rühren ihres Gebräus zu beobachten. Ihn plagten Schuldgefühle und er wollte nicht mitansehen, wie die alte Frau etwas tat, was auch er schon getan hatte: mit Hilfe der Magie in die Realität eingreifen.

»Es wird nicht funktionieren«, schleuderte er ihr entgegen. »Wir wissen lediglich, dass sich Buffy irgendwo anders befindet als vorher. Ob es aber dasselbe ›irgendwo anders‹ ist, wie das, wo sich Salma aufhält, wissen wir nicht.«

»Aber wir versuchen ja ...«

»Das ist alles falsch«, sagte er matt. »Wir hätten es nicht tun sollen.«

»Wir haben bereits angefangen«, erwiderte sie seufzend. »Jetzt können wir nicht mehr zurück.«

Nicky ballte die Hände zu Fäusten und sah vor seinem geistigen Auge, wie er sich mit dreißig Latin Cobras an seiner Seite diejenigen vorknöpfte, die Salma das angetan hatten. Es sollte ihnen Leid tun, jemals geboren worden zu sein.

»Sie ist meine Schwester«, sagte er und sah seine Großmutter entschlossen an. »Also bin ich für sie verantwortlich.«

»Verstehst du denn nicht, Nicky?«, fragte Doña Pilar traurig. Sie schnupperte an dem Topf, verzog das Gesicht und griff nach einem Glas mit Kräutern auf dem Regal. Sie schraubte den Deckel ab und gab eine Prise davon in den Topf. Nicky wusste, dass sie ihre Gefäße nicht beschriftete. Bei den Inhalten verließ sie sich ganz auf ihr Gedächtnis und ihre Sinne. »Wenn es eine Möglichkeit gäbe, jemanden direkt zu Salma zu schicken«, fuhr sie fort, »dann hätten wir das schon längst getan. Salma zu finden, ist eine Herausforderung, selbst wenn Willow und ich mithelfen, und für diese Aufgabe ist Buffy die Beste, die wir kennen – die Beste auf der ganzen Welt.«

»Weil sie eine Jägerin ist?«

»*Si*, ganz genau. Weil sie *die* Jägerin ist. Die einzige. Bereits als junges Mädchen hörte ich, wie sich die *brujas* Geschichten über sie erzählten. Niemand ist mächtiger als sie, niemand ist besser geeignet, den Gefahren zu begegnen, die in den Parallelwelten lauern, in die es Salma verschlagen hat.«

Nicky war noch nicht überzeugt. »Sicher, sie ist tough, ganz bestimmt. Und Willow und die anderen auch, wie du sagtest. Aber ich bin auch tough, weißt du?«

Seine Großmutter klopfte ihm begütigend auf die Schulter. Der junge Mann war dankbar, versuchte aber nicht rot zu werden. »Du bist stark, *papi*. Und gefährlich – gefährlicher als gut für dich ist.« Sie ließ ihre Hand sinken, als er zurückwich. »Aber dort drüben braucht man andere Kräfte, als du sie besitzt.«

»Ich soll also einfach hier in diesem Haus herumsitzen?« Nicky warf die Arme in die Luft, als wolle er betonen, welches Haus er meinte. »Während Salma in Gefahr schwebt und Buffy ihr in einer unendlichen Zahl von Realitäten hinterherjagt. Und wenn sie Salma nicht findet? Auch in Oaxaca habt ihr früher bestimmt schon mal von der berühmten Nadel im Heuhaufen gehört, oder etwa nicht? Und wir wissen nicht einmal, in welchem Heuhaufen wir überhaupt suchen sollen!«

»Deshalb müssen Willow und ich sie ja führen«, erklärte Doña Pilar geduldig. »Du darfst nicht vergessen, dass auch Angel unterwegs ist.«

»Großartig!«, bemerkte Nicky sarkastisch. Er bettelte praktisch darum, überzeugt zu werden, indem er die Beschwichtigungsversuche seiner Großmutter vom Tisch wischte. »Die zwei durchsuchen eine unendliche Zahl von Möglichkeiten. Meinst du nicht, zu dritt ginge es schneller? Dann könnten wir die Unendlichkeit in Drittel teilen und wären vielleicht schon fertig ... ach bestimmt, bevor die Sonne zur Nova wird!«

»Nicky«, Doña Pilar mahnte ihn mit einer Geste zur Ruhe. »Wir könnten eine Million Menschen losschicken und es wären nicht genug. Ohne Mithilfe von dieser Seite gibt es keine Hoffnung, Salma oder die anderen Verschwundenen zu finden. Sie haben diese Realität verlassen, also gibt es Spuren, die wir verfolgen können. Es geht nicht darum, ob wir genug Leute haben, sondern darum, die zu leiten, die sich in der anderen Welt aufhalten.«

»Ich kann es nicht, *mi abuelita*!«, rief Nicky. »Ich kann hier nicht einfach rumsitzen und abwarten, dass meine Schwester wieder auftaucht. Besonders, da es meine Schuld ...«

»Oh, Nicky, das ist es nicht!« Die alte Frau nahm seine großen Hände in ihre kleinen. »Es lag nicht an dir!« Sie ließ den Kopf sinken. »*Bueno*, das Portal in Sunnydale war teilweise deine Schuld.

Mit dem Ritual für die Nacht der langen Messer hast du auf die Atmosphäre in Sunnydale Einfluss genommen. Aber du konntest ja nicht ahnen, dass Alina genau in dem Augenblick den Realitätsindikator ausprobiert, in dem du diese mächtigen magischen Energien freigesetzt hast.«

»Wir haben also Monster erschaffen, weil ich mit der Magie arbeitete und Alina gleichzeitig mit ihrer Maschine?«, fragte der Enkel.

»Ihr habt den Schatten erschaffen«, beschwichtigte seine Großmutter sanft. »*Bueno.*«

»Was verschweigst du mir?«, seine Stimme wurde schrill. »*Abuela*, was habe ich getan?«

Sie zögerte. »Also gut. Du hast mich nach der Wahrheit gefragt. Ich glaube, dass du das Schattenmonster erschaffen hast, das in Sunnydale aufgetaucht ist, und einer von euch beiden, entweder du oder Alina, hat das Portal geöffnet, durch das es nach Sunnydale gelangte.«

»*Ay, Dios*«, murmelte Nicky. »Dieses Monster und all die anderen.«

»Du konntest ja nicht wissen, dass Sunnydale am Höllenschlund liegt. Und dass der Zeitpunkt schlecht gewählt war.«

»Wusstest du das über Sunnydale schon vorher?«, fragte er.

»Nein.« Sie sah ihrem Enkel fest in die Augen. »Ehrlich, das wusste ich nicht. Ich hätte deinen Eltern nicht erlaubt, Salma dort zur Schule gehen zu lassen, wenn ich es gewusst hätte. Und ich glaube, mit Salmas Verschwinden hast du nichts zu tun.«

Nicky schnitt eine Grimasse. »Du glaubst?«

»Ich bin sicher.« Ihr Lächeln sollte beruhigend auf ihn wirken. Es erinnerte Nicky daran, wie sehr ihn seine Großmutter liebte. Selbst wenn sie vor seinen Augen starb, würde sie ihm noch versichern, es ginge ihr gut, um ihn zu schonen.

Nicky schüttelte seinen kahlen Kopf. »Ich wünschte, ich könnte so sicher sein wie du.«

Doña Pilar zuckte mit den Schultern. »Es läuft immer wieder auf dasselbe hinaus«, erklärte sie. »Ich weiß nicht, wie ich dich überzeugen und dir das Vertrauen geben kann, dass alles gut enden wird. Buffy wird Salma finden. Salma geht es gut – sie ist verschwunden, aber nicht unbedingt in Gefahr. Sie wird bald nach Hause kommen. Und dann wirst du dich davon überzeugen, dass ich die ganze Zeit über Recht hatte. Wir müssen nur ein wenig Geduld haben und Willow, Tara und ich müssen es schaffen, die Verbindung zu Buffy wiederherzustellen.«

Sie nahm den Kochlöffel, mit dem sie gerührt hatte, aus dem Topf und roch erneut prüfend daran. Diesmal war sie zufriedener. Sie nahm einen winzigen Schluck von dem Löffel und nickte.

»Bitte, Großmutter«, bettelte Nicky. »Bitte lass mich dorthin gehen. Ich kann Buffy bestimmt helfen. Ich halte es nicht aus, hier untätig zu warten, während Salma alles Mögliche durchmacht, und ich werde das Gefühl nicht los, dass sie in Schwierigkeiten steckt.« Er hielt inne und sah die kleine alte Frau an. Sie hatte dieselben Augen wie er, dabei dasselbe Lächeln und dieselben ausgeprägten Wangenknochen wie seine Schwester. »Ich würde es mir niemals verzeihen, wenn ihr etwas zustößt.«

Doña Pilar betrachtete ihn mit sorgenvollem Gesicht. »Gut«, sagte sie. »Ich vermute, du wirst ohnehin keine Ruhe geben.«

»Bestimmt nicht«, erwiderte er. »Du kennst mich doch, *abuela.*« Sein Lächeln war bitter. »Ich bin ein verwöhnter kleiner Junge, der alles bekommt, was er sich in den Kopf setzt.«

Sie seufzte. »Dann geh zu Cordelia Chase. Alina ist mit ihrer Maschine bei ihr. Vielleicht können sie dich hinüberschicken. Wenn es ihnen gelingt, werden Willow, Tara und ich unser Möglichstes tun, dich von hier aus im Auge zu behalten.«

Dann bekreuzigte sie sich, und diese Geste flößte Nicky Angst ein.

Er fragte sich, ob er noch unter dem Schutz der Heiligen Mutter stand, seit er die Mächte alter aztekischer Götter heraufbeschworen hatte.

»Was ist das, was du gerade kochst?«, fragte er mit rauer Stimme. »Ein Trank, mit dem du den Kontakt zu Buffy wiederherstellen kannst?«

Doña Pilar lächelte. »Das hier?«, sie probierte noch einmal

einen Löffel voll. »Nein, das ist Suppe. Mit Fleischklößchen. Willst du einen Teller, bevor du gehst?«

Nicky schüttelte den Kopf. »Nein, danke.«

»Du brauchst Kraft«, sagte sie bestimmt. »Nicht nur Eier in der Hose!«

Wie vom Blitz getroffen, blickte Nicky zu seiner Großmutter, die sich manchmal einfach schockierend ausdrückte. Diese lachte jedoch amüsiert und wandte sich wieder ihrer Suppe zu.

Schweigend standen Großmutter und Enkel eine Weile beieinander. Nicky spürte, wie sich zwischen ihnen eine Distanz aufbaute. Er hätte gerne etwas gesagt oder getan, um das Gespräch weiterzutreiben, aber ihm fiel nichts ein.

Schließlich platzte er heraus: »*Abuela*, gib mir bitte die Adresse von Cordelia Chase!«

»Ab und zu müsste dir jemand auch mal etwas abschlagen«, entgegnete sie schwermütig. »*Ay, hijo*, wenn ich noch mal von vorn anfangen könnte, würde ich dir eine andere Großmutter sein.«

»Ich will gar keine andere«, sagte er und versuchte es mit seinem unwiderstehlichen Lächeln. »Mir gefällt diese hier!«

Aber seine Großmutter blickte ernst. »Weil sie dir gibt, was du willst.«

Er strich ihr über die runzlige braune Hand und in diesem Augenblick war sie wieder ganz real und menschlich für ihn, kein Geist oder Traumbild, sondern ein echter Mensch, der Trauer und Enttäuschung verspürte. Was war er nur für ein oberflächlicher Idiot. Sie konnte durch ihn hindurchsehen. Er war nur ein müder Abklatsch des Enkels, den sie sich wünschte. Sie wollte einen netten Jungen. Einen guten Jungen.

Er war nur sein Schatten, mehr nicht.

»Weil du mich liebst«, sagte er.

»Cordelias Adresse hängt am Kühlschrank«, murmelte seine Großmutter plötzlich ganz beiläufig und rührte wieder in ihrer Suppe.

Als er mit dem Zettel in der Hand die kleine Küche verließ, rief sie ihm leise hinterher: »*Que te vayes con Dios!*«

Gehe mit Gott!

»*Gracias*, Großmutter von Nicolas de la Natividad«, antwortete Nicky bewegt.

4.

Sunnydale

Giles mochte Wesley nicht sonderlich.

Sein Kollege war am anderen Ende der Leitung und machte Giles heftige Vorwürfe, weil dieser Spike durch das Portal hatte verschwinden lassen – obwohl ihm Giles zu erklären versuchte, dass es in der konkreten Situation gar keine Frage des »Lassens« gewesen war. Während des Telefonats sahen ihn Xander, Anya, Tara, Riley und Joyce Summers von der Sitzecke aus bedrückt und gleichzeitig voller Hoffnung an. Das erinnerte ihn daran, wie ihn Direx Snyder damals gezwungen hatte, die Organisation des Talentwettbewerbs an der Sunnydaler High School zu übernehmen.

Mit der Naivität eines Ausländers hatte Giles irrtümlich angenommen, bei einem Schulwettbewerb mit dem Wort »Talent« im Titel dürfe ebendieses nicht fehlen. Also hatte er eine strenge Vorsprechprobe anberaumt. Nach jeder der Darbietungen – die höflich als Probevorträge bezeichnet wurden und von denen einer schrecklicher gewesen war als der andere – hatten die Darsteller genauso wie diese fünf nun vor ihm gesessen und praktisch um einen Platz im Programm gebettelt. Dann wurde im Lehrerzimmer über das »britische Elitedenken« gewisser Leute gelästert und Giles hatte seinen Fehler schnell erkannt. In der Folge erhielt jeder einzelne Schüler, der vorgesprochen hatte, auch einen Platz im Programm und schon erfreute man sich wieder an der sagenhaften amerikanischen Demokratie im Allgemeinen und der Leidenschaft für schlechten Geschmack im Besonderen.

»Sie hätten Spike irgendwo einschließen sollen«, sagte Wesley gerade. »Geschieht Ihnen ganz recht! Was lassen Sie ihn auch frei rumlaufen!« In veränderter Stimmlage fragte er nach hinten: »Was sagst du? Ja, genau!«, und sprach dann wieder in den Hörer: »Cordelia möchte Sie daran erinnern, dass Spike Angel sogar gefoltert hat, als er in L.A. war, und dass er Cordelia einmal fast getötet hätte. Und trotzdem lassen Sie ihn leben.«

Giles kniff die Lippen zusammen. »Wie du mir, so ich dir«, war er versucht zu sagen, denn er war selbst einmal von Angel gefoltert worden, aber das hätte von ausgesprochen schlechtem Stil gezeugt. Und selbstverständlich wollte er nicht, dass Cordelia – egal von wem – getötet wurde.

Er schüttelte den Kopf in Richtung des hoffnungsvollen Quintetts auf der Couch. »Rekapitulieren wir also. Weil Spike das Portal durchschritten hat, ist die Verbindung zwischen Tara, Willow und Doña Pilar unterbrochen.«

»Ja.«

»Und der Kontakt konnte noch nicht wiederhergestellt werden. Warum, wissen wir nicht«, fasste er die Lage zusammen. Joyce verzog schmerzhaft das Gesicht. Anya griff schulterzuckend nach der Schüssel Chips, die Xander von zu Hause mitgebracht hatte. Tara versank tief in ihrem Sessel; sie wirkte sehr niedergeschlagen. Riley stand auf und begann auf und ab zu gehen.

»Wie läuft die Recherche?«, fragte Giles Wesley.

»Sie gestaltet sich etwas schwierig«, antwortete dieser knapp. »Hier in L.A. sieht es schlimm aus. Straßenschlachten und ...«

»Also, das gehört in Sunnydale zum Alltag«, warf Giles ein. »Wir werden hier regelrecht von Dämonen überlaufen.« Und wie aufs Stichwort schlug etwas so heftig von außen an die Hauswand, dass die ganze Wohnung erzitterte. Alle schreckten auf, beruhigten sich aber rasch wieder. Die Angriffe waren mittlerweile so zahlreich, dass die Gruppe recht gelassen damit umging.

»Und Monster«, fügte Anya hinzu. Auf den fragenden Blick ihres Freundes erklärte sie mit einem kleinen Lächeln: »Immer werden die Dämonen für alles verantwortlich gemacht. Aber nicht jeder Fall von Massenvernichtung geht auf ihr Konto.« Dann an Giles' Adresse: »Also, wir werden von Dämonen überlaufen.«

»Und von Monstern«, sagte Giles zu Wesley.

Anya sah sich stolz um. »Ich bin schon ein loyales Wesen, was? Trete sogar für Dämonen ein!«

»Ex-Wesen«, erinnerte sie Xander. »Jetzt bist du ein ganz vollbu ... ein Vollblut-Mensch, meine ich.«

»Vom Alltag rede ich doch gar nicht«, sagte Wesley zu Giles. »Es wird stündlich schlimmer. Die Gangs führen einen richtigen Krieg gegeneinander. Massenschießereien, Feuer. Die Leichen türmen sich und bei vielen handelte es sich nur um unschuldige Passanten. Das ist der reine Wahnsinn, Giles!«

»Dann dürfen wir wohl davon ausgehen, dass keine von unseren Maßnahmen bislang erfolgreich war. Am Ende machen wir alles nur noch schlimmer.« Giles rückte die Brille zurecht und ließ seine Schultern kreisen, um die Verspannung im Nacken zu lösen. Er war müde und frustriert. »Glauben Sie, das russische Mädchen weiß, was es tut? Vielleicht macht sie uns nur etwas vor! Am Ende ist sie für das ganze Chaos verantwortlich.«

»Wie die Initiative«, warf Anya ein. »Wow, die haben wirklich ein ganz ordentliches Chaos gestiftet, hm?«

Riley verzog bei dieser Erinnerung schmerzlich das Gesicht und Xander zischte Anya warnend an.

»Ich sage Ihnen was«, entgegnete Wesley. »Ich hole einfach mein getreues Chaosometer heraus und dann sehen wir, ob Sie recht haben.« Er seufzte. »Sorry, alter Knabe. Ich bin nur müde und frustriert.«

Giles zuckte zusammen. Er wurde nicht gern daran erinnert, dass er mit Wesley – abgesehen von Geburtsland und Tätigkeit – viel mehr gemein hatte, als ihm lieb war. Er hatte Wesley Wyndam-Pryce zunächst ein wenig schnöselig gefunden, viel zu steif und weitgehend humorlos. Aber das war, ehrlich gesagt, auch Buffys erster Eindruck gewesen, als sie Giles zum ersten Mal begegnet war. Er seufzte ebenfalls.

»Möchtest du noch mit Willow sprechen?«, fragte er Tara.

Schüchtern stand Tara auf und nahm das Telefon. Giles trat diskret ein paar Schritte zurück, um sie nicht zu stören. Xander und Anya hatten angefangen, über irgendetwas zu zanken, und Joyce Summers saß mit Sorgenfalten auf der Stirn und gefalteten Händen regungslos da. Seit zwei Jahren wusste sie nun schon, dass Buffy die Auserwählte war, aber die Angst um ihre Tochter war immer noch da. Joyce war klar, dass Buffy bereits viel länger lebte als viele ihrer Vorgängerinnen. Jung zu sterben, war das Schicksal einer Jägerin – wenigstens war es bislang immer so gewesen.

Riley nahm sein Gewehr zur Hand und überprüfte die Munition.

»Hallo«, sagte Tara leise ins Telefon. »Mir geht es gut.« Sie zuckte mit den Schultern und strich sich übers Haar. »Nur ein wenig müde. Habt ihr euch schon überlegt, wie wir die Verbindung wiederherstellen?«

Sie lauschte eine Weile und sah Giles an, der die Augenbrauen hochzog. Dann sagte sie: »Ich werde es versuchen.« Ihre Wangen röteten sich. Giles fand, sie war wirklich ein reizendes Mädchen, sie sah sogar ein wenig britisch aus. »Du auch«, murmelte sie.

Dann reichte sie Giles das Telefon. Er nahm es und sagte: »Willow?«

»Hallo Giles«, begrüßte ihn Willow aufgeregt. »Hören Sie, Alina wird versuchen, eine übersinnliche Verbindung zu mir herzustellen. Cool, was?« Ihre Stimme überschlug sich fast. »Da Tara, Doña Pilar und mir das schon mit Hilfe der Magie gelungen ist, haben wir gedacht, wir setzen jetzt mal Alinas Begabung ein.«

»Was wollt ihr damit erreichen?«, fragte Giles. »Könnt ihr Buffy auf diese Weise finden?«

Riley sah den Briten scharf an. Giles hob beschwichtigend die Hand, konnte aber wenig gegen die Rastlosigkeit des jungen Mannes ausrichten.

»Angel auch, oder alle beide«, antwortete Willow. Dann senkte sie ihre Stimme. »Vielleicht sogar Spike. Sie sind an verschiedenen Orten gelandet.«

»Woher weißt du das?«

»Bevor alles drunter und drüber ging, konnte Alina sehen, wo sie sich aufhalten. Vor ihrem geistigen Auge, meine ich. Sie sah verschiedene Landschaften. Aber Alina ist allmählich mit den Nerven am Ende und ich weiß gar nicht, warum ich flüstere, denn sie kann sowieso meine Gedanken lesen.«

»Tatsächlich?«, entfuhr es Giles beunruhigt und er wünschte, Riley würde aufhören, ihn anzustarren.

»Es ist so merkwürdig. Sie ist ja früher kaum mal vor die Tür gekommen. Alles ist neu und anders für sie. Das hier ist eine große Belastung. Und sie macht sich Sorgen um ihren Freund Mischa«, erklärte Willow.

»Ach, wo ist er denn?«, fragte Giles.

Willow räusperte sich. »Oh, hallo Alina«, flötete sie. »Ich muss jetzt Schluss machen. Sagen Sie Tara, sie soll sich ausruhen. Wenn Alina und ich die Verbindung zustande kriegen, nehmen wir sie später dazu.«

»Mache ich.«

»Und sagen Sie Buffys Mom, dass wir ihre Tochter bald finden«, fügte Willow mitfühlend hinzu. »Sie muss ganz krank vor Sorge sein.«

»Ziemlich.«

»Okay, also dann. Bye!«

»Wiederhören, Willow. Und viel Glück!«, sagte Giles noch, aber da tutete es schon in der Leitung. Er räusperte sich und lächelte Joyce und Riley freundlich an. »Sie suchen bereits nach Buffy«, sagte er.

»Wie denn?«, wollte Riley wissen.

»Und Spike?«, fragte Anya. Xander runzelte die Stirn und sie fügte rasch hinzu: »Und Angel. Ich mache mir um alle drei Sorgen, okay?« Dann lächelte sie Riley an. »Aber um Buffy am meisten.«

Riley schob seine Waffe ins Halfter und sagte: »Ich gehe auf Patrouille.«

Er marschierte aus dem Raum und ließ die anderen zurück, die Giles mit fragenden Blicken bombardierten.

Und da habe ich mich damals gegen diesen simplen Talentwettbewerb gewehrt!, dachte der Brite niedergeschlagen.

Um Alina zu verstehen, musste man weder Gedanken lesen noch Russisch können, dachte Willow, während sie beobachtete, wie das Mädchen in Cordelias Wohnzimmer auf und ab schritt und vor sich hin murmelte.

Alina hatte eindeutig große Angst.

Cordelia kam herein und balancierte ungeschickt ein Tablett mit drei Kaffeetassen, einer offenen Milchtüte und ein paar Päckchen Süßstoff. Auch an einen einsamen Löffel und ein paar zerknüllte Papierservietten hatte sie gedacht. Sie tat ihr Bestes, wenn es darum ging, die gesellschaftliche Etikette zu wahren.

»Hier!«, sie stellte das Tablett auf dem Tisch ab und strich sich das Haar aus der Stirn. »Wow, was für eine Arbeit, wenn man Kaffee von Hand aufbrüht …« Sie seufzte und zog die Nase kraus. »Aber ich wollte, dass ihr den Besten bekommt.«

»Cordelia, wirklich!«, schimpfte Wesley und legte das Telefon auf dem Beistelltisch neben dem Sofa ab. »Die Bohnen werden doch schon im Laden gemahlen. Du musstest nur das Pulver reingeben und Wasser drüberschütten.«

»Ich musste auch eine Filtertüte nehmen«, entgegnete die Dame des Hauses so vorwurfsvoll, als hätte sie *ihn* bei der schlimmsten aller Lügen erwischt.

»Ja, richtig.« Er schüttelte den Kopf und betrachtete die Tassen. »Ist eine davon für mich?«

Cordelia zog die Augenbrauen hoch. »Ich glaube, jetzt nicht mehr!« Dann zuckte sie mit den Schultern. »Wenn du willst. Ich selbst werde einen Tee trinken. Kräutertee.« Lächelnd bemerkte sie zu Willow: »Von Koffein bekommt man nämlich Falten!«

Willow wollte sich gerade aufregen, da fiel ihr ein, dass die Cordelia von Los Angeles nicht mehr wie die Sunnydaler Cordelia war. Sicher, sie war immer noch ziemlich gehässig, aber selbst das hatte etwas an Spitze verloren. Sie schien reifer geworden zu sein und sogar Mitgefühl zu entwickeln.

Erfrischend, fand Willow. Aber auch irgendwie bizarr.

Alina nahm sich eine Tasse Kaffee und trank in schnellen

Schlucken. Sie war ein hübsches Mädchen, ihr Outfit mit Jeans und Turtleneck-Sweater eher unscheinbar. Nach allem, was Willow über ihr Leben wusste, war sie nie mit Make-up oder Shoppen konfrontiert gewesen. Sie war praktisch eine Gefangene gewesen.

»Ja«, sagte Alina und sah die rothaarige Willow über den Rand ihrer Tasse hinweg an. »Eine Gefangene.«

Willow fuhr auf. »Ich wollte dich nicht beleidigen oder so mit dem … was ich ganz still in meinem eigenen Kopf gedacht habe«, versuchte sie Alina zu beschwichtigen.

»Schon gut.« Das Mädchen sah müde aus. Sie stellte die Tasse ab und fuhr sich mit den Fingern durchs Haar. Ihr liefen wieder Tränen über die Wangen und sie verschränkte die Arme vor der Brust. Mit einem lauten Schluchzer sagte sie: »Wir müssen bald versuchen, uns zu verbinden. Je länger wir warten …« Sie beendete den Satz nicht.

»Okay, also dann.« Willow schluckte. »Was soll ich tun? Sollen wir uns gegenseitig an die Schläfe fassen und ›Ich bin Spock‹ intonieren? Entschuldige, das kannst du ohne TV-Erfahrung ja gar nicht verstehen. Das war ein Witz.«

»Vulkanische Bewusstseinsverschmelzung«, sagte Alina nur. Sie trank ihren Kaffee aus und stellte mit entschlossener Geste die Tasse ab. »Kannst du dich in Trance begeben?«

»Ja.« Die Hexe nickte. »Ich bin quasi Trance-Expertin. Kein Problem!«

»Dann also Ruhe!«, ermahnte sie die anderen.

»Warum geht ihr nicht in mein Schlafzimmer?«, schlug Cordelia vor. »Wir stören euch nicht.« Sie sah sich um. »Du auch nicht, Dennis!«

Als wolle das Phantom sein Einverständnis zeigen, erhob sich die leere Tasse vom Tisch und segelte in die Küche.

Alina nickte Willow zu. Die beiden standen auf und gingen in das geräumige Schlafzimmer.

»Leg dich bitte hin!«, ordnete Alina an und zeigte auf das Bett. »Ich lege mich neben dich.«

»Ähm, ich bin in einer festen Beziehung«, witzelte Willow, errötete aber dann und tat, wie ihr geheißen. Alina legte sich ebenfalls dazu und nahm Willow bei der Hand.

»Atme tief und langsam. Schließ die Augen!«, sagte die Russin leise. Willow mochte sie. Sie war wirklich süß und Willow tat es schrecklich Leid, was für ein Scheißleben sie hatte führen müssen.

»Du bist auch süß, Willow«, murmelte Alina. »Besonders für eine Amerikanerin.«

»Amerikaner sind eigentlich ziemlich nett. Also, bis auf die Gewaltverbrecher.«

»Ich hoffe, ich sehe noch viel von Amerika«, sagte Alina.

»Das hoffe ich auch für dich.«

»Und jetzt atme!«

Willow lauschte auf ihren Atem und stimmte ihren Rhythmus auf den von Alina ab. Dann sah sie plötzlich vor ihrem geistigen Auge eine Zauberlandschaft mit sanften Hügeln und einem prachtvollen Schloss im Hintergrund. Sie konnte fast den Sonnenschein auf ihrem Gesicht spüren und die üppige Vegetation riechen.

Wir schaffen es!, dachte sie.

Dann hielt Alina die Luft an und Willow verlor das Bild.

Die Russin stöhnte frustriert. Bevor Willow wieder ganz da war, setzte sie sich auf und begrub ihr Gesicht in den Händen.

»Ich habe etwas gesehen«, meinte Willow.

»Ich bin zu nervös. Ich kann es nicht.« Alina ließ die Hände in den Schoß fallen. »Es tut mir so, so Leid.«

»Nein, ist schon in Ordnung«, entgegnete Willow mitfühlend. Innerlich quoll sie über vor Enttäuschung. Was sollten sie nun tun?

Alina sah sie unsicher an. Mit ängstlichem Gesichtsausdruck sagte sie: »Vielleicht reparieren meine Eltern den Realitätsindikator.«

»Und dann zwingen sie dich, damit zu tun, was sie wollen«, ergänzte Willow und biss sich auf die Unterlippe.

»Mischa könnte uns vielleicht helfen.« Alina schloss die Augen und verzog dann das Gesicht.

»Er scheint seine Gedanken abzuschirmen. Ich kann ihn nirgends finden.«

»Mach dir keine Sorgen«, sagte Willow, obwohl sie selbst höchst beunruhigt war. »Uns fällt schon was ein. Wir erledigen das hier und dann kannst du mal was erleben!«

Alina stieß einen kleinen Schrei aus und fasste Willow an der Schulter. »Sie kommen!«, rief sie.

»Wer?«, Willow riss erschreckt die Augen auf.

»Jemand versucht, meine Barriere zu durchdringen«, antwortete Alina. »Jemand mit sehr viel Macht.« Sie raufte sich die Haare. »Es sind bestimmt meine Eltern!«

Erst jetzt kam Willow in den Sinn, dass sie in Cordelias Wohnung leichte Beute waren. Ohne Angel hatten sie niemanden auf ihrer Seite, der bei einem Kampf ordentlich mitmischen konnte. Sie fragte sich, ob Cordelia eine Waffe hatte. Diese Vorstellung behagte ihr zwar nicht, aber wie sollten sie sich sonst wehren, wenn Alina tatsächlich verfolgt wurde?

Das russische Mädchen schüttelte den Kopf. »Die ganze Geschichte ist doch echt verrückt, findest du nicht?« Zweifelsohne eine rhetorische Frage.

Alina erhob sich vom Bett und ging auf und ab. »Als ich noch klein war, konnte ich die Nähe meiner Eltern spüren. Ihre Liebe.« Sie blickte nachdenklich vor sich hin. »Sie liebten mich. Aber noch mehr liebten sie die Möglichkeiten, die ich verkörperte. Die Hoffnung. Damals war alles noch ein schöner Traum. Der Weg, den sie gewählt haben ...« Sie ließ die Schultern hängen. »Irgendwie sind sie dadurch ganz anders geworden. Sie wollen nicht erkennen, wie falsch es ist, was sie tun. Es kümmert sie nicht. Die Konsequenzen unseres Handelns sind für sie unsichtbar. Sie haben nur die Verwirklichung ihres Traums vor Augen.«

»Ähm, also, das nennen wir hier in Amerika Motivation und meistens finden wir das ganz in Ordnung«, bemerkte Willow.

»Besessenheit ist das richtige Wort dafür«, warf Alina ein. Sie berührte die Schulter ihrer Gefährtin, ließ die Hand wieder fallen und ging erneut auf und ab. Vor dem großen Spiegel blieb sie stehen und betrachtete sich. »Meine Eltern sehen in mir keinen

Menschen mehr aus Fleisch und Blut. Ich bin nicht mehr ihre Tochter. Nur noch ein Teil der Maschine.« Sie zeigte auf das magische Gerät auf dem Bett, das irgendwie einem Toaster ähnelte.

»Nein!«, protestierte Willow. »Das ist nicht wahr, Alina. Du bist nur müde und verängstigt. Und dein Blutzuckerspiegel ist bestimmt zu niedrig.«

Das Mädchen schüttelte den Kopf. »Ich glaube, wenn mich mein Vater findet, wird er mich zwingen, noch mehr Leute verschwinden zu lassen.«

»Er würde doch seine eigene Tochter nicht ... zwingen ... oder ihr wehtun! Nicht wahr?«

Alina verzog angewidert ihr Gesicht. »Ich habe keine Ahnung, wozu meine Eltern mittlerweile in der Lage sind. Wenn ich bedenke, was wir getan haben.« Sie rieb sich die Arme, als wolle sie sich wärmen.

»Der einzige wahre Freund, den ich habe, ist Mischa, und den kann ich nicht finden. Ich kriege keine Verbindung zu ihm.« Sie schlug die Hände vor den Mund, als bekämpfe sie eine aufsteigende Übelkeit, und wirbelte auf dem Absatz herum. »Willow! Was, wenn er tot ist?«

Das war in der Tat eines der großen Probleme des Lebens, dachte Willow. Säßen sie in einer Fernsehshow, würde sie dem Mädchen vor ihr nun sagen, sie solle sich keine Sorgen machen; sie würden sich umarmen und dann käme die Werbung. Und dann würde jemand ein langes Gespräch mit den Eltern führen und alle zurückbringen.

Das Problem war nur, sie hatten es mit dem realen Leben zu tun.

Und in Willows realem Leben kamen Menschen um. Sehr oft. Das heißt, die meisten davon nur einmal. Aber viele eben.

Willow selbst hatte schon mehr Tote betrauert, als sie je für möglich gehalten hatte, und sie war nicht einmal mit dem College fertig.

»Siehst du?«, flüsterte Alina. »Du kannst mich nicht belügen, um mich zu trösten. Es ist sehr gut möglich, dass Mischa getötet wurde.«

»Soll ich eine Schutzformel für ihn sprechen?«, fragte Willow.

»Kann man so einen Zauber zurückverfolgen?«, gab Alina zögernd zurück. »Könnte jemand mit hoch entwickelten übersinnlichen Fähigkeiten Mischa aufspüren, indem er der magischen Spur folgt?«

Willow war fasziniert. »Ich habe ehrlich keine Ahnung«, antwortete sie. Aber es war gut möglich. Doña Pilar nahm ja auch an, dass der Albtraum, der die Familie de la Natividad heimgesucht hatte, eine ihrer eigenen Zauberformeln zur Quelle zurückverfolgt hatte.

»Dann tu es lieber nicht«, sagte Alina bekümmert. »Meine Eltern haben mir immer eingetrichtert, niemandem außerhalb der Familie zu vertrauen. Aber ich habe Menschen gefunden, denen ich mehr vertrauen kann als ihnen.«

Sie setzte sich wieder aufs Bett, schwang die Beine hoch und legte sich auf den Rücken. »Ich bin so müde, Willow. Macht es dir etwas aus, wenn ich mich ein wenig ausruhe?«

»Natürlich nicht.« Willow wollte aufstehen.

»Aber geh nicht weg. Bitte!«, bat Alina. »Ich habe Angst vor dem Alleinsein. Ich habe das Gefühl, dann versinke ich in dem Bett und niemand findet mich je wieder.«

Wow, was für eine lebhafte Phantasie!, dachte Willow und sagte: »Okay, dann bleibe ich natürlich. Du kannst ruhig einschlafen. Ich passe auf, dass du nicht versinkst.«

Das Mädchen lächelte leise und schloss die Augen. Binnen weniger Augenblicke war sie auch schon eingeschlafen.

Willow sah zur Decke und versuchte, mit ihrer Freundin Kontakt aufzunehmen.

Tara, kannst du mich hören?

Ja, Willow.

Ich liebe dich.

Und ich liebe dich.

Die ganze Geschichte ist wirklich seltsam, findest du nicht, Tara?

Ja. Man sollte ein Buch darüber schreiben.

Sie mussten beide kichern.

Und dann spürte Willow, wie ihre Augenlider schwer wurden. Sie ließ sich neben Alina auf das Kopfkissen sinken und faltete die Hände über dem Bauch.

Bin auf einmal so müde ...

»Es gibt Phasen zwischen Wachen und Träumen, da nimmt man noch etwas wahr, hat aber keine Willenskraft mehr«, sagte Giles im Traum zu Willow. »Man spürt, dass sich zum Beispiel etwas dem Bett nähert oder einen sogar berührt, aber man kann sich nicht bewegen. Und man kann auch nicht wach werden. Das ist schrecklich.«

»Das ist mir auch schon passiert«, antwortete Willow im Traum.

Es passierte ihr sogar genau in diesem Augenblick.

Etwas war im Raum.

Etwas, das nicht dort sein sollte.

Etwas, das Alina und ihr Schaden zufügen wollte.

Sie umbringen wollte.

Etwas, das sich über sie beugte ... *Hör auf! Geh weg ... Buffy, Hilfe! ... Hör auf! ...*

Etwas sehr Kaltes und Böses glitt in Willows Bewusstsein. Es war kein Wesen, das einer alternativen Realität entschlüpft war. Es war zurückgeblieben, nachdem ein Teil des Guten dieser Welt in das Portal gesogen worden war. Das Portal hatte Alina erschaffen, um die Jugendlichen von Los Angeles in die Vergessenheit zu entsenden. Dieses Etwas war die Abwesenheit des Guten und viel schlimmer als das Böse allein. Eine Apathie, die das Böse bei weitem übertraf.

Es war etwas, das die ganze Zeit über existierte; unsichtbar allerdings.

Willow kannte sich nicht mit dem ewigen Kampf des Guten gegen das Böse aus. Nicht wirklich. Sie wusste nichts von den Mächten der Ewigkeit, die für die Einhaltung der Regeln sorgten, und auch nichts von Dämonen, die das Gleichgewicht aufrecht erhielten, wie Whistler es getan hatte. Auch nicht, dass es Beschützer und Richter gab. Natürlich kannte sie den Höllenschlund und sie kannte die Jägerin, aber sie war sich nicht bewusst, dass die Entscheidungen über Leben und Tod einem normalen Spiel mit Feldern und Regeln ganz ähnlich waren.

Als das Gute abgesaugt wurde, kippte das Spielfeld. Die Regeln flogen vom Tisch.

Und das Fehlen des Guten schmerzte, als es sich in sie hineinbohrte, ihre Wirbelsäule entlangfuhr und sich wie ein bösartiger Tumor in ihr einnistete.

Aber dann schlief sie und träumte – nicht von Tara, sondern von Oz, ihrer verlorenen Liebe, ihrer geopferten, unmöglichen Liebe.

Das Fehlen des Guten manifestierte sich in der Verzweiflung.

Ihre Brust hob sich nur leicht.

Und im Tod.

Ihre Brust hob sich ... nur noch langsam.

Mischa konzentrierte sich und dachte an das winterliche Moskau. An den schneebedeckten Kreml, die dicken Pelzmäntel und -mützen und die Menschen, die nach Hause zu Tee und Wodka eilten.

Er kam gut vorwärts. Bald würde er die Grenze von Arizona überqueren und dann war er schon fast da.

Überall Moskowiter, die durch den Schnee stapften. In der Stadt war der Schnee oft schmutzig und grau. Die alten Frauen trugen ihre Babuschkas aus Wolle. Niemand konnte so gut Borschtsch kochen wie seine Tante Vera.

Oh Gott, ob es Alina gut ging? Was, wenn sie ...

Mischa zuckte zusammen, als er in den Rückspiegel blickte.

Etwa zwanzig Meter hinter ihm war ein Wagen der Autobahnpolizei aufgetaucht. Außer ihm war weit und breit kein Wagen auf der Straße und er fuhr über hundertzwanzig.

Er stieß einen russischen Fluch aus und nahm vorsichtig den Fuß vom Gas. Wenn er bremste, hätte er seine Schuld bereits eingestanden und der Cop würde ihn noch eher anhalten. Mischa kannte alle Tricks. Sie hatten ihm schon gut geholfen in Amerika und zu Hause. Autoritäre Köpfe waren überall gleich.

Behutsam verlangsamte Mischa das Tempo des gestohlenen Saturns auf akzeptable hundertzehn. Er schluckte schwer. Der Schweiß trat ihm auf die Stirn und er fing an zu zittern. Zunächst hatte er es per Anhalter versucht, aber das war ihm nicht schnell genug gegangen. Seine Angst hatte ihn angetrieben, die Angst, dass Alina vor ihm eintraf und nicht auf ihn warten würde, weil sie annahm, er käme nicht mehr. Also hatte er sich ein Auto von einem Parkplatz in San Bernardino »besorgt«. Der Besitzer hatte den Motor laufen lassen und war kurz in einem Laden verschwunden. Mischa hatte nur einsteigen und losfahren müssen. In Nullkommanichts war er auf der Interstate 10 Richtung Osten unterwegs gewesen, aber ihm war sehr wohl bewusst, dass man nach dem Auto fahnden würde. Und dass Alinas Eltern versuchten, ihn aufzuspüren, um in sein Unterbewusstsein einzudringen.

Wenn der Polizist ihn anhielt, würde er natürlich Mischas Führerschein kontrollieren und herausfinden, dass der Wagen gestohlen war. Die Sirenen und das Blaulicht mussten jede Sekunde anspringen und dann musste Mischa eine Entscheidung treffen: Er konnte versuchen abzuhauen oder sich ergeben.

Atemlos und mit Herzklopfen bis zum Anschlag fuhr er weiter.

Moskau im Schnee, dachte er. Eine wunderschöne Stadt!

5.

Die blonde Frau führte Angel durch einen Wald, der mit jedem Schritt dunkler und unfreundlicher wirkte. Nachdem Angel die Männer getötet hatte, hatte die junge Frau ihn mit großen blauen Augen angesehen und gesagt: »Bitte, mein Herr, Sie müssen mich zum Haus meiner Großmutter begleiten, sonst kommen sie wieder hinter mir her.«

»Diese hier nicht«, hatte Angel mit einem Blick auf die leblosen Körper entgegnet.

»Ja, aber sie sind sehr zahlreich«, war ihre Antwort gewesen. »Ich bitte Sie!«

»Ich muss ... Ich werde erwartet«, hatte Angel versucht einzuwenden. Wo, wusste er allerdings nicht so genau. Buffy war offenbar in einer anderen Welt gelandet; es gab demnach unendlich viele Möglichkeiten, wo sie stecken konnte. Und da es sich Angels Kenntnis entzog, wie er ohne den Kontakt zu Alina oder Willow, Tara und Doña Pilar – deren Anwesenheit er seit seiner Ankunft nicht mehr gespürt hatte – von einer Realität in die andere kommen sollte, war für ihn im Moment eigentlich ein Ort genauso gut wie jeder andere. Also willigte er ein. Sie stellte sich ihm als Tan-kia vor.

»Mein Name ist Angel. Was wollten die eigentlich von Ihnen?«, fragte er, während sie dem schmalen Pfad folgten, der zwischen hohen Bäumen hindurchführte. Der grüne Baldachin über ihren Köpfen war so dicht, dass Angel weder die Sonne noch den Himmel sehen konnte.

»Mich versklaven«, antwortete Tan-kia sachlich, als wäre dies eine allgemein bekannte Tatsache. »Ich gehöre zu den Waldmenschen.«

Angel duckte sich, um einem Ast auszuweichen, unter dem die junge Frau vor ihm einfach hindurchgelaufen war. »Und sie versklaven die Waldmenschen?«

Diesmal bog sie einen Zweig für ihren Beschützer zur Seite. »Natürlich, wenn sie können.«

»Ihre Großmutter gehört auch zu den Waldmenschen?«, fragte Angel.

»Ja. Sie wird bei uns besonders geachtet«, erklärte Tan-kia und ließ den Zweig wieder los. »Sie ist eine angesehene Hexe. In ihrer Hütte würden sie mich nie angreifen, aber als ich mich dummerweise von dem Wald entfernt habe – ich wollte nur sehen, was hinter den Bergen ist –, haben sie mich gefangen.« Ihre Miene verfinsterte sich angesichts der Erinnerung. »Ich wurde mehrere Wochen als Sklavin gehalten, bevor ich ausgebrochen bin, und dann haben sie mich gejagt, um mich zurückzuholen. Es ist Ihnen zu verdanken, Angel, dass sie ihre Lektion gelernt haben.«

»Haben Sie denn gesehen, was hinter den Bergen ist?«, fragte Angel.

»Ich sah nur einen weiteren Berg«, antwortete Tan-kia und lächelte reumütig. Dann zuckte sie mit den Schultern. »Aber ich bin sicher, irgendwo dahinter gibt es mehr zu sehen.«

»Und wo leben diese Männer, die Sie gefangen haben?«

»In einer Stadt in einem nahe gelegenen Tal. Dort gibt es große Häuser aus Stein, nicht nur aus Holz. Und die Menschen, die in diesen Häusern wohnen, wollen alle Sklaven haben.«

Der Vampir hatte natürlich schon früher von parallelen Universen gehört, sich aber nie eine Vorstellung davon gemacht, wie viele Parallelen es zur Erde eigentlich gab. Diese junge Frau von knapp zwanzig Jahren, die ihn zu ihrer Großmutter, der Hexe, führte, erinnerte ihn an die Geschichte von Salma de la Natividad und Doña Pilar. Buffy hatte sie ihm erzählt. Vielleicht waren Tan-kia und ihre Großmutter in diesem Universum dasselbe, was Salma und Doña Pilar auf der Erde waren. Vielleicht konnten sie ihm helfen, Buffy aufzuspüren. Da es die heißeste Spur war, die er seit seiner Ankunft gefunden hatte, beschloss er, Tan-kias Großmutter danach zu fragen.

Der Wald, durch den sie liefen, erinnerte Angel an das alte Rumänien, an Transsilvanien. Er war so dicht, dass man mit einem einzigen Schritt neben den Weg riskierte, sich hoffnungslos im Astwerk zu verfangen und nie wieder aus den Bäumen herauszukommen. Bestimmt existierten solche Wälder heute noch in Osteuropa, obwohl man auch dort die meisten sicher gerodet oder mit Straßennetzen durchzogen hatte. Den Wäldern, die so viele Gruselgeschichten auf der ganzen Welt inspiriert hatten, waren die Vampirzähne gezogen und ihre Schrecken von der stetig anwachsenden Bevölkerung beseitigt worden. Angel vermutete, dass dieser Prozess in der Welt, in der er sich gerade aufhielt, noch nicht begonnen hatte. Hätte man über das Blätterdach spähen können, wären bestimmt hunderte, wenn nicht tausende Kilometer Wald zu sehen. Die reinste Märchenwelt.

Tan-kia schien den Wald sehr gut zu kennen. Sie führte Angel über Pfade, die er in dem Dickicht erst erkannte, wenn sie den Fuß darauf setzte, dabei plapperte sie unentwegt. Die junge Frau erzählte von ihrem Zuhause, von ihrer Großmutter, von den Bäumen und Vögeln und all den anderen Tieren, an denen sie vorbeikamen. Der Vampir bemühte sich, höflich zuzuhören, lauschte aber gleichzeitig auch auf Geräusche eventueller Verfolger, hielt nach einem möglichen Hinterhalt Ausschau und konzentrierte sich auf seine Aufgabe, Tan-kia sicher nach Hause zu bringen. Wenn es ihm gelang, war ihre Großmutter sicherlich geneigt, etwas für ihn zu tun, falls sie tatsächlich in der Lage war, für ihn eine Verbindung zu Buffy herzustellen.

Nach seinen Jahrhunderten in der Hölle wusste Angel, dass die Zeit in unterschiedlichen Dimensionen unterschiedlich schnell verlief. Aber es mussten etwa drei Stunden vergangen sein, da erreichten sie eine Lichtung. Durch die Baumkronen war der Himmel zu sehen, in der Mitte stand eine kleine Hütte, die aus den Materialien des Waldes gebaut und mit ihrem perfekten Tarnkleid kaum zu erkennen war. Der Schornstein rauchte. Wenn ich nicht schon wüsste, dass hier eine Hexe wohnt, dachte Angel, würde ich schwören, dass hier eine Hexe wohnt!

»Lebt hier Ihre Großmutter?«, fragte er.

»Ja«, antwortete Tan-kia. »Hier bin ich aufgewachsen. Sie hat mich aufgezogen, nachdem meine Eltern verschleppt worden sind.«

»Von denselben Leuten wie Sie?«, mutmaßte Angel.

»Ja«, Tan-kia nickte. »Sie versklaven die Waldmenschen schon seit Ewigkeiten.« Schüchtern nahm sie Angels Hand und drückte sie rasch. »Noch einmal vielen Dank für das, was sie für mich getan haben.«

Sie drehte sich um und ging zur Tür. Bevor sie sie öffnete, gurrte Tan-kia einmal laut – ein Signal, vermutete Angel. Dann zog sie die Tür auf und rief: »Ich bin es, Großmutter! Ich bin wieder zu Hause!« Sie verschwand einen Augenblick und bat ihren Begleiter dann herein.

Die Großmutter erwartete sie in einem Raum, der ebenfalls wie aus dem Märchen schien. Boden, Wände und Decke waren aus demselben Holz geschlagen, ebenso die Möbel. Es war der Traum eines jeden Tischlers: kein einziges Stück Plastik oder Metall, nur ein paar Steine für den Kamin, in dem ein Feuer knisterte. Die gemütliche Hütte sah aus wie die von Schneewittchen und den sieben Zwergen, aber die Frau, die hier lebte, Tankias Großmutter, war alles andere als ein Zwerg.

Sie überragte Angel ein gutes Stück. Auf ihrem faltigen Gesicht lag ein Lächeln, das freundlich und ein wenig einschüchternd zugleich wirkte. Angel überlegte, ob ihn sein erster Eindruck getäuscht hatte und die Hütte nicht vielleicht doch aus Lebkuchen gemacht war, denn diese Frau sah so aus, als könne sie Hänsel und Gretel problemlos verspeisen und dann noch nach einem Nachtisch fragen. Ihr weißes dünnes Haar hing ihr gerade über den Rücken, fast bis zu den Knien. Sie trug ein einfaches Kleid mit einer weißen Schürze darüber.

Nachdem sie Tan-kia so fest in die Arme genommen hatte, dass Angel schon befürchtete, sie zerquetsche das Mädchen, setzte sich die Großmutter hin und hörte ruhig zu, während Tankia genussvoll ihre Geschichte und den Kampf mit den beiden Barbaren erzählte. Dabei beschönigte sie die Zeit ihrer Gefangenschaft und Angel war einmal mehr überrascht, wie selbstverständlich die Menschen mit der scheinbar permanent drohenden Gefahr umgingen.

Als Tan-kia geendet hatte, sah die Großmutter den Retter ihrer Enkelin lange und unverwandt an. Dann lächelte sie. »Sie haben meiner Enkelin einen großen Dienst erwiesen und noch keine Belohnung gefordert«, sagte sie ernst. »Hätten Sie um eine Gunst gebeten, hätte ich sie Ihnen nicht gewähren können. Aber da Sie es nicht getan haben, ist es mir möglich. Was wünschen Sie sich?«

Angel musste nicht lange überlegen. »Da ist dieses Mädchen, Buffy ...«, setzte er an.

»Soll es sich in Sie verlieben?«

Bei diesem Satz ließ Angel endlich die Gedanken zu, die er versucht hatte zu verdrängen, seit er es mit diesen Parallelwelten zu tun hatte.

Es musste hunderte von Realitäten geben, in denen er und Buffy zusammensein konnten. Orte, an denen er ganz einfach ein Mann war und sie eine Frau. Nicht Vampir und Jägerin, sondern ein normales Paar. Oder falls sie es brauchte, falls sie mehr sein wollte, dann vielleicht ein Ort, an dem sie die Jägerin war und er ... einfach nur frei ...

Er verlor sich in seiner Träumerei. Die Gefühle überwältigten ihn. Er begehrte Buffy immer noch. Sie hatten sich darauf geeinigt, sich voneinander fernzuhalten. An die vierundzwanzig Stunden, die sie zusammen verbracht hatten, als er für kurze Zeit seine Sterblichkeit wiedererlangt hatte, erinnerte sie sich nicht. Aber er hatte auch nie versprochen, dass er aufhören würde, sie zu lieben.

Er konnte einfach nicht vergessen, wie es sich anfühlte, Buffy in den Armen zu halten und das eigene Herz laut klopfen zu hören – vor Freude über ihre Nähe, ihre Liebe und ihr Verlangen.

»Ich muss sie finden«, sagte er nur.

Tan-kias Großmutter nickte erneut. Ihre Enkelin hatte sich abgewandt, als Angel Buffy erwähnte. Hatte er ihr Interesse missgedeutet, steckte eigentlich mehr als Dankbarkeit dahinter?

»Ich muss in Sie hineinsehen, um das Mädchen zu finden«, erklärte die Hexe ruhig.

»Ich bin ein Vam ... Es können nicht viele Leute in mich hineinsehen«, warnte er.

»Aber ich kann es. Bis zu einem gewissen Grad tue ich es bereits.« Sie warf ihm einen Blick zu, den er nicht deuten konnte. Hatte sie bereits erkannt, dass er ein Vampir war?

Sie stützte die Arme auf die Lehnen, um sich aus dem Sessel zu erheben, und kam zu Angel herüber. Als sie ganz dicht vor ihm stand, nahm sie seinen Kopf in ihre Hände. Ganz tief sah sie ihm in die Augen. Angel bekämpfte das Verlangen, sich zu widersetzen – er kannte die alte Frau und ihre Enkelin ja eigentlich gar nicht, die ganze Sache konnte gut eine Falle sein.

Aber er beschloss, ihr zu vertrauen, und wehrte sich nicht länger. Nach einer Weile ließ sie ihn wieder los.

»Sie heißt also Buffy«, sagte sie.

»Das ist richtig.«

Die Großmutter zog mit dem Finger einen Kreis in der Luft und darin erschien ein Bild wie auf einem alten Fernseher. »Ist sie das?«

In dem Kreis war Buffy zu sehen. Sie wurde angegriffen – von einer in ihre Einzelteile zerfallenen Ritterrüstung, wie es aussah. Die Teile schnappten und traten nach ihr. Sie versuchte sich zu wehren, aber es waren zu viele und es schien, als würde sie jede Sekunde von ihnen überwältigt.

»Ja, das ist sie!«, rief Angel aufgeregt. »Sie braucht mich. Können Sie mich zu ihr bringen?«

»Natürlich«, antwortete die alte Frau. »Es dauert nur einen Augenblick. Ich muss mich vorbereiten.«

»Großmutter!«, rief Tan-kia aufgeregt. Sie war ans Fenster getreten und blickte hinaus in den Wald. Als sie sich umdrehte, stand ihr der blanke Horror ins Gesicht geschrieben.

»Soldaten«, rief sie. »Dutzende! Sie müssen uns gefolgt sein.«

Angel eilte zum Fenster. Am Ende der Lichtung hatte sich eine ganze Truppe versammelt – barbarisch aussehende Männer wie die, vor denen er Tan-kia gerettet hatte, aber zusätzlich zu den Schwertern mit Pfeil, Bogen und spitzen Speeren bewaffnet.

Sie waren mindestens dreißig an der Zahl. Und ihre Waffen, die Pfeile und Speere, waren alle aus Holz.

Sie konnten ihn mit einem einzigen Treffer töten.

»Was für ein Aufgebot!«, stellte er fest. »Besuch für Sie, Tan-kia?«

»Und für meine Großmutter«, sagte das Mädchen ängstlich. »Sie trauen sich selten so tief in den Wald hinein, also müssen wir sie wirklich verärgert haben.«

»Oder verängstigt«, meinte Angel.

Tan-kia nickte.

»Was ist mit dem Mädchen? Mit Buffy?«, hakte die Großmutter nach, obwohl sie ihn daran wirklich nicht erinnern musste.

»Wenn Sie jetzt gehen, Angel«, schluchzte Tan-kia, »werden meine Großmutter und ich getötet. Auf der Stelle.«

Die abgetrennte Hand hielt Buffy fest.

Dann schob sich ein Bein des Schwarzen Ritters zwischen Buffys Beine und brachte sie aus dem Gleichgewicht. Sie stürzte, der andere Ritterarm schlang sich um ihren Hals und die Finger schnitten ihr die Luft ab. Sie versuchte sich mit beiden Händen zu befreien, spürte aber, wie ihre Kräfte rasch schwanden. Als dann auch noch die anderen Körperteile auf sie einschlugen, verdunkelte sich der Himmel vor ihren Augen.

Es war natürlich nicht der Himmel, der sich verdunkelte. Vielmehr trübte sich Buffys Sicht zunehmend. Der Kampf dauerte nun schon Stunden; wenigstens war das ihr Eindruck. Zudem hatte sie das Gefecht mit dem Drachen sehr erschöpft. Wie leicht wäre es, einfach wegzudriften! Aber wenn sie jetzt das Bewusstsein verlor, wachte sie nie wieder auf. Dann würde sie nämlich nicht in einen Traum abdriften. Es wäre ihr sicheres Ende, wenn sie sich nun von diesem Rittergeist besiegen ließ.

Also zwang sie sich, wach zu bleiben, und zog fester an dem Handschuh. Sie ignorierte den stärker werdenden Druck an ihrem Hals und zog immer weiter, bis sich endlich sein Griff lockerte. Als der Handschuh losließ, schleuderte sie ihn weit von sich.

Buffy setzte sich auf und trat nach ein paar Rüstungsteilen, die sie erneut angriffen. Die folgende kleine Ruhepause nutzte sie, um kräftig durchzuatmen. Aber es dauerte nicht lang, da stürzten sich die unterschiedlichen Teile der lebendigen Rüstung schon wieder auf sie und die metallenen Gliedmaßen schnappten nach ihr und verletzten sie.

Es musste einen Weg geben, dem Spuk ein Ende zu setzen! Aber während die Jägerin darüber nachdachte, war sie sich dessen plötzlich gar nicht mehr so sicher. Denn wenn jemand eine Rüstung verzauberte, dann ja wohl ganz und gar. Das Ding griff vermutlich an, bis es in einzelne Atome zerlegt war, und sogar die wären am Ende noch gefährlich. Wer wusste schon, was sie in der Lunge anrichten konnten, wenn man sie einatmete?

Die Jägerin war nicht bereit aufzugeben. Sie schnappte sich eins der Metallbeine und schlug damit auf die anderen Teile ein. Die wichen vor ihrem wilden Ansturm zurück. Doch sobald sie sich dem nächsten Blechstück zuwandte, startete das vorhergehende einen neuen Angriff auf sie.

Ein Arm angelte nach der großen Keule und zielte damit auf Buffys Beine. Sie wich aus und versuchte die Keule zu fassen. Kräftig schüttelte und zerrte sie daran, aber der Arm wollte seine Waffe nicht freigeben. Also rammte Buffy die Keule so fest sie konnte mit dem Griff voran in den Boden. Der Arm löste sich, Buffy zog die Keule rasch wieder heraus und prügelte unbarmherzig auf den Arm ein.

Einen Augenblick lang lag er regungslos da, dann zuckte er ein paar Mal. Offenbar wollte er weiterkämpfen.

Da kam Buffy eine Idee. Sie lief zu dem Helm, der sich bisher aus dem schlimmsten Gefecht herausgehalten hatte. Als sie sich ihm näherte, versuchte er wegzuhoppeln. Buffy war schneller. Sie schwang die Keule, wirbelte sie zweimal über dem Kopf, um Schwung zu holen, und drosch auf den Helm ein.

Metallsplitter schossen durch die Luft.

Mit erhobener Keule schlug Buffy noch ein letztes Mal auf den Helm, vielmehr auf das, was noch von ihm übrig war.

In diesem Moment blieben alle Rüstungsteile still liegen.

Der Helm war das Gehirn!, dachte sie atemlos. Wenn man ihn tötete, zerstörte man das Ganze.

Darauf hätte sie nun wirklich früher kommen können!

Buffy wischte sich den Schweiß von der Stirn und sah zu dem Schloss hinüber, das direkt vor ihr am Ende eines breiten Weges lag. Sie glaubte, in dem Fenster des höchsten Turms eine verschwommene Gestalt zu erkennen.

Die Bewerberin aus Los Angeles für den Titel der Miss Parallelwelt?

Keine Ruhepause für die Müden und Beladenen.

»Wollt ihr mich verarschen, Freunde?«, brauste Spike auf.

Die anderen Vampire hatten ihn über seinen Aufenthaltsort aufgeklärt und Spike schüttelte nun ungläubig den Kopf. »Ihr geht nicht auf die Jagd. Ihr bekommt euer Blut aus diesem Fluss – schön, das ist praktisch, aber auf die Dauer doch ziemlich langweilig, oder? Immer wieder kommt jemand vorbei, um euch zu beobachten, Notizen zu machen und euch zu fotografieren! Und das geht euch nicht auf den Geist? Habt ihr noch nie versucht, sie einfach anzugreifen?«

»In dem Zaun ist Strom, Spike«, sagte der dunkelhaarige, gut aussehende Kerl. Er hatte sich als Malon vorgestellt. Spike wünschte, er würde aufhören, ständig wie Robert Mitchum die Augen zusammenzukneifen. Soll er sie doch entweder ganz aufmachen oder schließen! »Nicht immer, aber wenn jemand einen Ausbruch versucht, bekommen sie es mit und schalten den Strom ein. Ein paar von uns sind schon bei dem Versuch, über den Zaun zu klettern, draufgegangen. Sie wurden regelrecht gegrillt.«

»Habt ihr es schon drunter durch probiert? Oder mit Anlauf und einem kräftigen Sprung? Hat keiner von euch *Gesprengte Ketten* gesehen? Oder *Hennen rennen*?«

Issak, der Einarmige, zeigte mit seinem Stummel auf Spike. Sie saßen alle zusammen zwischen den Felsen. Die eine halbe Stunde zuvor aufgegangene Sonne war Spike auch in dieser Welt nicht freundlich gesonnen, also hatte er mit den anderen Schutz unter überhängenden Felsnasen gesucht, um der Mutter aller Sonnenbrände zu entfliehen.

»Du hast gut reden!«, entgegnete Issak. »Du bist ja gerade erst hergekommen. Du hast noch nicht versucht auszubrechen und du hast dabei auch noch keinen Arm verloren.«

»Ist dir das bei einem Ausbruchsversuch passiert?«, fragte Spike.

»Ja, sicher«, fluchte Issak. »Sie haben Energiestäbe. Wenn man ihnen zu nahe kommt, verbrennen sie einen.«

»Du hast es versucht und einen Arm verloren?«

Issak nickte.

»Dann hast du dich nicht genug bemüht«, bemerkte Spike kalt. »Du hättest weiterkämpfen müssen, bis sie dich töten. Wenigstens waren die, die am Zaun gestorben sind, engagierter bei der Sache.«

»Mann, du redest und redest«, warf der mit den fettigen Haaren ein. Sein Name war Ren'chlad. Spike wunderte sich, wo diese Kerle herkamen – und warum offenbar keine Frauen darunter waren –, aber die Antworten, die er auf seine Fragen erhielt, verwirrten ihn nur noch mehr. »Du hast es ja noch nicht ausprobiert!«

»Ich bin ja auch noch gar nicht lange genug hier, um überhaupt irgendetwas ausprobiert zu haben, nicht wahr?«, rechtfertigte sich Spike. »Und diese Typen mit den verfluchten Energiestäben oder was auch immer sind mir auch noch nicht vor die Füße gekommen, sonst hättet ihr schon längst ein bisschen Action erlebt. Wisst ihr, wenn ihr euch alle richtig miteinander verbündet, können sie euch nicht stoppen.«

»Du erzählst Blödsinn, Spike«, meinte Malon. »Wie du sagtest, hast du sie ja noch gar nicht gesehen. Du weißt nicht, was wir wissen, also solltest du vielleicht deine Sprüche bei dir behalten.«

Spike zuckte mit den Schultern. »Seht mir einfach zu, wenn sie auftauchen. Vielleicht seid *ihr* damit zufrieden, als Ausstellungsstücke herzuhalten, aber ich bestimmt nicht. Ich habe noch was vor. Ich kann es mir nicht erlauben, für den Rest der Ewigkeit hier Däumchen zu drehen.«

Er sah die anderen Vampire an, jeder, wie er an seinem eigenen Fleckchen im Schatten der großen Felsen saß. Was für ein Haufen

Weicheier!, dachte er. Wie konnte man sich nur so gehen lassen!

Aber im nächsten Augenblick korrigierte Spike seine Meinung. Wenn er nicht den verdammten Chip loswurde, würde er ganz genauso enden: Für alle Zeit dazu verdammt, in seiner Gruft in Sunnydale rumzuhocken, Blut aus der Metzgerei zu trinken und Canasta zu spielen.

Falls er überhaupt jemals wieder nach Hause kam ...

Bei diesem Gedanken wurde ihm ganz übel.

Salma de la Natividad rannte so schnell sie konnte. Trotz ihrer Angst und Erschöpfung hatte sie ein ordentliches Tempo drauf, das sie nun schon eine Weile bei ihrem Lauf durch die widerlich feuchte Enge der Gänge hielt. Sie kam sich vor wie Marion Jones und Kathy Freeman in einer Person.

Selbstverständlich war sie nicht von allein zu einer solchen Höchstleistung fähig.

Hinter ihr rückte das wurmartige Monster immer näher. Noch holte es sie nicht ein, aber ein Ausrutscher, ein Stolpern, ein Fehltritt – und sie war Wurmfutter. Dieses Wissen trieb sie vorwärts und sorgte dafür, dass ihre Beine immer weiter liefen und sie nicht stolperte.

Da sie keine Profi-Läuferin war, würde sie das Tempo jedoch nicht mehr lange halten können. Sie fegte um die Kurven, das Wesen schien aber den Trick schon begriffen zu haben. Es blieb so weit hinter Salma zurück, dass es immer genug Zeit hatte, rechtzeitig einzubiegen.

Keuchend lief das Mädchen weiter und hatte bereits das Gefühl, ihr platzten gleich die Lungen, da keimte eine Idee in ihr auf.

Sie *konnte* immer noch atmen, wurde ihr bewusst. Darüber dachte sie eine Weile nach, während ihre Beine weiter voranstürmten und ihre Arme vor- und zurückstießen. Wenn sie atmen konnte, musste es auch Luft geben. Von irgendwo musste frische Luft in das Tunnelsystem gelangen, sonst hätte sie ... hätten sie und der Wurm bereits alle Luft verbraucht.

Es kam also von irgendwo frische Luft.

Und wo frische Luft war, da war auch ein Weg nach draußen.

Und so achtete Salma beim Laufen nicht nur darauf, wo sie hintrat, sondern hielt auch die Augen offen nach Schlitzen, Kanälen oder Passagen – nach jeder Art von Durchlass, der Luft in das Tunnelsystem bringen konnte.

Aber sie entdeckte nichts, nur endlose Felswände voller Wurmschleim.

Und der Wurm hielt weiter mit, er wartete nur darauf, dass sie den einen Fehltritt machte und ausrutschte.

Als sie an eine Abzweigung kam, bremste sie wieder einmal ab und warf sich um die Ecke. Sie hoffte, die Kreatur damit abzuschütteln und ein wenig verschnaufen zu können, was jedoch gründlich misslang. Nicht nur bog der Wurm ebenfalls um die Ecke, sie rutschte bei diesem Manöver auch noch aus.

Und schon landete sie mit einem lauten Platsch im Schlamm. Sie konnte sich gerade noch mit den Händen abfangen. Sofort sprang sie wieder auf, aber es war zu spät. Das Wurmwesen fegte hinter ihr her und kam mit weit aufgerissenem Maul voller gelber Zähne auf sie zugerast.

Beim Aufrichten war Salma jedoch am Fuß der Tunnelwand etwas aufgefallen, das sie aus dem Stand nie gesehen hätte. Es war eine Kluft im Gestein, eine dunkle Höhle, kaum größer als sie selbst. Und die Luft davor roch sauberer als im übrigen Gang. Ohne lange zu zögern, stürzte sie sich in diese felsige Höhle und spürte, wie ihr die scharfen Kanten überall die Haut aufrissen.

Schon zischte der Wurm an ihr vorbei. Er war länger, als sie gedacht hatte und erinnerte sie unwillkürlich an die chinesischen Drachen, die auf den Rücken von unzähligen Leuten zum chinesischen Neujahrsfest über die Straßen tanzten. Unter diesen Wurm hätte gut und gerne ein Dutzend Leute gepasst!

Da er weiter den Tunnel entlangraste, würde er später eine Wende machen müssen, um wieder zurückzukehren, da das System nach Salmas Einschätzung nur aus Sackgassen bestand. Vielleicht sollte sie doch aus der Wandspalte herauskriechen und einen anderen Weg nach draußen suchen?

Aber nun steckte sie bereits in dieser kleinen Höhle und es drang eindeutig frische Luft durch den Schlitz. Wenn sie feste schob …

Salma befürchtete, niemals hindurchzupassen.

Was konnte ihr schlimmstenfalls schon passieren, wenn sie es versuchte?, überlegte sie. Dabei draufgehen?

Der Wurm würde sie auch töten, wenn er sie erwischte!

Entschlossen schob Salma sich tiefer in die Felsspalte vor. Sie war eng – sehr eng. Aber ihr eigenes Blut schmierte die Wände und sorgte dafür, dass sie langsam zwischen den Felsen hindurchrutschen konnte. Immer mehr Vorsprünge rissen ihr die Haut auf, aber sie zwang sich weiterzumachen und schob sich Zentimeter um Zentimeter mit den Fingerspitzen vor. Ihre Nägel splitterten und ein spitzer Stein schrammte ihren Rücken entlang, als sie sich an ihm vorbeidrückte.

Je weiter sie vordrang, desto größer wurden Schmerzen und Platzangst. Sie schob sich mit der Nase über das Gestein und versuchte um die Kurve zu blicken um herauszufinden, worauf sie sich zubewegte, konnte jedoch nichts erkennen.

Aber die Luft wurde eindeutig frischer.

Salma arbeitete sich weiter vor.

Als sie schon das Gefühl hatte, mit den Kräften am Ende zu sein, und spürte, wie ihre schmerzenden Muskeln dagegen zu rebellieren begannen, sich auch nur einen einzigen Zentimeter weiter zu bewegen, bemerkte sie, dass sich der schmale Felsspalt weitete. Einige Augenblicke später war er schon breit genug, dass sie den Kopf drehen und zum ersten Mal sehen konnte, was vor ihr lag.

Und es war Licht dort.

Jetzt wurde es immer einfacher. Salma hatte genug Platz, um sich mit Händen und Füßen vorzuarbeiten, und schob sich rasch auf die Öffnung zu, durch die wunderbares weißes Licht strömte. Nun erkannte sie auch Details: den grau-schwarz gefleckten Stein durchzog eine rosa Ader; sie sah einen Vorsprung, der aussah wie der Dorn einer Rose. Zauberhaft! Wie schön das Licht war! Salma freute sich maßlos über die frische Luft. Sie war wie Gold, wie Schokolade, wie ein Klavierkonzert.

Drei Minuten später kletterte sie aus einer steilen Felswand heraus und stand auf einem Feld.

Oben auf der Klippe erkannte das Mädchen die grauen Mauern eines Schlosses, die sich kaum merklich von den Felsen abhoben. Dieses Schloss hatte sie schon zuvor gesehen, als man sie hergebracht hatte, um sie zu opfern. Aber auf der Mauer war niemand zu entdecken und es gab auch keine Fenster in ihre Richtung. Nur eine große Wiese und in der Ferne einen Wald und Berge.

Salma wusste nicht, wo sie war, was sich in diesem Wald verbarg oder wie weit die Berge entfernt sein mochten.

Was sich in dem Schloss befand, wusste sie allerdings sehr genau. Sie marschierte los und genoss die warmen Sonnenstrahlen auf ihrem Gesicht.

Nach ungefähr einer Stunde hatte sie immer noch nicht die Wiese überquert. Obwohl sie erschöpft war, marschierte sie tapfer weiter. Vor ihr lag der Wald und sie hatte vielleicht ein Drittel der Strecke hinter sich gebracht. Die Bäume waren unglaublich hoch, höher als die höchsten Mammutbäume, die in Kalifornien wuchsen.

Sie waren Furcht erregend und gleichzeitig wunderschön. Salma konnte es kaum erwarten, das schützende Blätterdach zu erreichen.

Da hörte sie plötzlich Trompetenfanfaren vor sich erklingen.

Entsetzt riss Salma die Augen auf. Vom Schloss her kam eine Kompanie Soldaten mit einem Trompeter an der Spitze auf sie zugedonnert. Die merkwürdigen Tiere, auf denen sie in vollem Galopp heranstürmten, kannte Salma schon. Auf einem solchen hatte man sie verschleppt.

Erneut setzte sie sich in Bewegung und fing an zu laufen.

6.

Los Angeles

L.A. war die reinste Hölle.

Ernesto Hernandez saß auf dem Beifahrersitz und Flaco Montoya steuerte den Jeep. Nicky hockte hinten im Wagen, kaute nervös auf seinem Zimtkaugummi herum und trommelte mit den Fingerspitzen auf seine Oberschenkel. Die beiden Bodyguards unterhielten sich im Singsang-Spanisch der niederen Klassen und Nicky hörte unauffällig mit. Ihr Boss, Ruben Velasco, lag in Sunnydale im Krankenhaus. Jemand hatte ihn angegriffen, seitdem waren sämtliche Sicherheitskräfte der de la Natividad äußerst nervös. Natürlich ließ man Nicky nicht allein zu Cordelia Chase fahren.

»In L.A. herrscht Krieg, *hombre*, schlimmer als bei den letzten Ausschreitungen. *Orale*, es ist völlig verrückt, jetzt durch die Stadt zu fahren!«, schimpfte Ernie.

Flaco stieß Ernie in die Rippen, der daraufhin seine Stimme senkte und das Thema wechselte. Keiner der Lederjacken-Machos wollte vom Sohn der Familie für einen Feigling gehalten werden.

Aber sie haben Recht, dachte Nicky. Nachdenklich schaute er aus dem Fenster. Sie fuhren an lichterloh brennenden Häuserblocks vorbei. Überall kreischten Polizeisirenen wie ein Haufen hysterischer Mädchen, die eine Spinne in der Schulturnhalle entdeckt hatten – oder so. Nicky hörte den typischen dumpfen Laut von Gewehrschüssen und sah sich reflexartig nach dem Schützen um. Zwei Männer jagten die Straße hinunter.

Der junge Mexikaner schüttelte den Kopf. Ob er Salma wirklich einen Gefallen damit tat, sie nach Hause zu holen? Vielleicht war sie dort, wo sie sich nun befand, sicherer aufgehoben als inmitten dieses ganzen Chaos'.

Nur wollte Nicky daran nicht so recht glauben. Er musste es in Erfahrung bringen. Er musste sie sehen und mit ihr reden. Schließlich, sie konnte auch tot sein …

»Nicky? Ist es in Ordnung, wenn ich Radio Latina anmache?«, fragte Flaco.

»Sicher, *mano.*« Nicky warf Flaco ein grimmiges Lächeln zu und beschloss, sich gesellig zu geben. »Habt ihr je Los Tiranos live gesehen? Ein echter Knaller!«

»Mein Bruder war mal bei einem Konzert von Selena«, erzählte Flaco. »Sie war wirklich ein scharfer Braten!«

Bis sie ein Wahnsinniger erschossen hat, fügte Nicky stumm hinzu und verfiel wieder ins Grübeln.

Wenn irgendwer Salma etwas antut, beschwöre ich den übelsten Dämon herauf, den ich finden kann, und mache denjenigen fertig!, dachte er. Vor Wut ballte er die Hände zu Fäusten und biss die Zähne zusammen. Er besaß keine magischen Kräfte mehr. Seine Nacht der langen Messer war vorbei.

Aber er hoffte, seine Großmutter würde ihm helfen.

Sicher war er jedoch nicht. Nichts war mehr sicher.

Außer, dass er alles Erdenkliche tun wollte um gutzumachen, was er angerichtet hatte. Dafür würde er sogar sein Leben geben.

Xanders riesiges Schild wehrte ein rundes Geschoss aus brennender Schmiere ab, das wie eine Feuerkugel aus der Hölle durch die Luft flog. Er hatte sich einen Deckel von der nächstbesten Mülltonne geangelt.

»Einfach weghüpfen lassen!«, schrie Giles, als Joyce ihren Mülltonnendeckel hochhielt, um das Ding einzufangen. Erschreckt von seinem Ruf riss sie den Deckel zur Seite und die Kugel stürzte zu Boden, rollte ein paar Meter weiter und blieb dann liegen.

Tara und Anya näherten sich ihr vorsichtig. Das merkwürdige Geschoss qualmte und das Gras ringsherum fing Feuer. Als Tara eine Geste mit den Händen machte, erloschen die Flammen.

Meine Tochter kennt wirklich interessante Leute, dachte Joyce. Die anderen Frauen in meiner Literaturgruppe prahlen ständig mit den Leistungen ihrer Kinder, aber ich wette, die haben keine Freunde, die mit Magie ein Feuer löschen können!

»Was war denn das?«, fragte Xander und strich sich das Haar aus der Stirn. »Hast du gesehen, wie ich es abgewehrt habe?«, brüstete er sich vor seiner Freundin.

»Wie Mickey Mantle«, entgegnete Anya. »Und hast du bemerkt, dass ich den passenden Vergleich gezogen habe?«

»Ja, sicher.« Er warf ihr eine Kusshand zu. »Dein intensives Studium der Popkultur hat sich bezahlt gemacht.«

Giles stieß die Tür zu dem Gebäude auf und winkte die anderen herein. Es war ein altmodisches Studentenverbindungshaus, wie man es aus Filmen kannte, mit holzvertäfelten Wänden und Messingpokalen in der Vitrine. Joyce konnte kaum glauben, dass Riley tatsächlich ein Soldat gewesen war, der mit den verdeckten Operationen der Initiative unter exakt diesem Gebäude zu tun gehabt hatte, bevor die Regierung das ganze unterirdische Labor mit Beton hatte auffüllen lassen.

Es war der zweite Versuch der kleinen Truppe, in das ehemalige Labor einzudringen. Zunächst hatten sie es dort versucht, wo Spike Buffy einmal einen Hintereingang gezeigt hatte – eine Geheimtür, die in einer Felswand verborgen war. Aber weder von der Tür noch von dem Felsen war etwas übrig geblieben.

Joyce kam sich vor wie bei *Akte X*. Mit dem Unterschied, dass dies die Realität war.

Am hinteren Ende des Korridors im ersten Stock, wo sich früher Rileys Zimmer befunden hatte, öffnete Xander ein kleines Schubfach in der Wand und drückte auf einen Knopf. Gespannt warteten sie ab.

Nichts geschah.

»Immer noch deaktiviert«, richtete sich Xander an Giles.

Der Angesprochene nickte. »Man möchte glauben, dass sie das

ganze Projekt für alle Ewigkeit begraben haben«. An Joyce gewandt fügte er hinzu: »Wir überprüfen es regelmäßig. Vielleicht nehmen sie insgeheim die Operationen wieder auf.«

»D-das würde uns Riley doch sagen«, wandte Tara ein.

»Genau«, bemerkte Xander. »Er hat uns ja auch gleich gesagt, dass er in der Initiative ist.«

»Oder B-Buffy«, fügte Tara hinzu.

Xander ließ auch das unbeeindruckt. »Richtig. Sie hat uns ja auch gleich von Angel erzählt, als er aus der Hölle zurückkam.«

Eines Tages wird Buffy einen ganz normalen Jungen nach Hause bringen, dachte Joyce schwermütig. Und dann kippe ich einfach aus den Latschen und sterbe an einem Schock.

»Also kommen wir mit der Initiative nicht weiter«, fuhr Xander schulterzuckend fort. »Sollen wir Riley fragen, ob er etwas über fliegende Matschklumpen weiß, und damit offenbaren, dass wir ihm wieder einmal nicht vertraut haben?«

»Das wäre doch nicht schlimm«, bemerkte Anya. »Er hat sich uns ja auch nicht offenbart. Wir haben doch nur zufällig herausgefunden, dass er in der Initiative war.«

»Aber nur, weil er uns nicht v-vertraut hat«, erklärte Tara. »Weil er uns nicht kannte. Aber j-jetzt vertrauen wir ihm. Weil ... er zu den Guten gehört, wie wir.«

Xander runzelte die Stirn. »Bloß mit einem Militärrang, einer Nummer und einer richtig großen Knarre.«

»Ich m-mag Riley«, widersprach Tara. »Er v-verbirgt nichts vor uns.«

Xander legte den Kopf schräg. »Und wenn sich herausstellt, dass dieses ganze Theater wieder mal von der Initiative ausgeheckt wurde und dieses Mädchen in L. A., das angeblich aus Russland kommt, nur eine vom Bezirksstaatsanwalt kontrollierte Dr.-Walsh-Drohne ist, die es auf eine Gratisreise zum Mars abgesehen hat?«

»Nun, wir sollten keine vorschnellen Schlüsse ziehen«, unterbrach Giles, aber Joyce bemerkte Zweifel in seinem Gesicht. »Wieso um alles in der Welt sollte sie zum Mars wollen?«

»Wieso sollte jemand Supersoldaten aus gebrauchten Menschen- und Dämonenteilen herstellen wollen?«, konterte Xander. »Und doch haben sie es getan!«

Joyce wurde ein wenig übel. »Vielleicht sollte Buffy sich bei einer dieser Video-Partnervermittlungen eintragen«, sagte sie zu sich selbst. »Allerdings bin ich in Punkto Männer auch nicht viel talentierter als meine Tochter.«

Als sie bemerkte, dass sie laut gesprochen hatte, errötete sie und sah Giles an. »Was die derzeitigen Freunde angeht, meine ich. Ich habe an Ted gedacht, meinen gemeingefährlichen Roboter.«

Anya lächelte Joyce an. »Seien Sie nicht so streng mit sich! Überlegen Sie mal, mit wie vielen Monstern Xander zusammen war, bevor er mich gefunden hat.«

»Da sagst du was«, sagte Buffys Mutter wehmütig.

»Abgesehen davon waren diese Kekse wirklich großartig«, Xander klang ebenfalls wehmütig. »Okay, die Zutaten haben zwar den Verstand betäubt, aber dieser Kerl wusste echt, wie man Schokostückchen am besten einsetzt.«

»Sollen wir weiterziehen?« Giles rückte seine Brille zurecht. »Hier kommen wir wirklich nicht weiter.«

»Vielleicht findet Wesley als Erster die Lösung des Problems«, meinte Anya. »Das würde uns eine Menge Ärger ersparen.«

»Und Stolz erst!«, warf Xander ein. »Das würde Ihnen als Krönung noch fehlen, nicht wahr, Herr Spezialagent?«

Giles schloss die Augen. »Wie oft habe ich dich schon gebeten, mich nicht so zu nennen?«

»Sorry«, lächelte Xander kein bisschen zerknirscht.

»Vielleicht sollten wir zurück in Ihre Wohnung gehen und weiter in den Büchern suchen«, schlug Joyce dem Ex-Wächter vor.

»Bücher.« Giles wirkte erleichtert. »Sehr gut.«

Xander stöhnte. »Noch mehr lesen, ätzend! Ich brauche Action!«

»Ob R-Riley schon etwas gefunden hat?«, fragte Tara. »Auf seiner P-Patrouille.«

»Vielleicht hat *ihn* ja etwas gefunden«, bemerkte Anya. »Und aufgefressen.«

»Ist sie nicht großartig? Sie hat immer so eine positive Einstellung zu allem!«, kommentierte ihr Freund warmherzig.

»Kinder, bitte!« Giles seufzte und verließ den anderen voran das Verbindungshaus. Joyce bildete die Nachhut und kam sich ein wenig wie die Herbergsmutter vor.

»Wenn jetzt noch mehr von diesen Klumpen kommen, sind sie für mich reserviert«, verkündete Xander.

»Du kannst sie alle haben«, versicherte Anya.

»Es ist nicht nur ein Job, es ist das reinste Abenteuer, in der Armee der Jägerin zu sein«, sagte ihr Freund fröhlich.

Mit nervösen Blicken nach links und rechts folgte Joyce dem Rest der Truppe.

Riley patrouillierte aufmerksam. Er war ganz bei der Sache, obwohl Erinnerungen an die Initiative vor seinem geistigen Auge auftauchten. Buffy hatte sich oft über Forrest lustig gemacht, weil er von dem Team als »Familie« gesprochen hatte. Aber sie waren tatsächlich eine Familie gewesen. Das Militär wusste, wie man Kameradschaftsgeist und Bindungen unter Männern aufbaute, die sich unter anderen Umständen nie zusammenfinden würden. Das Gefühl der Brüderlichkeit mochte zwar von Maggie Walsh und den anderen korrupten Wissenschaftlern bei der Initiative nur künstlich hergestellt worden sein, aber für Riley und die anderen Soldaten war dieses Gefühl echt gewesen.

Buffy hatte eine Familie – ihre Mutter und die Scooby-Gang –, aber sie verließ sich viel weniger auf sie, als Riley sich auf die Jungs bei der Initiative verlassen hatte. Buffy blieb immer ein wenig zurückhaltend, fast unnahbar, und er vermochte nicht zu beurteilen, ob sie selbst sich darüber im Klaren war. Sie ließ niemanden wirklich an sich heran, bewahrte Geheimnisse für sich und gestattete sich nie die Nähe und Verbundenheit, die er so gern mit ihr teilen wollte.

Riley fragte sich, ob Buffy im Umgang mit Angel anders gewesen war. Hatte sie sich ihm richtig hingegeben? Er war der erste Mann in ihrem Leben gewesen – ihre erste große Liebe. Hatte der

Schmerz, den sie erfahren musste, dazu geführt, dass sie ihr Inneres derart abschottete? Oder hatte auch Angel gespürt, dass sie sich innerlich an einen Ort zurückzog, an den ihr niemand folgen konnte?

Oder verhielt sie sich am Ende nur ihm – Riley – gegenüber so distanziert?

Er seufzte, hörte plötzlich ein Geräusch und fuhr herum. Fast hätte er laut gelacht: Hier, in der Zentrale des Irrsinns, hatte ihn ein banales Backenhörnchen erschreckt! Es schoss einen Baumstamm hinauf, blickte Riley aufgeregt von oben an und verschwand im dichten Blattwerk. Er wurde nachdenklich. Sogar am Höllenschlund ließ sich die Natur nicht von ihrem Weg abbringen.

Der Soldat setzte seinen Weg ruhig fort, blieb aber in Alarmbereitschaft, sondierte das Gelände und beobachtete die Umgebung. Er fragte sich, was die anderen wohl gerade machten.

Wahrscheinlich recherchierten sie. Giles hatte sie sicher vor die Bücher gesetzt und wenn er wieder zu ihnen zurückkehrte, hatten sie bestimmt eine gute Theorie zur momentanen Lage.

Er dachte an Maggie Walsh und seufzte. Sie war eine verdammt gute Wissenschaftlerin gewesen, aber auch verdammt verrückt.

Er spürte den Schatten, bevor er ihn sah: Ein kalter, dunkler Fleck glitt über den Weatherly Park und zog Bäume und Büsche ins Schwarze. Riley entsicherte seine Pistole, obwohl er wusste, dass ihm die Waffe gegen das Schattenmonster nichts nützte. Aber er hatte keine Ahnung, was er sonst tun sollte.

»Buffy ist nicht hier«, erklärte er dem Schatten. »Aber ich!«

Der Schatten glitt wie ein lebendiges Wesen an ihm vorbei. Riley fragte sich, ob das Monster empfindungsfähig war. Bemerkte es ihn überhaupt? Er stand ruhig da, beobachtete es aufmerksam und entwarf ein Dutzend Strategien zu seiner Bekämpfung.

Er hätte Tara mitnehmen sollen, fiel ihm reichlich spät ein. Zusammen wären sie ein gutes Team gewesen.

Seiner Meinung nach zollten die anderen Tara nicht genug Anerkennung für das, was sie tat. Sie trug viel zur Sache bei, besonders bei der Magie. Aber wahrscheinlich betrachteten die anderen sie immer noch als Anhängsel. Als Willows Freundin.

So ähnlich wie bei Buffy und mir, dachte er.

Der Schatten machte kehrt und das Schwarze, ein sich langsam bewegender Fleck, blieb vor Riley stehen, verharrte regungslos. Er war vielleicht drei Meter breit und fünf Meter hoch.

Rileys Sinne schossen sich auf dieses Ziel ein. Die Angst, die er trotz allem verspürte, hatte er so fest in die hinterste Ecke seines Bewusstseins verbannt, so weit weg, dass sie fast gar nicht mehr da war. Der Sergeant bei den Spezialoperationen der Initiative hatte ihnen beigebracht, den tief sitzenden Fluchtimpuls bei Gefahr durch ganz bewusstes Nachdenken über Rettungsmaßnahmen zu ersetzen. Ein erfahrener Veteran wie Riley verschwendete keinen Gedanken mehr an eine etwaige Flucht und ging stattdessen eine Reihe von Strategien durch, kalkulierte, wo seine besten Überlebenschancen lagen. Plan A, Plan B, Plan C ...

Das Schattenmonster verharrte immer noch regungslos. Dann türmte es sich langsam zu einer hohen Säule bis in die Baumkronen auf. Es warf seinen Kopf – wenn man das so nennen konnte – in den Nacken und ein schrecklicher Schrei hallte durch die Nacht.

Es fordert mich heraus, dachte Riley. Es greift mich an.

Plan D, Plan E ...

Der Streifenwagen verfolgte Mischa immer noch. Ihm war bewusst, dass er mit dem gestohlenen Saturn auf Dauer niemals schneller sein konnte als die California Highway Patrol. Kilometer um Kilometer brachte er hinter sich und mit jedem weiteren rückte die Grenze näher. Wenn er es bis dorthin schaffte, dann mussten die Officer von der Autobahnpolizei aufgeben und umkehren. Sie mochten zwar die Kollegen im Nachbarstaat davon in Kenntnis setzen, dass ein gestohlenes Fahrzeug die Grenze überquert hatte, aber selbst dann blieb Mischa wenigstens ein Vorsprung.

Allerdings brauchte er ein schnelleres Fahrzeug, das auch für unwegsames Gelände geeignet war.

Und als hätten die Cops seine Gedanken gelesen, schalteten sie nun das Blaulicht ein. Es zuckte in Mischas Rückspiegel und beleuchtete den Innenraum seines Wagens.

Ob er anhalten sollte?

Aber Alina wartete auf ihn.

Sie brauchte ihn.

Er drückte fest aufs Gaspedal und beschleunigte.

Auf hundertzwanzig.

Hundertdreißig.

Hundertvierzig.

Der Streifenwagen blieb mit heulender Sirene dicht hinter ihm.

Verzweifelt hielt Mischa nach der Grenze Ausschau, aber sie kam immer noch nicht in Sicht.

Da dröhnte eine Stimme aus dem Lautsprecher des Streifenwagens, eine fast göttliche Donnerstimme. »Rechts ranfahren!«, befahl sie. »Goldfarbener Saturn, fahren Sie sofort an die Seite!«

Mischa ignorierte die Aufforderung und fuhr weiter. Die Tachonadel kletterte höher. Hundertfünfundvierzig. Der Wagen zitterte, als würde er auseinander fallen. Hundertfünfzig.

Weiter vorn tauchte ein Licht am Straßenrand auf. Das Hinweisschild für eine Tankstellenausfahrt.

Der Streifenwagen klebte ihm an den Fersen. Mischa wusste, die Cops würden nicht aufgeben, bis er über die Grenze war, aber die wollte und wollte nicht auftauchen. Die Cops konnten jeden Moment anfangen zu schießen.

Tot nützte er Alina nicht viel.

Aber vielleicht hatte er noch eine Chance.

Im letzten Augenblick bog er von der Autobahn ab und geriet mit den Hinterreifen in die Kiesspur. Der Wagen schlingerte, hinter ihm stieg eine Wolke aus Staub und Kies auf, aber dann fanden die Reifen wieder Halt auf dem Asphalt und er jagte die Ausfahrt hinaus.

Der Streifenwagen blieb hinter ihm.

Weiter oben tauchte die Tankstelle auf wie ein Leuchtfeuer am abendlichen Himmel. Ein alter Truck parkte gleich neben dem Shop und ein neuerer Jeep stand an einer der Zapfsäulen. Mischa raste auf den Parkplatz und stieg auf die Bremse. Der Saturn schlidderte, dann griff das ABS, der Wagen fing sich und kam zum Stehen.

Mischa riss die Tür auf und rannte in den Tank-Shop. Hinter ihm schlingerte mit Blaulicht und Sirenengeheul der Streifenwagen auf den Parkplatz.

Los Angeles

Cordelia stand gerade mit einer Tasse ihres wunderbaren Kaffees in der Küche, als die Tür zuknallte. In diesem Moment klingelte es an der Wohnungstür.

»Jetzt übertreibst du aber!«, schimpfte sie mit Phantom-Dennis. »Knall doch nicht so mit der Tür wie eine frustrierte Hausfrau, nur weil du das Leben ungerecht findest. Du bist halt jetzt mit dem Abwasch an der Reihe!«

Wesley sah sie auf dem Weg zur Wohnungstür fragend an.

»Das ist nur Dennis«, erklärte sie. »Er hat gerade einen Wutanfall, weil er glaubt, ich sei mit dem Abwasch an der Reihe. Aber ich habe schon mittags abgewaschen.« Sie blickte triumphierend. »Ich kann ja auch nichts dafür, dass es nur einen schmutzigen Teller gab, als ich dran war. Und abgesehen davon ...«

»Kann ich Ihnen helfen?«, hörte sie Wesley in der Eingangshalle mit einem Hauch von Verzweiflung fragen.

»Angel«, stieß eine Frauenstimme mit starkem Akzent hervor. »Ist er da? Er hat uns diese Adresse gegeben.«

Cordelia verließ die Küche und eilte zur Wohnungstür. Hinter ihr ging der Wasserhahn an und Geschirr klapperte in der Spüle. Zufrieden grinste sie in sich hinein.

Drei Leute standen im Eingang. Sie waren offensichtlich eine Familie: Mama, Papa und ein kleiner Junge, alle drei mit kakaofarbener Haut und schwarzem Haar. Sie sahen müde und verängstigt aus.

»Ich bin Rojelio Flores«, stellte sich der Mann vor.

Cordelia bekam große Augen. Der Typ aus dem Gefängnis! Der, den Angel vor dem Knast gerettet hatte!

»Kommen Sie herein«, sagte sie. »Angel ist gerade nicht hier. Er ist ... woanders.« Als sie die Enttäuschung in den Gesichtern sah, fügte sie tröstend hinzu: »Aber wir haben Kaffee.«

»Ay.« Die Frau legte ihrem Mann die Hand auf die Schulter. Eine Träne kullerte ihr über die Wange und sie sah aus, als bräche sie gleich zusammen; als schaffte sie es nicht einmal über die Schwelle. »Wenn Sie nichts dagegen haben ...«

»Nein, nein, kommen Sie!«, drängte Cordelia. »Ich bin es gewöhnt, dass alle bei mir vorbeikommen, ohne vorher anzurufen. Ehrlich!«

»Wir haben versucht anzurufen, aber es ging nur der Anrufbeantworter an«, erklärte Rojelio, der seinem Sohn die Hände auf die Schultern legte und ihn sanft vor sich her schob. Der Junge schien völlig übermüdet zu sein und hatte dunkle Ringe unter den Augen.

»Hm!« Cordelia runzelte die Stirn. »Dennis!«, rief sie. »Hast du das Telefon benutzt?«

Wie immer gab es keine Antwort und sie führte die Familie ins Wohnzimmer. Sie nahm ihr schnurloses Telefon zur Hand und hielt es sich ans Ohr, wobei sie darauf achtete, sich nicht mit der Spitze ihres großen Silberohrrings zu erstechen. In der Leitung war ein Rauschen zu hören, das nicht aufhörte, wenn sie auf die Unterbrechungstaste drückte. Ratlos steckte sie das Telefon wieder auf die Ladestation.

»Wahrscheinlich ist der Apparat im Schlafzimmer nicht richtig aufgelegt«, meinte sie.

»Wir konnten nicht länger in dem Motel bleiben«, erklärte Mrs. Flores, nachdem sie sich auf der Couch niedergelassen hatte. Ihr Sohn kam zu ihr und schmiegte sich an sie. »Es war nicht mehr sicher.«

In diesem Augenblick kippte Cordelias Lieblingsstehlampe mit lautem Getöse um.

»Dennis!«, rief sie empört.

Mrs. Flores sah ihren Ehemann an, der nur mutlos seufzte. Dann sagte der kleine Junge: »Es tut mir Leid. Ich werde die Lampe bezahlen, wenn ich Geld habe.«

Der Frau stiegen Tränen in die Augen. Sie legte die Arme um ihren Sohn und drückte ihn an sich. Mit großen braunen Augen sah er Cordelia ängstlich an.

Sie spähte in die Küche. Dort machte sich ein Schwamm an den verkrusteten Rändern einer Kasserole zu schaffen und platschte dann in das Spülwasser. Offensichtlich war Dennis mit anderen Dingen beschäftigt.

»Mein Sohn und ich haben gewisse Fähigkeiten«, sagte Rojelio.

»Oh.« Cordelia lächelte den kleinen Jungen an. »Ist schon in Ordnung«, sagte sie. »Bitte denken Sie gar nicht an meine Lampe.« Oder an etwas anderes in meiner Wohnung, fügte sie im Geiste hinzu.

Die Lampe hob sich ein Stück vom Boden und krachte wieder hin. Dann segelten drei Bücher durch die Luft.

Der Junge schrie auf und begrub sein Gesicht an der Schulter der Mutter.

»Ist schon in Ordnung«, beruhigte ihn Wesley. Er sah Cordelia an. »Psychokinetische Schübe werden in der Regel stärker und unvorhersehbarer, wenn der Auslöser aufgeregt ist.«

»*Carlos, Carlitos, mi amor*«, tröstete die Mutter den Kleinen. Der Vater, der immer noch hinter der Couch stand, tätschelte seinem Sohn den Kopf und der Kleine murmelte etwas vor sich hin.

Dann setzte sich der Vater müde zu seiner Familie. Sie saßen da wie die drei Äffchen – nichts sehen, nichts hören und nichts umwerfen. Rojelio besah sich die Wohnung, machte vielleicht im Geiste eine Liste der zerbrechlichen Gegenstände und rieb sich die Augen. »Vielleicht sollten wir nicht hierbleiben.«

»Wo sollen wir denn sonst hin?«, murmelte seine Frau. »Man hat auf uns geschossen. Vielleicht gehörten sie zu den Männern, die meinem Mann den Mord in die Schuhe schieben wollten. Und das Motel ist voller Bandenmitglieder.«

»Ich habe gesehen, wie ein Mann erschossen wurde«, erklärte der Junge. »Das Blut ist nur so rausgespritzt!«

»Oh mein Gott«, Cordelia war nun zu Tränen gerührt. Sie sah Wesley an. »Wir müssen Angel zurückholen!«

»Zurück?«, wiederholte Mrs. Flores verständnislos.

»Hoppla«, murmelte Cordelia zu sich selbst und ging in den Flur. »Ich sehe mal nach dem Telefon, ja?«

Sie wollte gerade an ihre Schlafzimmertür klopfen, als diese sich öffnete. Willow stand im Türrahmen und sah gar nicht gut aus; sie war ziemlich blass.

»Hey.« Sie wischte sich den Schlaf aus den Augen und verschmierte so den Rest der Wimperntusche, die sie vielleicht gestern aufgetragen hatte. »Ich bin so müde. Ich fühle mich wie tot.«

»Aber du siehst ganz in Ordnung aus«, meinte Cordelia. Sie hakte sich bei ihr ein und zog sie mit sich. »Habt ihr das Telefon benutzt?«

»Hä?« Willow gähnte.

»Ist auch egal. Ich bin froh, dass du wach bist. Ich benötige nämlich deine Hilfe.«

Als sie ins Wohnzimmer kamen, legte Cordelia Willow einen Arm um die Schulter. »Willow«, sagte sie fröhlich. »Das hier ist die Familie Flores. Sie sind psychotisch veranlagt.«

»Psychokinetisch«, korrigierte Wesley.

Cordelia strahlte Willow an. »Vielleicht kannst du ihnen ja helfen, ihre Kräfte runterzufahren? Am besten sofort, wenn nicht eher. Besonders, bevor noch etwas Wertvolles zu Bruch geht, zum Beispiel das Glas da hinten, von dem mir der Barkeeper im D'Oblique erzählt hat, dass Leonardo DiCaprio daraus einen Tequila getrunken hat.«

»Was offenkundiger Schwachsinn ist«, fing Wesley an, aber Cordelia brachte ihn mit gebieterischer Geste zum Schweigen.

»Ich bin nicht sicher, ob ich derartige mentale Kräfte stoppen kann«, meinte Willow nachdenklich. Sie klang sehr verschlafen. »Aber ich könnte ein paar Schutzwände aufstellen.«

»Großartig!« Cordelia schob sie in die Mitte des Wohnzimmers. »Dann los!«

»Wo ist Alina?«, fragte Wesley.

Willow zuckte mit den Schultern. »Sie wollte ein Nickerchen machen. Wir sind beide … Ich bin so müde«, sagte sie wieder.

»Wo ist Angel?«, fragte der kleine Carlos dazwischen.

»Angel ist ... er hilft gerade einer Freundin von uns«, erklärte Cordelia freundlich. In einer anderen Dimension zwar, aber damit wollte sie den Jungen nicht erschrecken, denn sie wusste ja, wozu diese Verrückten mit ihren übersinnlichen Kräften in der Lage waren. Sie musste an das Mädchen denken, dem sie einmal geholfen hatten und das von seinem Vater missbraucht worden war. Es lief ihr kalt den Rücken hinunter.

Ein weiteres Buch fiel aus dem Regal.

»Wow, Cordelia! Früher hast du nie gelesen«, bemerkte Willow. »Und jetzt *besitzt* du sogar Bücher!«

»Ja, nun ...« Cordelia sah ängstlich zu Carlos hinüber. »Du weißt so manches nicht von mir, Willow. Ich habe mich sehr verändert. Also mach schon, Rosenberg! Ich meine, bitte!«

Die junge Hexe lächelte die drei auf der Couch unsicher an. Cordelia erklärte: »Angel hat dieser Familie bei einem Problem geholfen. Nun sind sie hier. Weil sie noch mehr Hilfe brauchen, die wir natürlich gern leisten.«

»Wie geht es Ihnen?«, erkundigte sich Willow höflich. »Ich bin Willow Rosenberg.« Die Familie sah sie unsicher an. »Ich werde es jetzt mit ein bisschen Magie versuchen, okay? Nur ein kleiner Schutzzauber.«

»Ay«, Mrs. Flores bekreuzigte sich. »Wir sind katholisch.«

»Das ist in Ordnung«, versicherte ihr Willow. »Doña Pilar auch, und sie ist eine *bruja.*«

Cordelia lächelte. »Abgesehen davon ist Willow Jüdin.«

Alle sahen sie an, als versuchten sie zu begreifen, was daran jetzt wichtig war, und als Cordelia bemerkte, dass sie das selbst nicht wusste, sagte sie nur: »Ich sehe mal nach Alina und lege das Telefon wieder richtig auf.«

Auf dem Weg zum Flur drehte sie sich noch einmal um. »Ich werde gleich frischen Kaffee für alle aufbrühen. Und ...« Sie überlegte, ob noch etwas im Kühlschrank war. Gut, dass Xander nicht vorbeigekommen war, dachte sie. Er hätte schon alles in seiner Reichweite Stehende verputzt!

Nicht, dass augenblicklich überhaupt Essen in Reichweite war, aber dennoch ...

Cordelia ging durch den hellen Korridor ihres großen, luftigen Apartments und dachte bei sich, dass sie Dennis' Mutter auf ewig dankbar sein konnte, ihn lebendig eingemauert zu haben. Schade, dass die Alte so viele frühere Mieter in den Selbstmord getrieben hatte, bevor ihnen die Austreibung gelungen war und Dennis seine Mutter zur Hölle oder wohin auch immer gejagt hatte.

Aber deswegen war die Miete schließlich so niedrig gewesen, sonst hätte Cordelia nicht in diese schöne Wohnung einziehen können.

Leise klopfte sie an die Schlafzimmertür. »Alina?«

Sie erhielt keine Antwort, was Cordelia in ihrer Vermutung bestätigte, dass die Russin eingeschlafen war. Sie drehte den Türknauf und betrat den Raum.

Alina lag mit offenem Mund flach auf dem Rücken. Ihr linker Arm war ausgestreckt, die Hand hing über die Bettkante und das Telefon lag auf dem Boden. Cordelia bückte sich graziös – ihre Eltern hatten ein Vermögen für Benimmkurse ausgegeben, als sie noch in dieser Hochburg des guten Benehmens mit Namen Sunnydale gelebt hatten – und hob das Telefon auf.

Ein merkwürdiges Summen drang aus dem Hörer. Stirnrunzelnd hielt sich Cordelia das Telefon ans Ohr.

Wind und Tod und etwas sehr Kaltes ... Etwas sehr Falsches ... Das Fehlen alles Guten ...

»Igitt!«, Cordelia ließ das Telefon fallen.

Alina keuchte und setzte sich kerzengerade auf. »Mama!«, schrie sie.

Cordelia schrie zurück und die beiden schrien noch einmal zusammen als Zugabe und dann war Wesley auch schon da, griff Cordelia am Arm und rief: »Was ist denn hier los?«

»Ich weiß es nicht!« Die Frau zitterte und ihre Knie gaben nach. »Ich habe wirklich keine Ahnung.«

»Es gibt etwas in dieser Wohnung, das nicht hier sein sollte.« Alina stellte sich aufs Bett, als wäre eine Schlange darunter hervorgekrochen.

»Okay, du weißt ja von Dennis«, sagte Cordelia ein wenig benommen.

In diesem Augenblick rutschte das Bett einen halben Meter nach rechts. Alina stürzte und Wesley sprang gerade noch rechtzeitig herbei, um sie aufzufangen.

»Etwas ist nicht im Gleichgewicht. Die Welt dreht sich in die falsche Richtung«, fuhr Alina fort.

»Da hast du allerdings Recht!«, bemerkte Cordelia.

»So wie ...« Wesley dachte über die richtige Wahl aus seinem reichhaltigen Fundus an Metaphern und Gleichnissen nach. »Wie ein Riss in der Macht?«

Das Mädchen blickte ihn verständnislos an. »Ein Riss?«

»Er meint, ob etwas im Weltraum zerbrochen ist«, versuchte Cordelia es für die Russin einfacher auszudrücken.

Wesley sah sie missbilligend an. »Im Weltraum?«

»Ganz genau!«, rief Alina aus. »Und nun ist es im Telefon.«

»Na, super! Mein Telefon ist besessen.« Cordelia seufzte. »Das war bestimmt der kleine Carlos!«

»Cordelia, das hat doch nichts mit Besessenheit zu tun«, erklärte Wesley geduldig. »Hol Willow, sie soll das Telefon befreien.« Cordelia verließ das Zimmer und der Brite wandte sich wieder Alina zu. »Hat dich etwas hierher verfolgt? Ist irgendetwas hinter dir her?«

Das Mädchen schüttelte den Kopf. »Ich weiß es nicht. Ich glaube, es ist etwas geschehen, als wir den Realitätsindikator benutzt haben. Irgendetwas ist ganz falsch hier.«

Cordelia fand Willow in der Küche, wo diese langsam ein Glas Wasser trank. Das Phantom war immer noch mit dem Abwasch beschäftigt.

»Es geht mir schon besser«, sagte Willow.

»Prima, denn es gibt Arbeit für dich!«, erwiderte ihre Freundin, nahm sie bei der Hand und zog sie Richtung Schlafzimmer. »Etwas ist ganz und gar nicht mit meinem Telefon in Ordnung. Weißt du, was es für eine Schauspielerin bedeutet, ohne Telefon zu sein? Keine Jobs! Keine Arbeit!«

»Ich dachte, dein Job wäre es, Angel zu helfen«, bemerkte Willow trocken.

Cordelia bedachte sie mit einem abschätzigen Blick. »Entschuldige mal bitte, aber zufällig strebe ich Größeres an.«

»Etwas Größeres als die Welt vor den Mächten der Finsternis zu retten?«

»Nun ja.« Cordelia zuckte mit den Schultern und wirkte ein wenig beschämt, aber nur ein ganz klein wenig. Wie gut, dachte sie, dass Angel mich versteht! »Erst letzte Woche hätte ich fast einen Rückruf wegen einer Deo-Werbung bekommen.« Sie reckte stolz das Kinn vor. »Leider sah ich wohl nicht verschwitzt genug aus.«

Willow nickte und dehnte ihre Schultern. »Eigentlich geht es mir schon *viel* besser«, sagte sie. »Nicht nur ein bisschen.«

Gemeinsam gingen sie ins Schlafzimmer. Das Bett stand nicht mehr an seinem Platz. »Warum stellst du die Möbel um, Alina?«, fragte Willow.

Die brüllte etwas auf Russisch. Die anderen drei sahen sie erstaunt an. »Es ist nicht mehr im Telefon«, rief die Russin. »Jetzt ist es im Bett.«

Wie aufs Stichwort fing das Bett an zu beben. Willow streckte eine Hand aus und sprach eine Schutzformel.

»Hecate, erhöre meine Bitte! Bewahre mich und die Meinen vor allem Übel von draußen und drinnen. Gebe allen, die in diesen Mauern sind, Sicherheit und verbanne alles Böse aus unserer Mitte!«

Sie beobachteten, wie sich daraufhin etwas Schwarzes, Verschwommenes vom Bett erhob und wie Rauch zur Decke stieg. Dort schwebte es eine Weile und bewegte sich nach rechts, dann nach links, als suche es etwas. Cordelia sah Willow unauffällig von der Seite an, um ihre Reaktion auf das Phänomen zu sondieren. Der verwirrte Gesichtsausdruck der Hexe tröstete sie allerdings in keinster Weise.

»Ich denke, wir müssen den Realitätsindikator noch einmal ausprobieren«, sagte Willow. »Hier handelt es sich um etwas, was nicht hier sein sollte.«

»Aber es konnte doch gar nichts in unsere Realität eindringen«, protestierte Alina. »Wir haben doch nach draußen gesendet. Nach Los Angeles kann nichts und niemand durchkommen. Dafür habe ich gesorgt.«

»Solange der Apparat nicht richtig funktioniert«, bemerkte Cordelia, »ist wohl gar nichts mehr sicher.«

»In Sunnydale ist auch jede Menge los«, warf Willow ein. »Monster und so. Oh, aber dafür kannst du ja nichts.«

Alina nickte. Cordelia fand, das russische Mädchen sah merkwürdig farblos aus. Müsste sie es beschreiben, wüsste sie gar nicht genau wie.

Alina sah sie zögernd an. »Ich habe Angst. Könnt ihr euch vorstellen, wie das ist, wenn man das ganze Leben mit Menschen verbringt, die Gedanken lesen können? Ich hatte echt eine schwere Kindheit.«

»Ich wollte ja nicht ...«, setzte Cordelia an und brach dann ab. *Ich verstehe, was du meinst*, übermittelte sie Alina telepathisch, die bedächtig nickte. *Es ist echt Scheiße!*

Alina fuhr fort: »Irgendjemand hat versucht, mich zu finden. Ich weiß nicht, ob dieses schwarze Ding damit zu tun hat. Aber Mischa war es auf keinen Fall.«

»Wir werden dich beschützen«, versprach Wesley.

»Ja. Wir werden dafür sorgen, dass die Flores jeden mit Lampen bewerfen, der in meine Wohnung einbricht«, bemerkte Cordelia trocken. Dann verzog sie das Gesicht und beobachtete, wie die Rauchspur die Zimmerdecke entlangschwebte. Überall entstanden Risse. Ein Stück Putz löste sich und fiel von der Decke.

»Vielleicht braucht Dennis etwas Hilfe in der Küche«, sagte die Frau des Hauses hastig. »Ich kümmere mich mal um den Toaster, okay?«

»Es ist wie eine Entropie-Strömung«, unterbrach sie Wesley sinnierend. »Ob wir darüber Informationen haben? Cordelia, die Bücher, die ich hergebracht habe ...«

»Die Carlos in der ganzen Wohnung verstreut hat?« Sie errötete und rollte mit den Augen. »Okay, Willow, ich habe mir in L.A. gar keine Bücher gekauft. Aber nur, weil Wesley und Angel mir immer zuvorkommen und alle kaufen, die ich auch kaufen würde.«

»Ich denke da an die *Theoretischen Alternativen für Entropische Permutationen*«, wandte sich Wesley an Willow. »Ich habe die neueste Auflage.«

Willow machte große Augen. »Mit der Einleitung von Stephen Hawking?«

»Nein, die andere. Da fällt alles einfach auseinander«, gab Wesley zurück und die beiden amüsierten sich über diesen Witz, den Cordelia nicht begriff. »Würdest du das Buch bitte holen?« Wesley drehte sich zu Cordelia um. »Es ist das dicke rote, das Carlos vom Regal geholt hat.«

Bin ich ein Laufbursche?, dachte Cordelia. Und als Nächstes soll ich wahrscheinlich ...

»Und könntest du vielleicht frischen Kaffee machen?«, fügte Wesley hinzu. Sie wollte ihn gerade böse anknurren, da sagte er: »Er schmeckt so lecker. Muss an deiner unnachahmlichen Art liegen, wie du ihn aufbrühst.«

Cordelia suchte nach einem Hinweis darauf, dass er sich über sie lustig machte, fand aber keinen. »In Ordnung«, sagte sie mit stolzgeschwellter Brust. »Ich bin gleich zurück.«

Sie ging den Korridor hinunter und sah die Familie Flores dicht aneinander gedrängt im Wohnzimmer stehen. »Alles in Ordnung«, rief sie den dreien zu.

»Warum haben Sie geschrien?«

»In meinem Bett ist Rauch. Oder war es jedenfalls.« Sie versuchte es noch einmal anders. »Das Böse war im Telefon. Oder so. Wissen Sie, was entropische Alternativen sind? Na ja ...« Sie lächelte die drei an. »Möchten Sie einen Kaffee?«

Sunnydale

»Sehr gut, alter Knabe«, sagte Giles zu Wesley am Telefon. »Entropie-Strömungen. Ich werde es nachlesen.« Leise lächelnd legte Giles auf. Als er die Gruppe ansah, erstarb sein Lächeln. »Er ist als Erster darauf gekommen, weil das Phänomen zuerst bei ihm aufgetreten ist. Etwas ist in Cordelias Telefon gekrochen und es gab Rauch auf dem Bett.«

»Ich hab doch gar nichts gesagt!«, ließ Xander unschuldig verlauten, als ihn Anya scharf ansah. »Ich habe über Cordelias rauchendes Bett überhaupt nichts zu sagen.«

Tara verbarg ein kleines Lächeln, als sie sich daran erinnerte, wie Willow einmal versehentlich ihr eigenes Bett angezündet hatte. Sie vermisste ihre Freundin so sehr!

»Was sind Entropie-Strömungen?«, fragte Joyce.

»Nun, mit Entropie bezeichnet man das Prinzip des zunehmenden Chaos'. Eine Entropie-Strömung ist also eine Art Kanal der Unordnung.«

»Aha«, machte Joyce verständnislos.

»Wie wenn einem die Umlaufbahn zerbröselt«, erklärte Xander.

»Das ist nicht ganz richtig. Eine Umlaufbahn zerbröselt nicht, sie ...«, Giles setzte zu einem umfassenden Vortrag an, fing sich aber. »Jedenfalls gibt es eine Theorie der Chaos-Strömungen in der magischen Atmosphäre, ähnlich den thermischen Strömungen in der natürlichen Welt.« Er ging an sein Bücherregal und studierte eifrig die Titel.

Joyce war sehr müde. Tara sah sie verständnisvoll an. Die Sorge um Willow zermürbte auch sie zusehends. Als Mutter der Jägerin hatte Joyce in all den Jahren bestimmt schon viel Stress gehabt. Und jeden Tag kamen neue Sorgen hinzu.

Der Brite nahm ein paar Bücher aus dem Regal und begann, sie unter den Anwesenden zu verteilen. »Also, ihr wolltet ja alle recherchieren, jetzt geht es auch schon los!«

»Was für eine Freude«, murmelte Xander. »Oder auch nicht.«

In diesem Augenblick krachte wieder etwas unvermittelt von außen gegen die Wand und alle sahen erschreckt auf.

»Wieder Monster!«, verkündete Anya. »Die treten offenbar jetzt in Horden auf!«

»Hmm, das untermauert möglicherweise die Theorie von den Entropie-Strömungen«, meinte Giles.

Also machten sie sich an die Lektüre. Ab und zu ertönte von draußen Gebrüll oder es schlurfte etwas am Haus vorbei, aber diesen vereinzelt auftretenden Monstern maßen sie nur wenig Aufmerksamkeit bei. Tara spürte jedoch, wie sie innerlich immer aufgeregter wurde. Als sie in das Buch auf ihrem Schoß schaute, verschwammen die Buchstaben vor ihren Augen.

Schließlich wandte sie sich den anderen zu: »Ich brauche etwas frische Luft.«

Giles zog die Augenbrauen hoch. »Hältst du das wirklich für eine gute Idee?«

»Ja«, fügte Xander hinzu. »Die frische Luft ist nämlich voller frischer Monster.«

Anya kicherte und gab ihm ein Küsschen auf die Wange.

Tara fühlte sich zurückgehalten, unverstanden. Sie bekam Platzangst. Sie erinnerte sich, dieses Gefühl schon einmal erlebt zu haben; damals hatte sie den Eindruck gehabt, von der Scooby-Gang nicht richtig akzeptiert zu werden.

Bekomme ich jetzt eine Panikattacke?, fragte sie sich.

»Ich m-muss raus«, rief sie.

»Dann komme ich mit«, schlug Xander vor. »Du solltest wirklich nicht allein gehen!«

»Xander, was bist du doch für ein Held!«, flötete Anya. »Selbst wenn ich eines Tages meine Kräfte zurückgewinnen sollte, würde ich dich niemals entleiben.«

»Wie romantisch, An! Und so tröstlich«, bemerkte ihr Freund ironisch und sah sich im Raum um. »Hat Riley vielleicht irgendwo ein paar Uzis liegen gelassen? Oder eine Panzerfaust? Ich wünschte, wir hätten den Raketenwerfer noch.«

»Das war eine sehr schöne Waffe«, bemerkte Giles wehmütig.

Joyce Summers starrte ihn an. »Wann hatten Sie denn einen Raketenwerfer?«

»Ich hole mir eine Keule. Ich steh auf Keulen«, sagte Xander und ging an Giles' Waffenschrank. Er rumorte darin herum und zog dann die schwere, mit Stacheln besetzte Schlagwaffe an ihrem Holzgriff hervor. »Was ist mit dir?«, fragte er Tara. »Möchtest du vielleicht einen Schaschlikspieß?«

»Ich b-bleibe bei der Magie«, antwortete sie schüchtern.

»Giles, wann hatten Sie denn einen Raketenwerfer? Haben Sie meiner Tochter etwa einen Raketenwerfer in die Hände gegeben?«, fragte Joyce erneut.

»Machen wir uns dünn, bis die beiden das geklärt haben!«, raunte Xander Tara lächelnd zu und ging mit ihr zur Tür.

»Lasst euch nicht die Köpfe abreißen!«, rief Anya.

»Wir treten nur kurz vor die Tür von Nummer 217, damit Tara ein bisschen Rauch und Aschepartikel einatmen kann«, versprach Xander. »Dann kommen wir sofort wieder rein. Nicht wahr, Tara?«

»S-sicher«, sagte sie verlegen. Sie mochte Xander und Anya. Aber sie machte sich Sorgen, was geschehen würde, wenn die anderen herausfanden, dass die Frauen in ihrer Familie alle Dämonen waren. Deshalb war sie von zu Hause weggegangen und nach Sunnydale gekommen – um wenigstens ihr schreckliches Geheimnis zu wahren, wenn sie ihrem Erbe schon nicht entfliehen konnte. Dennoch nahm sie an, Anya würde ihr wohl verzeihen, ihr Geheimnis nicht offenbart zu haben und vielleicht mochte sie sie dann sogar noch mehr.

Obwohl sich Anya ihr gegenüber bereits jetzt recht freundlich verhielt, wie Tara fand.

»Vielleicht solltest du einen Schild mitnehmen«, schlug Giles vor, ging an den Waffenschrank und suchte. Mit einem beeindruckenden runden Lederschild in der Hand kehrte er zurück.

Xander nahm ihn, prüfte das Gewicht und sagte: »Und da haben die damals über meine *Dungeons and Dragons*-Gruppe im Comicbuchladen gelacht. Mein *Dungeonmaster* wäre sehr stolz. Er ist leider schon tot«, überlegte er laut. Zu Tara gewandt fügte er hinzu: »Er wurde bei der High-School-Abschlussfeier aufgefressen.«

»Das ... ist ja schrecklich!« Tara war entsetzt. Sie hatte den Eindruck, ihr Brustkorb zerberste jede Sekunde und ihr Hals schnüre sich immer mehr zu. Das *ist* eine Panikattacke, dachte sie.

»Eigentlich hätte er sich einen solchen Tod gewünscht, wenn man ihm die Wahl gelassen hätte. Selbstverständlich hätte er es vorgezogen, erst nach Abschluss des College gefressen zu werden. Oder während die Cheerleader die Zuschauer vor dem Footballspiel aufheizten. Ja, ja, der gute alte *Dungeonmaster*!«

Xander entging Taras innere Unruhe völlig, als er mit ihr zur Tür ging. Sie griff an die Klinke und riss die Tür auf. Sie floh praktisch über die Schwelle und merkte, dass die Vernunft sie mehr und mehr verließ.

Und plötzlich wusste sie auch warum.

»Riley!«, rief sie, als plötzlich Wellen unangenehmer Gefühle über sie hinwegspülten. »Ich glaube, er ist in Gefahr.«

Xander legte den Kopf schräg. »Wieso?«

»Es ist so ein Gefühl.« Tara wusste nicht, wie sie es erklären sollte.

»Das genügt mir.« Xander steckte den Kopf durch den Türspalt. »Giles, Tara glaubt, dass Riley in Gefahr ist.«

»Tatsächlich? Wie kommt sie darauf?«, fragte Giles.

»Sie ist eine Hexe«, erinnerte ihn Xander. »Also ziehen wir lieber los, okay?«

Weniger als fünf Sekunden später stand Giles mit der Armbrust in der Hand im Türrahmen. Anya war direkt hinter ihm, bewaffnet mit einer kleinen Axt. Und Mrs. Summers hielt eine Machete in der Hand.

»Weißt du denn, wo Riley ist?«, fragte Giles Tara.

Diese schüttelte bedauernd den Kopf. »I-Ich habe nur so ein G-Gefühl.«

»Wir teilen uns am besten auf«, beschloss Giles. »Tara, du ziehst mit Xander los. Anya und ich gehen ... dahin, wo ihr nicht hingeht. Und Sie, Joyce, bleiben bitte am Telefon!«

Nickend ließ Joyce Summers ihre Machete sinken. Offenbar fand auch sie, dass dies das Beste war. »Schade, Spike ist nicht hier«, sagte sie noch. »Er hätte das gut übernehmen können.«

»Manche Kerle verschwinden sogar in eine andere Realität, um der Arbeit aus dem Weg zu gehen«, brummte Xander, während alle die Treppe hinuntereilten. »So ein fauler Hund!«

Die Gebäude, an denen sie vorbeikamen, standen lichterloh in Flammen. Aber es gab keine Feuerwehr, keine Krankenwagen, keine Polizei. Sie waren alle zu anderen Notfällen unterwegs. Ganz Sunnydale war im Grunde ein einziger großer Notfall.

Ein hässlicher Troll zischte vorbei. Xander holte halbherzig nach ihm aus und verfehlte ihn. Höhnisch kichernd lief der Troll davon. Xander zuckte mit den Schultern: »Okay, Tara, such Timy!«

Die Hexe sah ihn von der Seite an. »Ich bin doch nicht Lassie!«, protestierte sie, zeigte aber nach rechts. »Lasst es uns dort versuchen.«

»Anya und ich gehen zur Schulruine«, kündigte Giles an. »Dort patrouilliert Riley ganz gern.«

»Jawoll, und einige seiner glücklichsten Momente mit Buffy hat er da auch erlebt«, bemerkte Xander sarkastisch und seufzte. »Ich ebenfalls. Zum Beispiel, als die ganze Schule in die Luft flog.«

Tara und er entfernten sich mit raschen Schritten. Xander warf sich die Keule über die Schulter und fing an »Follow the Yellow Brick Road« zu summen. Tara hatte es früher schockiert, wie die Scoobie-Gang selbst in Krisensituationen noch Witze reißen konnte, aber mittlerweile hatte sie begriffen, dass sie das taten, um nicht auszuflippen. Mit ihrer zynischen Art erdeten sie sich gleichsam und streckten dem Tod die Zunge heraus. Dieses Verhalten kannte man auch von Kampfpiloten und Ärzten in der Notaufnahme.

»Wenn du der Vogelscheuchenmann bist, wer bin ich dann?«, fragte sie, während es über ihren Köpfen donnerte und der Boden bebte.

»Wollen wir mal sehen: Du hast ein Herz«, überlegte ihr Gefährte lächelnd. »Und ein Gehirn.«

»Ich bin der feige Löwe«, schlug Tara schüchtern vor.

»Auf keinen Fall.« Xander kicherte. »Du bist eine der Tapfersten, die ich je kennen gelernt habe.«

Tara war überrascht und sehr geschmeichelt. »Danke ... vielen Dank!«

»Das ist eine Tatsache. Ich hätte vor der Hälfte der Sachen, die du so machst, viel zu viel Angst. Und das Coming-Out war wirklich sehr mutig von dir und Willow.« Er grinste sie an. Dann wurde er ernster. »Sie ist doch glücklich, nicht wahr?«

Xander liebte Willow immer noch, wurde Tara in diesem

Augenblick klar. Ein Teil von ihm würde immer einen Teil von ihr lieben. Und dagegen hatte sie im Grunde nichts einzuwenden.

Zu einer Beziehung gehörte so viel mehr, als man auf den ersten Blick vermutete. Sich zu einem Paar zusammenzufinden, zusammen zu sein und eine Beziehung zu haben, war doch nur die Oberfläche der Geschichte.

»Sie ist glücklich«, versicherte Tara. »Ich schwöre es.«

»Das ist großartig«, sagte Xander. Und er meinte es ganz ehrlich.

Tara lächelte ihn an, drehte sich dann aber plötzlich zur Seite. »Oh mein Gott, Xander! Sieh nur!«

Der Maschendrahtzaun, der den Weatherly Park umgab, befand sich in einem äußerst bedenklichen Zustand. Er war in Fetzen gerissen. Von dem direkt vor ihnen liegenden Abschnitt war nur noch ein Haufen Metallmaschen übrig, die verstreut auf dem Boden lagen. Die Büsche dahinter waren praktisch zerhäckselt worden. Ein Baum war umgestürzt und vor dem zerstörten Zaun lag – Rileys Pistole.

Von Riley selbst fehlte jede Spur.

7.

Sunnydale

Billy Bob Moffitt war Polizist. Schon sein Vater und sein Großvater waren Polizisten gewesen. Der ehrgeizige Wille, das Gesetz zu hüten, war bei den Männern der Familie auf der Genplatte verankert wie volles Haar und Krampfadern bei den Frauen, pflegte sein Vater zu sagen. Billy Bob hatte über diesen Spruch schon immer herzlicher lachen können als seine Mutter und seine Frau. Ihm war der Job in Sunnydale angeboten worden, nachdem er sich bei einer Polizeitagung mit ein paar Officern aus der Stadt angefreundet hatte. Damals hatte er angenommen, es würde seiner Frau widerstreben, ihr Haus gleich neben seinen Eltern in Carthage, Tennessee, gegen ein Zuhause am Pazifik einzutauschen. Aber als er ihr den Umzug vorschlug, hatte sie ihn nur angesehen, genickt und sich ein Lächeln verkniffen.

Von seinen elf Dienstjahren bei der Polizei hatte Billy Bob drei in Carthage verbracht, die restlichen acht in Sunnydale. Er war sich darüber im Klaren – und dazu musste man wirklich nicht sehr lang dort gewesen sein –, dass es in Sunnydale anders zuging als irgendwo sonst. Was in anderen Städten eine Seltenheit war, gehörte hier zum Alltäglichen; Unmögliches gab es in Sunnydale nicht, höchstens Überraschendes. Gerüchte über merkwürdige Dinge kursierten, die die Männer sich hinter vorgehaltener Hand nach einer langen Schicht im Umkleideraum berichteten – oder nach ein paar Bieren beim Grillfest mit Kollegen, wenn das Essen vorbei und die Sonne untergegangen war und die Frauen drinnen den Abwasch machten.

Dann redete man über Wesen, die in der Dunkelheit zum Vorschein kamen; Wesen, die ein weniger vernunftbegabter Mensch Monster nennen würde. Man erzählte sich von zerstückelten Leichen, die in kleinen Seitenstraßen oder verlassenen Hinterhöfen gefunden wurden. Auch von einer jungen Frau, die diesen bösen Phänomenen den Kampf angesagt hatte und sie in Schach hielt – obwohl Billy Bob das für kaum möglich hielt. Er war schon einige Male als Erster an einem solchen Tatort gewesen und wusste, in Sunnydale geschahen einfach unglaublich grauenhafte Dinge.

Aber was er an diesem Tag erlebt hatte, übertraf alles.

In den vergangenen zwanzig Minuten hatte er beobachtet, wie ein gleitendes Etwas, nicht größer als einen Meter, aber mit mindestens fünfzig Beinen, unter ein fahrendes Auto rutschte, es umstürzte und auf den Gehsteig schleuderte. Er hatte einen großen, hageren Mann in einem flatternden schwarzen Mantel gesehen, der gut aus dem neunzehnten Jahrhundert hätte stammen können. Der Mann hatte Billy Bob angelächelt und ihm seine spitzen Zähne gezeigt. Dem Polizisten war es kalt den Rücken heruntergelaufen, so als hätte ihm jemand einen Eiswürfel ins Hemd gesteckt.

Der Gemüsehändler schloss gerade seinen Laden ab und zog wie jeden Abend das Sicherheitsgitter herunter. Er nickte Billy Bob zu, der ihn ebenfalls mit einem Nicken grüßte. In diesem Moment hatte der große, hagere Mann vor den Augen des Officer den Griff seines Stocks zurückgeklappt und ein darin verborgenes Schwert gezückt. Das rammte er dem Gemüsehändler in den Rücken, durchstach sein Herz und vielleicht einen Lungenflügel, drehte sich wieder zu Billy Bob um und warf ihm ein boshaftes Grinsen zu, während er das Schwert wegsteckte.

Billy Bob zog seine Waffe und schrie dem Mann befehlend zu stehen zu bleiben, aber der griff sich einfach mit beiden Händen an die Schultern und faltete sich irgendwie in sich selbst zusammen, bis er nur noch ein schwarzer Punkt war und wenig später noch nicht einmal mehr das. Er war einfach verschwunden.

Billy Bob stand mit offenem Mund da. Erst dann dachte er daran, einen Krankenwagen für das Opfer zu rufen. Aber es war bereits zu spät: Der Mann war verblutet. In jeder anderen Woche hätte Billy Bob furchtbare Schuldgefühle gehabt, aber in dieser Woche war es nur eine Leiche von vielen. Nach diesem Vorfall hatte er einen Schatten über den Nachthimmel gleiten sehen, schwarz auf schwarz. Als der Schatten unter dem Lichtschein einer Straßenlaterne durchschlüpfte, erkannte der Polizist ein menschliches Gesicht in der Größe einer Wassermelone. Im Vorbeifliegen verlor es eine speichelähnliche Flüssigkeit und die Tropfen zischelten wie Säure auf der Straße.

In der Geschichte der Sunnydaler Polizei hatte es viele schlimme Zeiten gegeben, an eine derart katastrophale aber konnte sich Billy Bob nicht erinnern. Er ging allein auf Streife. Es gab so viele Notfallmeldungen, dass jedes Team sich aufspalten musste, um auch nur der Hälfte davon nachgehen zu können. Angesichts der Ungeheuerlichkeit dieser Situation kapitulierte er einfach. Er schob seine Waffe ins Holster, legte den Sicherheitsriemen darüber und setzte sich auf eine Treppenstufe, um den Wahnsinn an sich vorüberziehen zu lassen. Ein Cop allein konnte in diesem Augenblick rein gar nichts ausrichten, selbst wenn der Vater und der Großvater schon Cops waren.

Billy Bob dachte nur noch daran, wieder nach Carthage zurückzugehen.

Dreißig barbarische Krieger, bekleidet mit Tierhäuten und primitivem Metallschmuck, belagerten die Hütte, in der sich Angel mit Tan-kia und ihrer Großmutter, der Hexe, aufhielt. Angel beobachtete die Männer durch das kleine Fenster und sah, wie sie entlang der Baumgrenze um die Lichtung Position bezogen. Die Hütte war zwar robust gebaut, aber nur aus Holz. Wenn sie schon den Trick mit den brennenden Pfeilen kannten, war die Hütte in null Komma nichts zerstört. Wenn nicht, konnten sie sich immer noch mit ihren Streitäxten einen Weg hineinhacken. Angel hatte zwar schon viele Gegner erledigt, aber noch nie ganz allein einer solchen Truppe gegenübergestanden. Außerdem war zum Zeitpunkt seiner Geburt das Zeitalter der Barbarei schon lange vorbei gewesen.

»Angel wird uns nicht im Stich lassen«, sagte Tan-kia zu ihrer Großmutter.

Dieser drehte sich um. Die junge Frau stand hinter dem Stuhl ihrer Großmutter und strich ihr beruhigend über das lange silberne Haar. Die alte Frau ließ jedoch resigniert die Schultern hängen. »Du hättest sehen sollen, wie er die anderen fertig gemacht hat«, fuhr Tan-kia fort. »Er war nicht aufzuhalten.«

Aber Angel war durchaus aufzuhalten. Es genügte einer der zahlreichen Pfeile und Speere aus Holz, um ihn für alle Zeiten aufzuhalten!

Und Buffy steckte in Schwierigkeiten. Das hatte für ihn oberste Priorität.

Als er wieder aus dem Fenster blickte, erkannte er, dass die Soldaten sich zum Angriff bereitmachten. Innerhalb weniger Minuten würde es Holzpflöcke hageln, vermutete der Vampir.

Wenn er etwas dagegen unternehmen wollte, dann sofort.

Und so gern er auch einfach weglaufen würde – er konnte es nicht; er konnte die beiden Frauen nicht dem sicheren Tod überlassen.

»Großmutter«, sagte er mit sanfter Stimme. »Können Sie Illusionen herbeizaubern? Optische Täuschungen?«

Die alte Frau winkte ab. »Natürlich«, sagte sie, »das ist eine Kleinigkeit.«

»Sie müssen aber gut sein«, beharrte Angel. »Überzeugend.«

Sie zuckte mit den Schultern. »Kleinigkeit«, wiederholte sie.

»Und es müssen viele sein, dreißig etwa.«

Sie sah Angel in die Augen und an ihrem Blick erkannte er, dass sie verstanden hatte, worauf er hinauswollte. »Wie viele Krieger sind da draußen, sagten Sie?«

»Um die dreißig«, antwortete er.

»Und wovon soll ich eine Illusion erzeugen?«

»Von mir«, sagte Angel.

»Das kann ich tun.« Sie fing an, in einer unbekannten Sprache zu deklamieren und zeichnete mit dem Zeigefinger komplizierte Muster in die Luft.

»Einen Moment noch!«, rief Angel. »Noch nicht!« Er ließ die Verwandlung über sich kommen und zeigte seine Vampir-Erscheinung. Tan-kia schnappte nach Luft. »Jetzt!«

Verblüfft fuhr die Großmutter mit ihrem Zauber fort. Nach einigen Augenblicken war die kleine Hütte voller Angels, aber sie hatten keine körperliche Substanz. Angel machte einen Test: Man konnte einfach mit der Hand durch sie hindurchfahren. Manche der Doubletten gingen durch feste Gegenstände oder standen mitten in einem Möbelstück.

»Das sind alles Schatten von Ihnen«, erklärte die Hexe. »Oder Reflexionen, wenn Sie so wollen. Diese Schatten haben keinen eigenen Willen. Sie gehorchen Ihren Befehlen.«

»Aber sie können den Kriegern keine Verletzungen zufügen«, gab Tan-kia zu bedenken. »Wozu sind sie denn überhaupt nütze?«

»Das brauchen sie vielleicht auch gar nicht«, erklärte Angel. Er hob die rechte Hand. Alle Angel-Schatten hoben ebenfalls die rechte Hand. Er machte einen Schritt nach links, die Schatten ebenfalls.

Sein Plan behagte ihm zwar nicht so ganz, aber es fehlte ihm die Zeit, sich einen besseren auszudenken. Buffy wartete. Entschlossen ging er zur Tür und seine Abbilder folgten ihm nach. »Schließen Sie die Tür hinter mir, äh, hinter uns.«

Und schon fegte er mit weit aufgerissenem Mund hinaus. Hinter ihm kamen dreißig zusätzliche Angels aus der Tür. Wie das Original stürmten sie alle auf die barbarischen Krieger zu. Angel befahl den Doubletten im Geiste, sich zu verteilen, und dirigierte sie in Richtung der Barbaren, die um die Lichtung verteilt waren. Tatsächlich folgten sie seinen Anordnungen.

Nun legten die Angreifer Pfeile in ihre Bögen ein und erhoben die Speere zum Wurf. Angel wartete noch einen Sekundenbruchteil, bis das Surren der Bogenschnüre zu hören war. Dann sprang er in die Luft, machte zwei Salti und setzte zur Landung an. Der erste Schwung Pfeile schlug dumpf unter ihm im Boden ein.

Überall auf der Lichtung hatten die Angel-Abbilder dieselbe Bewegung vollführt – aber auch die Pfeile, die hoch genug flogen, um sie zu treffen, segelten einfach durch die substanzlosen Figuren hindurch.

Die Barbaren schrien vor Todesangst. Manche warfen einfach ihre Waffen hin und flohen von der Lichtung. Die Mutigeren behaupteten die Stellung und feuerten wieder und wieder. Die Pfeile flogen durch die Doppelgänger hindurch und manche davon segelten bis zur Hütte.

Schließlich bekam Angel einen der Barbaren in die Finger. Der Mann warf seinen Bogen weg und zog ein langes Schwert. Angel blieb stehen, der Krieger täuschte eine Bewegung an. Der Vampir wich nach links aus. Der Barbar griff rechts an und erwischte fast mit der Schwertspitze den Magen seines Gegners. Angel nutzte die Gelegenheit und verpasste seinem Gegenüber mit der Linken einen Schlag gegen das rechte Handgelenk, um dessen Schwerthand kampfunfähig zu machen, und gleichzeitig mit der Rechten einen Kinnhaken. Der Wilde klappte zusammen. Angel schnappte sich gerade noch rechtzeitig sein Schwert, um sich gegen den nächsten Krieger zu wehren, der von hinten angriff. Die Klingen schlugen gegeneinander und Angel spürte die Vibration noch in den Schultern. Der zweite Barbar holte zu einem neuerlichen Schlag aus, da stieß Angel ihm mit dem Schwert in den ledernen Brustpanzer. Fast augenblicklich quoll Blut aus dem Mund des Gegners, dann stürzte er zu Boden.

Angels Schatten imitierten seine Kampfbewegungen, jedoch nicht mit demselben Erfolg. Aber das spielte auch keine Rolle – der Horror vor all diesen Vampirgesichtern, die über die Lichtung und durch die Barbaren hindurch tobten, ließ die Angreifer Hals über Kopf Reißaus nehmen.

Der Kampf hatte lediglich wenige Minuten gedauert. Angel musste nur sechs von ihnen niederkämpfen, der Rest zog sich freiwillig zurück. Der Vampir sah ihnen atemlos nach, wie sie davonstürmten, rammte das Schwert in die Erde und drehte sich zu der Hütte um. Sie war gespickt mit Pfeilen und Speeren und sah wie ein Nadelkissen aus. Die Doubletten folgten ihm bis zur Tür und lösten sich dann in Nichts auf.

»Danke, Jungs!«, rief Angel den verschwindenden Gestalten hinterher.

Als er die Hütte betrat, kniete Tan-kia schluchzend auf dem Boden. Die Großmutter saß immer noch in ihrem Sessel, aber ein Pfeil hatte ihre Brust durchbohrt und fesselte sie an den Sesselrücken. Ein kleines Rinnsal Blut lief über ihren Bauch.

»Angel ...«, Tan-kias Stimme brach ab.

»Ich bin noch nicht tot«, sagte die Großmutter schwach. »Aber mir bleiben nur noch wenige Augenblicke.«

»Es tut mir Leid«, Angel schaute sie sanft an.

»Sie haben getan ... was Sie konnten«, versicherte ihm die Alte.

»Der Pfeil kam durchs Fenster geflogen«, erklärte Tan-kia. »Ich hätte dort stehen sollen. Ich hätte ihn aufhalten sollen.«

»Das hätten Sie gar nicht geschafft«, widersprach Angel. »Dann müssten Sie jetzt sterben. Es waren einfach zu viele.«

»Niemanden trifft hier die Schuld, mein Kind«, brachte die Großmutter heraus. Sie rang nach Atem. »Was geschehen ist, ist geschehen.«

»Aber ... soll ich denn jetzt ganz allein hier leben?«, fragte Tan-kia und nahm ihre Großmutter bei den Händen. »Ohne dich!«

»Ich werde immer bei dir sein«, flüsterte die alte Frau. »Und ... du musst vieles lernen. Jetzt ist es an dir, diese Wälder zu verteidigen.«

»Ich soll Hexe werden?«

»Ich wollte es dir schon früher sagen ... auf andere Art. Aber ja, so ist es.«

Tan-kia sah Angel an. In ihren Augen stieg Panik auf. »Kann man denn da gar nichts ...«

»Es tut mir Leid«, sagte Angel leise. »Ich bin kein Arzt.«

»Machen Sie sich um mich ... keine Sorgen«, flüsterte die Großmutter. »Aber sollten Sie nicht schon längst woanders sein?«

»Ja«, antwortete Angel. »Nur ...«

»Ich habe nicht mehr genug Kraft, um das zu tun, was ich versprochen habe«, erklärte die Hexe. »Aber Tan-kia kann es.«

»Ich weiß doch gar nicht wie, Großmutter!«

»Du weißt doch, wie man zuhört, oder?«

»Ja, natürlich«, antwortete ihre Enkelin.

»Mehr brauchst du nicht. Hör mir nur jetzt gleich zu, solange ich ... noch sprechen kann.«

Sie begann die nötige Prozedur zu beschreiben und Tan-kia machte sich daran, die Hexenkunst zu erlernen, während Angel in der kleinen Hütte auf und ab marschierte. Beeilt euch!, dachte er. Macht schnell! Bevor es zu spät ist.

Los Angeles

Als es an der Tür klopfte, zählte Cordelia rasch die Anwesenden durch. Familie Flores war vollzählig am Esstisch versammelt. Alina saß im Wohnzimmer und spielte immer noch an dem Realitätsindikator herum. Willow befand sich im Schlafzimmer in Trance. Dennis hatte sie eine Weile nicht gesehen – aber das war ja nichts Neues.

Wesley saß auch an dem großen Tisch und las in seinem roten Buch. Er hörte offenbar nicht einmal, dass jemand an der Tür war. Es klopfte wieder.

Cordelia ging in den Flur. Jemand mit bösen Absichten konnte es ja nicht sein, denn die klopften in der Regel nicht an. Und ihre Freunde kamen einfach so herein. Es konnte also niemand sein, dem sie Geld schuldete. Und auch niemand, der ihr etwas schuldete, so jemanden gab es leider nicht.

Sie öffnete die Tür.

Ein junger Mann stand da, völlig haarlos, in T-Shirt, schwarzen Baggy-Hosen und Sneakers.

»Ich muss sie finden«, sagte er nur und drängte sich an Cordelia vorbei in die Wohnung.

»Wie bitte? Wen meinen Sie?« Cordelia war einerseits wütend darüber, wie er einfach so hereinplatzte, andererseits hielt sein

Verhalten sie davon ab, mit ihm einen Streit anzufangen. Und davon abgesehen sah er Furcht erregend aus.

»Meine Schwester. Ich muss sie finden.« Er sah Cordelia mit großen Augen an, wie ein verschwundenes – oder suchendes – Kind.

»Und wer ist deine Schwester? Kennen wir uns?«, fragte Cordelia spitz. »Ich glaube nicht, denn so wie du aussiehst, würde ich mich bestimmt an dich erinnern.«

»Salma«, stieß er wütend hervor, als wäre alles Cordelias Schuld. »Meine Schwester.«

»Du bist Salmas Bruder?«, fragte sie ungläubig. Sie drehte sich zu Alina um, die vom Sofa herübersah. »Hey, ich habe Nicky gefunden!«, rief Cordelia.

»Er wurde doch schon gefunden«, bemerkte Alina.

»Grundgütiger Gott«, rief Wesley, klappte das Buch zu und sah auf. »Du bist Nicky de la Natividad?«, fragte er und schob seinen Stuhl zurück.

Cordelia reckte ihr Kinn vor. »Trotzdem verdiene ich ein Lob. Ich habe ihn *wieder*gefunden.«

»Salma ist verschwunden«, erklärte Nicky aufgeregt. »Sie ist irgendwo anders. Meine Großmutter sagte, ihr könntet mich hinschicken.«

»Ach, tatsächlich!«, rief Cordelia aufgebracht. »Weißt du eigentlich, wie viel Zeit und Energie sie aufgewendet hat, um dich zu suchen? Wenn du jetzt losziehst, um nach Salma zu fahnden, und wir dich verlieren und sie wird gefunden, dann sind wir wieder genau da, wo wir am Anfang waren. Damit ist eigentlich niemandem geholfen.«

»Ich muss sie finden«, drängte Nicky.

Cordelia sah von ihm zu Wesley und Alina und wieder zu ihm zurück. Alina hatte ihre Maschine in Einzelteile zerlegt. »Alina, könntest du ihn überhaupt schicken?«

»Im Augenblick gerade nicht«, sagte das russische Mädchen. »Vielleicht später, wenn ich das Ding ans Laufen kriege. Aber ich bin leider keine Ingenieurin.«

»Nun, wir können ihn ja schlecht in den Zug setzen«, stellte

Cordelia altklug fest. »Kannst du die Maschine denn reparieren?«

Alina seufzte. »Ich weiß es nicht.«

»Die Sache mit den Strömungen sorgt unter Umständen für zusätzliche Probleme«, merkte Wesley an. »Darüber wissen vielleicht nicht einmal Alinas Eltern, die Vischnikoffs, Bescheid.«

Cordelia lächelte Nicky bedauernd an. »Da hast du deine Antwort. Sorry, vielleicht also später!« Sie ging zur Tür, um ihren Besucher hinauszulassen. Aber der betrat einfach das Wohnzimmer, ließ sich auf die Couch fallen und verschränkte die Arme vor der Brust.

»Ich warte«, verkündete er entschlossen.

»Wir haben Kaffee«, sagte Wesley. »Cordelia?«

»Gerne«, entgegnete die Dame des Hauses zähneknirschend.

Das Schloss erschien Buffy wie aus dem Märchenbuch. Allerdings aus einem, das ein Irrer geschrieben hatte. Die zehn bis fünfzehn Meter hohen Mauern waren aus grauen Steinen errichtet und dicht mit Moos und Flechten überwachsen, was ihnen eine ungesunde grünliche Tönung gab. Hier und da waren schmale Schießscharten in die Mauern geschlagen, durch die man wunderbar Pfeile abschießen oder heißes Öl schütten konnte. Buffy fand ihre Befürchtung dadurch bestätigt, dass die Mauersteine unter einigen Schlitzen dunkel verfärbt und moosfrei waren. Alle paar Meter stand zwischen den Mauerzinnen ein Turm, der hoch in den Himmel ragte. Einige dieser spitzen Türme hatten Balkone oder größere Fenster und in einem der Fenster hatte Buffy die »Prinzessin« gesehen, die sie hier retten sollte.

Jedenfalls nach Ansicht des sterbenden Drachenmannes.

Der ausgetretene Weg, auf dem Buffy gekommen war, führte direkt zu einem Tor. Es war mit einem Fallgitter und schweren, vielleicht vier Meter breiten Türflügeln verschlossen. Das Fallgitter ging nicht ganz bis zum Boden und Buffy hätte sich notfalls darunter hindurch quetschen können. Allerdings waren die

Eisenstäbe, die wie riesige Zähne aussahen, am Ende sehr spitz und Buffy legte keinen gesteigerten Wert darauf, mit ihnen Bekanntschaft zu machen. Einige Meter seitlich des großen Tores befand sich eine kleine Tür in der Mauer. Sie war aus dunklem Holz, rostige Beschläge und ein alter Metallknauf zierten sie.

Das musste der Durchgang für das Fußvolk sein.

Buffy näherte sich der Tür und nahm den Klopfer genauer unter die Lupe: ein gehörnter Dämonenkopf mit leuchtend roten Augen. Zuerst hielt sie die Augen für Edelsteine, aber auch bei eingehender Betrachtung waren keine Facetten zu erkennen – die Augen wirkten fast flüssig und leuchteten von innen heraus.

Es ließ sich nicht leugnen, dass sie irgendwie sehr lebendig aussahen.

Anklopfen war vermutlich keine gute Idee. Wenn derjenige, der in dem Schloss hauste, nicht bereits wusste, dass sie kam, war es wenig sinnvoll, sich anzukündigen. Buffy wollte sich lieber hineinschleichen, so schnell wie möglich den richtigen Turm finden, das Mädchen retten und wieder verschwinden.

Sie wünschte, sie hätte Kontakt zu Willow oder Alina. Es war ihre erste Rettungsaktion dieser Art und die Jägerin wusste nicht, was sie tun sollte, falls sie das Mädchen tatsächlich fand.

Sie musste an Angel denken. Was war ihm nur zugestoßen?

Buffy bemühte sich, dem dämonischen Türklopfer nicht in die Augen zu sehen und drückte gegen die Tür. Sie ließ sich ganz leicht öffnen, gab jedoch einen knarrenden Laut von sich, der direkt aus dem Sound-Effekte-Archiv der Universal Studios zu kommen schien. So viel zum Thema Überraschungsmoment, dachte Buffy. Dieses Knarren war besser als jede Alarmanlage!

Sie blieb ein paar Sekunden stehen und lauschte, ob irgendjemand im Schloss reagierte. Aber es geschah gar nichts. Und so ging Buffy hinein und ließ die Tür offen stehen.

Sie kam in einen großen Hof, auf den auch das wuchtige Tor führte. Es gab genügend Stellfläche für einige Planwagen mit Pferden – oder für ein paar Dutzend Autos. Aber der Hof machte den Eindruck, als wäre dort in jüngster Zeit nicht viel los gewesen. Zwischen den Pflastersteinen wuchs hohes Gras, das silbern im

Mondlicht glänzte. In einer Ecke stand eine verrottete Holzplattform. Buffy hatte keine Ahnung, was ihre Funktion sein mochte, fand aber, sie sah ziemlich nach Galgen oder Guillotine aus.

Was für ein anheimelnder Ort!, dachte das junge Mädchen. Wäre wirklich was für *Schöner Wohnen.*

Auf der anderen Seite des Hofes führte eine Treppe zu einer hohen, schmalen Tür, durch die man anscheinend ins Innere des Schlosses gelangte. Eine andere Möglichkeit, den Hof zu verlassen, boten die grob behauenen Steinstufen hinauf zu den Zinnen der Außenmauer des Schlosses – Verteidigungsstellungen, vermutete Buffy. Da ihr keine große Wahl blieb, überquerte sie entschlossenen Schrittes den Hof und gab sich erst gar keine Mühe, sich zu verstecken. Sie stieg die Stufen zu der großen Tür hinauf und drückte dagegen. Auch diese Tür öffnete sich wie von selbst, allerdings leiser als die andere.

Als Buffy über die Schwelle trat, wurde sie von warmem, gemütlichem Licht umfangen, das mehrere Dutzend Kerzen ausstrahlten. Buffy schloss die Tür und sah sich in dem großen Saal um. Der freundliche erste Eindruck schwand rasch, denn sie entdeckte, dass die an den Wänden montierten Kerzenhalter Schädel waren, von denen viele sehr menschlich aussahen. Andere stammten eindeutig von Tieren. Von welchen, vermochte Buffy nicht zu beurteilen. Die Kerzen selbst waren dick und fettig und verströmten einen unangenehmen Geruch.

Irgendjemand musste diese Kerzen angezündet haben. Darüber hinaus war kein Hinweis auf etwaige Bewohner des Schlosses zu finden. Hoch oben unter der Decke des Saales hingen fingerdicke Spinnweben und der Boden war von einer Staubschicht bedeckt.

Es gab drei Möglichkeiten, den Saal zu verlassen: eine große Treppe, die nach oben in die Dunkelheit führte, und zwei Türen, eine nach links, die andere nach rechts – aber keine machte einen besonders verlockenden Eindruck. Vielleicht sollte sie die Treppe nehmen, da sie irgendwann ohnehin einen der Türme besteigen musste. Es war allerdings möglich, dass die Stufen in ein Stockwerk führten, von dem aus man gar nicht in den Turm gelangte.

Höchstwahrscheinlich war er nur vom Erdgeschoss aus zu betreten. Also beschloss Buffy, zunächst nach dem Eingang des Turmes zu suchen und erst dann ans Hochsteigen zu denken.

Vom Hof aus hatte sie gesehen, dass sich der Turm, in dem sie das Mädchen gesehen hatte, in der rechten hinteren Ecke der Anlage befand. Also nahm Buffy die rechte Tür. Sie klemmte ein wenig, aber als sie sich kurz dagegenwarf, ging sie auf. Ein mit noch mehr Kerzen beleuchteter Speisesaal tat sich vor ihr auf, hier stand ein großer – bis auf drei Kerzenleuchter leerer – Tisch mit zahlreichen schweren Stühlen drumherum.

Alle Möbelstücke waren aus Holz, sie wirkten klotzig und schwerfällig. An den Wänden hingen Bilderteppiche, auf denen Kreaturen abgebildet waren, die Buffy noch nie gesehen hatte: weiße Wesen mit Fischgesichtern und sechs Beinen, Bären ähnliche Bestien, die sich auf die Hinterbeine stellten und mit ihren Gesichtern und bizarren Körperteilen wie großäugige Aliens aussahen. Buffy hätte gern mehr Zeit für diesen Raum gehabt, aber sie musste das Mädchen holen und so schnell wie möglich verschwinden. Also durchquerte sie zügig den Speisesaal und verließ ihn durch eine Tür am anderen Ende.

Sie betrat eine riesige Küche.

Kilometerlange Arbeitsflächen, sieben große Steinöfen, in einem Alkoven hingen riesige Fleischstücke an Haken, größer als jede Kuh. Hier wurde der unangenehme Geruch der Kerzen vom Gestank des alten Fleisches übertönt und Buffy eilte rasch durch die Küche und zu einer anderen Tür wieder hinaus.

Nun befand sie sich in einem kleinen Raum, der nur vom schwachen Licht einer einzigen Kerze erleuchtet wurde. Außer der Kerze nichts als Staub und Spinnweben – und keine weitere Tür. Hier bin ich falsch, stellte Buffy fest. In der Küche musste eine Tür gewesen sein, die sie übersehen hatte. Also ging sie wieder zurück.

Aber auf der anderen Seite der Tür gab es keine Küche mehr. Buffy fand sich in einem langen Korridor wieder. Hier waren mit Spinnweben überzogene Ritterrüstungen aufgereiht und dreieckige Teppiche hingen an den Wänden. Buffy musste unwillkürlich an ihren Schwarzen Ritter denken. Aber diese Rüstungen machten keine Anstalten, sie anzugreifen, und so ging die Jägerin vorsichtig den Korridor hinunter. Die Rüstungen wechselten sich entlang der Wand mit Türen ab und Buffy hatte keine Ahnung, wohin sie führten. Ihre Besorgnis wuchs.

Dieser Korridor sollte eigentlich gar nicht da sein. Sie war von der Küche in den kleinen Raum gegangen und Sekunden später wieder durch dieselbe Tür zurückgegangen. Eigentlich sollte sie nun wieder in der Küche stehen, was sie aber eindeutig nicht tat.

Mit dem größten Unbehagen ging sie von Tür zu Tür und traute sich nicht, eine von ihnen zu öffnen. Sie befürchtete, sie führten in ... – so genau wusste sie das auch nicht. Schließlich beschloss sie, einfach eine aufzumachen und nachzusehen. Sie legte die Hand an den Knauf einer Tür und erstarrte zur Salzsäule.

Hinter der Tür ertönte ein kratzendes, schabendes Geräusch.

Da fiel ihr der merkwürdige Traum wieder ein, in dem sie Tür um Tür geöffnet und nirgendwo jemanden vorgefunden hatte. Es war einer der frühesten Hinweise auf die Existenz alternativer Realitäten gewesen. Die Träume einer Jägerin waren manchmal recht prophetisch.

Wenn sie nun also diese Tür öffnete ...

Das Kratzen wurde lauter, als hoffte derjenige, der dahinter lauerte, wirklich sehr, dass sie sie weiter öffnete.

8.

Los Angeles

Casa Cordelia – das reinste Irrenhaus. Cordelia beobachtete fasziniert, was für ein geschäftiges Treiben in ihrer Wohnung herrschte, obwohl die Flores sich zu einem Nickerchen zurückgezogen hatten und alle anderen regungslos am Küchentisch saßen. Mit großen Augen starrten sie Wesley an, als hätte er den Apparat gerade selbst erfunden, den er sich ans Ohr presste. Alle außer Nicky, der wie ein Stier in der Arena den Flur auf und ab marschierte.

»Ich verstehe. Und hat Mister Giles etwas zu meiner Theorie gesagt, bevor er losgerannt ist, um Riley zu helfen?«, fragte Wesley so ruhig wie möglich ins Telefon. »Oh, dass er zuerst darauf gekommen wäre, wenn er es gesehen hätte! Typisch!« Wesley war beleidigt. »Nein, nein. Können Sie mir sagen, ob er schon etwas in den Büchern gefunden hat?«

Nada, befürchtete Cordelia und Alina sah sie verständnislos an. »*Nada* heißt auf Spanisch nichts«, erklärte sie laut.

»Tara ist nicht da?«, fragte Willow leise.

Wesley hob die Hand. »Das ist aber interessant«, sagte er nickend. »Wirklich sehr interessant. Vielen Dank! Ja, bitte sagen Sie Giles, er möchte mich anrufen, sobald er nach Hause kommt. Vielen Dank nochmals!«

Mit einem zufriedenen Gesichtsausdruck legte Wesley auf. »Vielleicht kommen wir nun einen Schritt weiter. Es scheint, als hätte Buffys Mutter weiter recherchiert, während die anderen sich auf die Suche nach Riley Finn gemacht haben. Sie ist auf eine

Information gestoßen: Möglicherweise werden Entropie-Strömungen verursacht oder verstärkt, wenn die Realität eines Individuums sich verändert oder verschiebt.«

»Verschiebt?«, fragte Willow und schaute beklommen. Sie saß neben Alina am Küchentisch, vor ihnen lagen die auseinander geschraubten Teile des Realitätsindikators. »Sag nein zu Realitätsverschiebungen! Klingt nach einer Anti-Drogen-Kampagne.«

»Also, die Maschine, die Alinas Eltern gebaut haben – der Realitätsindikator –, erzeugt in Verbindung mit Alinas Fähigkeit, einen Realitätswechsel herbeizuführen, eine Art Entropie-Strömung. Wenn jemand tatsächlich den Sprung in eine andere Realität geschafft hat, kann er sich möglicherweise in den alternativen Realitäten bewegen, ohne dass er jedes Mal wieder von der Maschine ›gebeamt‹ werden muss.«

»Das klingt nach *Raumschiff Enterprise*«, bemerkte Cordelia.

»Oder nach *Wesley Crusher*«, fügte Willow grinsend hinzu.

»Wesley ist ein Zerstörer?«, fragte Alina unsicher.

»War nur eine Anspielung.« Willow nahm das Gehäuse des Realitätsindikators in beide Hände und untersuchte es. »Wenn wir hier wirklich bei *Raumschiff Enterprise* wären, hätten wir das Ding in achtundvierzig Minuten zusammengeschraubt. Ach, in viel weniger, sie führen das Problem in der Regel ja erst im zweiten Akt ein.«

»Willkommen im wahren Leben! Du bastelst schon viel länger als achtundvierzig Minuten daran herum und ich finde, das Ding sieht wirklich aus wie ein blödes Filmrequisit.« Cordelia sah Willow über die Schulter. »Es ist das reinste Chaos, nicht wahr? Warum haben deine Eltern nie ein Zweitgerät gebaut oder einfachere Teile benutzt, Alina?«

»Einige der Bauteile sind Handarbeit«, erklärte die Russin. »Die Menschen, die sie gefertigt haben, sind mittlerweile gestorben. Um ein neues Gerät zu bauen, müssten wir dieses komplett auseinander nehmen. In einer neuen Weltordnung wären wir in der Lage, so viele zu produzieren, wie wir wollen.«

»Und dann wahrscheinlich auch in allen möglichen knalligen Farben«, ergänzte Cordelia giftig.

»Also, dann beamt mich mal los!«, Nicky kam in die Küche. Die Kühlschranktür ging auf und Dennis bot Nicky ein *Corona*-Bier an. Ungeduldig schnaubend winkte dieser ab.

»Hör mal, ich finde diese Theorie zwar sehr interessant, aber ich habe sie noch nicht mit meinem Kollegen diskutieren können«, bremste ihn Wesley.

Nicky stieß erregt einen Schwall mexikanischer Flüche aus, von denen Cordelia manche verstand. Wütend rief er: »Hören Sie, ich habe sehr gut begriffen, was Sie gesagt haben. Ich habe meine Realität verändert. In der Nacht der langen Messer war ich unbesiegbar. Also kann ich es schaffen!«

»Unser Wissen ist äußerst beschränkt. Wir haben keine Ahnung, was geschieht, wenn wir den Transfer mit dem kaputten Indikator versuchen. Meine Vermutung ist, dass etwas von dem Guten dieser Welt abgesaugt wurde oder das Böse aus einer alternativen Realität zu uns kam. Wie sehr das den Lauf der Dinge ändert, wissen wir nicht. Wir arbeiten ja immer noch an den Grundlagen.« Wesley war wirklich erregt.

»Ich frage mich«, sagte Alina, »wie es sich mit denjenigen verhält, die nicht wirklich von dieser Welt sind. Ich denke da an eure Jägerin und ihren Vampir.«

»Und Spike, der wirklich alles vermasselt hat«, ergänzte Willow.

Alina wurde nachdenklich. »Vielleicht hat er alles vermasselt, weil er dieser Realität zu nahe ist. Der andere Vampir – der, der Buffy liebt – ist einzigartig, habt ihr mir gesagt. Er hat eine Seele. Kein anderer Vampir hat eine Seele.«

»Aber Buffy liebt ihn nicht«, stellte Willow schnell richtig. »Sie liebt Riley. Sehr.« Sie nickte bedächtig. »Sehr, sehr.«

»Es könnte auch sein, dass wir es nicht mit Entropie-Strömungen zu tun haben, sondern mit einer Art … Unbestimmtheitsfeld«, grübelte Wesley. »Da sie nicht ganz von dieser Welt sind, werden sie vielleicht von diesem Feld, das sie wie eine Hülle umgibt, geschützt.«

»Also«, sagte Willow langsam, »ich bin eine Hexe. Dann habe ich wahrscheinlich auch so ein Unbestimmtheitsfeld. Vielleicht bin ich ja in der Lage, in eine andere Realität zu reisen.« Sie verzog das Gesicht. »Ich lege zwar keinen Wert darauf, aber ich könnte es. Reisen, meine ich.«

Wesley verschränkte die Arme vor der Brust. »Wir brauchen dich aber hier. Du musst bei der Maschine assistieren.«

»*Porque?*«, bellte Nicky. »Sie ist doch gar keine Hilfe und ihr anderen auch nicht! Ihr habt überhaupt keine Ahnung von dem, was ihr tut!« Wütend schlug er mit der Faust auf den Küchentisch. Willow zuckte zusammen und ließ fast das Gehäuse des Realitätsindikators fallen. »Du hättest nicht mit dem Feuer spielen sollen, Alina!«, fügte der Mexikaner noch hinzu.

»Aber dass du das Ölfeld in Brand gesteckt hast, war in Ordnung, was?«, schleuderte ihm Cordelia entgegen. »Und mit Rezepten rumzaubern, die du deiner eigenen Großmutter gestohlen hast!«

»Formeln«, korrigierte Willow leise, »keine Rezepte.«

»Wie auch immer!« Cordelia sah Wesley an. »Ich würde sagen, wir versuchen es. Wir kommen doch so nicht weiter. Alle unsere irrealen Superhelden sind in Oz oder wo auch immer, und falls Nicky wirklich zu Tacofleisch verarbeitet wird, können wir ja sagen: Sorry, wir haben dich gewarnt!«

»Rassist!«, knurrte Nicky mit zusammengebissenen Zähnen.

»Beruhige dich!«, meinte Cordelia. »Ich hätte genauso gut ›ungarisches Gulasch‹ sagen können.«

»Ghul-Arsch«, bemerkte Wesley grinsend. »Das war wirklich witzig, Cordelia!«

»Vielen Dank!« Sie zeigte auf den Indikator. »Die beiden spielen schon seit Stunden mit dem Ding herum. Vielleicht sollte man alles wieder zusammenschrauben und dann funktioniert der Apparat auf einmal besser denn je. Lassen wir es doch unseren Freund hier versuchen!«

»Ihm geht es doch nur um seine Schwester«, wandte Alina ein. »Alles andere ist ihm total egal!«

Wow, jetzt zeigt sie ja mal Persönlichkeit, dachte Cordelia, erinnerte sich aber sofort daran, dass Alina Gedanken lesen konnte.

Na ja, bisher hast du ja auch noch keine entwickeln können, fügte sie hinzu. Nichts für ungut!

»Loyalität gegenüber der Familie, stellt euch mal vor!«, schleuderte ihnen Nicky entgegen. »Das kennt ihr natürlich nicht. Bei euch ist Gruppenzugehörigkeit doch das Höchste der Gefühle.«

Alina sah ostentativ auf das Bandentattoo auf Nickys Handrücken und kicherte.

»Lasst mich gehen!«, bat Nicky an Wesley gewandt. »Ich bin bereit.«

»Ich kann es nicht erlauben. Du bist schließlich nur ein Mensch«, entgegnete Wesley. »Die beiden anderen sind ... anders. Nicht rein menschlicher Natur.«

»In Spikes Fall sogar *unter*menschlich«, bemerkte Cordelia spitz.

»Wie viele habt ihr denn noch von der Sorte?«, fragte Alina. »Hier gibt es so eine überraschende Vielfalt von Lebewesen. Gibt es nicht noch einen anderen Vampir mit Seele? Oder eine andere Jägerin?«

Wesley und Cordelia kamen gleichzeitig auf die Antwort.

»Oh, mein Gott«, murmelte Cordelia. »Ja, es gibt noch eine andere.« Sie sah Wesley an, der hob das Kinn. Sein Blick wurde kalt und hart.

»Ja, du hast ganz Recht, Cordelia. Es gibt noch eine andere.«

Cordelia atmete hörbar aus. Sie dachte an diese andere Jägerin, von der Wesley stundenlang gefoltert worden war. Diejenige, die Wolfram und Hart angeheuert hatten, um Angel zu töten. Diejenige, die sich nun bemühte, ihren Weg zurück ins Licht zu finden.

Die Jägerin, der sie überhaupt nicht über den Weg traute.

»Mein Gott«, murmelte sie wieder.

Alina sah sie stirnrunzelnd an. »Was hat der denn damit zu tun? Religion ist Opium fürs Volk!«

»Aber Beten wäre jetzt wirklich keine schlechte Idee«, entgegnete Cordelia.

In der Mitte der Gefängnisanlage befand sich ein karges Viereck mit Unkraut, das von der »Leiterin der Besserungsanstalt« als »Grünfläche« bezeichnet wurde. Andere Menschen würden einfach »Gefängnisdirektorin« und »Hof« sagen.

Für die Vampirjägerin Faith war die Leiterin nur die »alte Schlampe« und die Grünfläche »Wiese«. Ein bisschen Löwenzahn wuchs darauf und ein paar Tupfer wilde Gänseblümchen. An diesem Ort kam die »Wiese« den Träumen noch am nächsten, die Faith im Koma gehabt hatte: Wie sie mit dem Bürgermeister ein Picknick gemacht hatte. Träume fingen immer so schön an – und endeten meistens ziemlich übel.

Ich bin auf eigenen Wunsch hier, rief sie sich wenigstens hundert Mal am Tag in Erinnerung. Sie wollte nach Angels Vorbild wieder gutmachen, was sie verbrochen hatte.

Allerdings war sie davon ausgegangen, sich dabei in die Unsichtbarkeit zurückziehen zu können. Einfach eine anonyme Nummer zu werden, freiwillig beschränkt auf einen kleinen Raum und alle Zeit der Welt, um die Gräser eins nach dem anderen auszurupfen. Manchmal hätte sie das Unkraut gern büschelweise ausgerissen, aber so erwischte man sie nicht alle. Nein, man musste jeden Halm einzeln herausziehen.

»Faith, brauchst du was?«, fragte Shirl, als Faith an ihr vorbeikam. Diese Frage würde sie noch ein Dutzend Male beantworten müssen, bis die »Bewegungseinheit« vorüber war. Viele der Mitgefangenen wollten mit Faith befreundet sein. Sie war stark und mutig und ließ sich nichts gefallen.

Es war schwierig, anonym zu bleiben, wenn sich alle die neue Pistolenheldin vorknöpfen wollten. So, wie wenn reiche weiße Mädchen Bewährung oder Hafturlaub bekamen, machte es in windeseile die Runde, dass Faith die Schlampe war, die man besiegen musste, wenn man den Block beherrschen wollte. Also griff jedes neue Mädchen Faith an und bemühte sich, alle anderen an Schlechtigkeit zu übertreffen.

Faith strengte sich nicht sehr bei diesen Kämpfen an, denn dann hätte sie die meisten ihrer Gegnerinnen getötet. Sie hielt sich schrecklich zurück; manchmal ließ sie sich sogar regelrecht von ihnen verprügeln, weil es ihr zu stressig war, ihnen ständig auszuweichen.

»Faith!« Carrie Grimes trat ihr in den Weg. Ihr Gesicht hatte die Farbe einer überreifen Pflaume und ihre Lippen waren aufgeplatzt. Ein Auge war zugeschwollen.

»Wer?«, fragte Faith nur. Nicht warum, nicht wie, denn das spielte keine Rolle. Carrie war eine von Faiths Truppe.

»Julia Thomas.« Carries aufgeplatzte Lippe begann zu bluten. »Die haben mich grün und blau geschlagen, Faith.«

Faith warf einen eisigen Blick über die Grünfläche in den nordöstlichen Quadranten. Dort hielt Julia Hof. Sie saß bereits zum dritten Mal ein und hatte keine Chance auf Bewährung. Es machte ihr nichts aus, allein zu wohnen – ihr war eine Einzelzelle zugewiesen worden und man gestattete ihr offenbar manchen Freiraum. Aber sie hatte einiges zu verlieren, wenn sie den Respekt ihrer Mädchen verlor – ihr Leben zum Beispiel.

Faith dachte müde darüber nach, wie blöd das alles war, erinnerte sich dann aber daran, wie blöd sie selbst gewesen war, bevor Angel ihr die Seele geöffnet hatte und all die Verunreinigungen herausgeflossen waren. Zwar starrte sie Julia weiter an, um ihr zu signalisieren, dass sie wusste, was los war, und dass sie ihr die Geschichte nicht durchgehen lassen würde, schweifte aber in Gedanken ab und dachte an das Leid, die Schmerzen und den Kummer, die sie anderen bereitet und damit auch über sich selbst gebracht hatte.

Sie dachte an das, was Angel zu ihr gesagt hatte: Gefühle zu haben ist gut, auch wenn es wehtut.

Faith tat es fast immer weh.

Julia musste Faiths Blick gespürt haben. Wahrscheinlich hatte sie regelrecht darauf gewartet, denn sie drehte sich nun zu ihr um. Früher war sie einmal sehr schön gewesen – war es immer noch, von der einen Seite betrachtet – bis sich der Stiefvater ihrer angenommen hatte. Faith waren die Details nicht bekannt – im Gefängnis gab es zu viele Einzelheiten, über die man auf dem Laufenden sein musste, und manchmal veränderten sie sich auch im Laufe der Zeit. Faith war ziemlich sicher, dass eigentlich Julias Stiefbruder sie verunstaltet hatte.

Aber das spielte im Grunde auch gar keine Rolle. Bitterkeit und Wut blieben immer. Diese Julia war nur eine Fassade, hinter der sie sich heute versteckte.

»Sie hat mich verprügelt, Faith, sie hat mich verprügelt«, geiferte Carrie und Bluttropfen formten sich auf ihrer Unterlippe. Das war eine eindeutige Aufforderung, es Julia heimzuzahlen.

Faith fragte sich oft, was diese Hölle eigentlich mit Wiedergutmachung zu tun hatte. Wie aus ihr ein besserer Mensch werden sollte, wenn sie sich freiwillig mit wütenden, feindseligen Frauen einsperren ließ. Indem sie aber die Wut erkannte, die das Gefühl der Ohnmacht und Unfähigkeit verursachte, verstand sie alles: Sie selbst war so böse und verrückt geworden, weil sie sich machtlos und unfähig gefühlt hatte; unfähig, gut zu sein; unfähig, ihren Wächter zu retten und unfähig, geliebt zu werden – so wie Buffy. Dazu noch eine unglückliche Kindheit und schon endete man an einem Ort wie diesem, mit Blut an den Händen und einem dicken Veilchen im Gesicht.

Wenn ich hier rauskomme, sehe ich aus wie hundert, dachte Faith deprimiert.

Langsam überquerte sie die Wiese. Julias Lippen verzogen sich zu einem leichten Grinsen. Sie freute sich auf die bevorstehende Action.

Als Faith näherkam, stellten sich finster dreinblickende Frauen, die Trabanten, wie Faith sie nannte, in einer Reihe zwischen ihrer Anführerin und dem Eindringling auf. Faith grinste sie nur höhnisch an und ging geradeaus weiter. Dabei zwang sie die beiden in der Mitte, zur Seite zu treten. Julia war empört, machte zwei große Schritte vor und legte den Kopf schräg.

»Das ist mein Revier«, erklärte sie.

»Darauf kannst du unheimlich stolz sein«, gab Faith zurück. »Meine Freundin ist verletzt worden.«

»Süße, du bist so hässlich, du hast gar keine Freunde«, entgegnete die Rivalin. Ihre Anhängerinnen gackerten.

Es war alles furchtbar hirnlos, fand Faith. Sie war froh, dass Angel nicht zusah.

»Revanche«, sagte sie nur.

»Hier und jetzt?«, frohlockte Julia. »Vor Gott und der Welt?«

»Nein. Ich bestimme den Zeitpunkt. Mit ein bisschen Glück wirst du mich vielleicht kommen sehen.«

Faith knackte mit den Fingern und machte auf dem Absatz kehrt.

Sunnydale

Anya sprach aus, was alle dachten: »Riley ist aufgefressen worden!«

Xander schüttelte den Kopf. »Auf keinen Fall!«

»Glaube ich auch nicht«, meinte Giles. »Riley ist ein sehr guter Soldat.«

Tara entfernte sich von der Gruppe und ging zu dem zerstörten Zaun. Sie beugte sich vor und sagte: »Seht mal! Es hat eine Spur hinterlassen!«

Anya lief zu ihr. Giles beobachtete die beiden Mädchen, wie sie die Köpfe beugten, und bekam plötzlich Angst. Sie waren alle so wunderbar unterschiedlich, dachte er, das einzig Gemeinsame war nur, dass man sie töten konnte. Das würde er nicht verkraften. Er konnte sich ja nicht einmal vorstellen, dass »seine« Jägerin irgendwann einmal umkommen sollte.

Er kniete sich neben Anya und Tara, um den Boden zu untersuchen. In diesem Augenblick ertönte ein Grauen erregendes Brüllen und alle schrien panikartig auf. Dann ein weiteres Brüllen und ein Schuss.

»In welche Richtung?«, schrie Anya. »Wohin sollen wir laufen?«

»Die Spur macht hier kehrt«, rief Giles und zeigte auf den Boden. »Was immer hergekommen ist, ist auch wieder zurückgegangen. Es muss noch irgendwo im Park sein.«

»Riley?«, brüllte Xander in die Nacht und lief auf Giles und die Mädchen zu.

Ein weiterer Schuss.

Die vier rannten an umgestürzten Büschen vorbei und sprangen über klaffende Risse im Boden, die mit ihrer glänzenden und glatten Innenseite wie in die Erde gelasert aussahen. Diese Risse waren durch große Hitze verursacht worden, vermutete Giles.

Und da sah er ihn auch schon: ein riesiger Lindwurm. So einen hatte er seit der Geschichte mit dem Torwächter nicht mehr gesehen.

»Lauft weg!«, rief Giles den anderen zu. »Lauft um Himmels willen weg!«

Ein weiterer Schuss hallte durch den Park, der Wurm fiel zu Boden. Er zuckte und quietschte, rollte sich wie eine Katze zusammen und blieb dann vollkommen still liegen.

Es raschelte im Geäst der umgekippten Bäume und Riley brach daraus hervor, von oben bis unten schlammbedeckt und blutverschmiert. Er sah furchtbar aus, aber alle wesentlichen Körperteile waren noch dran.

»Lauft!«, rief er nur.

»Aber du hast es doch erschossen!«, entgegnete Xander. »Dann sind wir in Sicherheit, oder? Und sag mal, wie viele Waffen schleppst du denn mit dir rum?«

»Immer mindestens zwei.« Riley schüttelte den Kopf. »Der Wurm ist nicht das Problem. Da ist noch etwas anderes. Davor hatte ich mich gerade versteckt, als ich euch retten musste.«

Wie aufs Stichwort türmte sich eine riesige schwarze Masse vor ihnen auf. Alle wichen zurück und Riley stellte sich zwischen seine Freunde und das Schattenmonster.

»Ich k-kann ihm eine feste Gestalt geben, wie letztes Mal«, schrie Tara Riley zu.

»Mach schon!«, rief Riley und ließ die schwarze Gestalt nicht aus den Augen.

Tara führte eine Beschwörung durch. Giles beobachtete, wie das Monster von der Schwerkraft auf den Boden gezogen wurde und seine Bewegungen schwerfälliger wurden. Riley schoss. Auch Giles feuerte mit der Armbrust einen Bolzen ab und Xander schwang seine Keule.

Da fuhr das Monster plötzlich einen Arm aus, packte Riley am Bein und zog ihn zu sich. Giles dachte daran, wie Cheryce nach der Begegnung mit einem dieser Monster ausgesehen hatte.

»Oooh Scheiße!«, schrie Xander, stürmte auf das Monster zu und schlug mit der Keule wild drauf los. Giles feuerte einen weiteren Bolzen ab. Riley versuchte sich loszureißen, trat mit dem freien Bein aus und schlug mit beiden Fäusten auf das Monster ein, während Xander fortfuhr, den Fangarm zu Kompott zu schlagen. Gemeinsam bearbeiteten die beiden diesen Körperteil des Monsters, bis er sich löste und von dem großen Schatten abfiel.

Da kam ein neuer Arm auf Xander zu und schlang sich um seine Taille. Xander ließ schreiend seine Keule fallen. Riley, der sich befreit hatte, nahm sie auf und rammte sie in den Arm des Schattenmonsters, der Xander umklammerte. Giles feuerte wieder einen Bolzen ab und der Arm ließ Xander los. Er war frei.

Der Schatten wurde auf einmal größer. Schatten auf Schatten türmte sich in den Himmel und baute sich zu einer riesigen Flutwelle auf. Das Monster konnte sie alle mit Leichtigkeit innerhalb von Sekunden verschlingen.

Giles schloss die Augen. Tief in seinem Inneren spürte er eine Kraft aufsteigen. Er sah sie vor seinem geistigen Auge: Sie erstrahlte in blau, knisterte vor Energie und war voller Magie.

»*Im Namen von Hecate und der Göttin befehle ich dir, dorthin zurückzukehren, von wo du gekommen bist!*«, rief er.

Das Monster fiel brüllend in sich zusammen und Xander, Riley, Tara und Anya brachten sich vor den herabstürzenden Schattenmassen in Sicherheit.

»*Ich befehle dir zurückzukehren!*«, donnerte Giles.

Der verwundete Körper des Monsters zuckte wütend.

Dann tat sich plötzlich ein goldener Halbkreis in der Luft auf, begann zu leuchten und saugte das Monster auf. Wie von einem starken Staubsauger wurde es hineingezogen, Stück für Stück, bis es ganz verschwunden war.

Das Portal verblasste wieder.

»Wow«, Xander sah Giles verblüfft an.

»Das war wirklich ein Schattenmonster«, erklärte Anya. »Sie fressen magische Rückstände.«

»Rückstände?«, fragte Xander verständnislos.

»Manche magischen Rituale setzen sehr viel Energie frei. Positive wie negative.« Anya lächelte ihren Freund an. »Deshalb funktionieren sie ja auch. Zum Beispiel setzt ein Liebeszauber wunderbare Gefühle der Lust und des Verlangens frei und ...«

»Wir haben in der Initiative mit Partikeln von Psi-Rückständen gearbeitet«, unterbrach sie Riley und wischte sich das Blut aus dem Gesicht. »Es war Dr. Pings Lieblingsprojekt.«

»Dieses Monster, diese Schattenkreatur wurde hierher gelockt, weil jemand magische Rituale mit weitreichenden Auswirkungen durchführt«, erklärte Anya. »Jemand hier in Sunnydale, vermute ich mal.«

»W-wir?«, fragte Tara. »Ich?«

»Glaube ich nicht«, entgegnete Anya. »Sonst wären die Monster schon früher aufgetaucht. Das hier ist etwas anderes. Jemand hat etwas getan, was es noch nie hier gab, wäre mein Tipp.«

»Ich fahre nach Los Angeles«, sagte Riley plötzlich.

»Warum?«, fragte Tara mit unverkennbarer Bestürzung in der Stimme.

»Ich glaube, ich weiß, warum diese Monster herkamen«, erwiderte Riley. »Dafür ist der Bruder von diesem Mädchen verantwortlich. Und ich werde dafür sorgen, dass er es nicht noch einmal macht.«

»Das ist aber nicht der eigentliche Grund, Riley«, Xander sah ihm in die Augen. »Du kannst es nicht aushalten, nicht wahr? Kriegst deinen Macho-Beschützerinstinkt nicht unter Kontrolle! Hey Mann, beruhige dich. Sie ist die Jägerin. Sie schafft das!«

Riley erwiderte den Blick.

»Riley«, schaltete sich auch Giles freundlich ein, »Xander hat Recht. Wir brauchen dich hier. Wir haben mehr zu tun, als wir schaffen können.«

Der Soldat geriet ins Wanken und Giles wusste, er hatte ihn überzeugt. Riley würde bleiben. Er würde arme, hilflose Zivilisten nicht ohne Schutz zurücklassen.

Aber schmecken musste es ihm deshalb noch lange nicht. Auf dem Weg zurück zu Giles Wohnung schwieg er. Sein Rücken war gekrümmt, sein Mund verkniffen und hart.

Er liebt Buffy wirklich, dachte Giles. Es ist bestimmt nicht einfach für ihn, dass Angel auf der anderen Seite der Realität mit ihr zusammen ist ... hoffentlich jedenfalls.

»Hallo«, rief Joyce Summers ihnen von der Tür aus zu, als die fünf müde in den Hof trotteten. »Wesley hat angerufen. Riley soll nach Los Angeles kommen!«

»Was?«, fragte Giles erschrocken. »Warum?«

Joyce schaute auch nicht sehr glücklich. »Er soll Faith aus dem Gefängnis befreien.«

Sie holten auf, bemerkte Salma.

Die Soldaten donnerten auf ihren Furcht erregenden, pferdeähnlichen Bestien hinter ihr her. Ob sie sich einen Sport aus der Jagd machten oder Salma jagten, weil sie eine Bedrohung darstellte, ließ sich nicht beurteilen. In jedem Fall aber war sie die Beute und hatte keine große Chance, ihnen zu entkommen. Mutlos lief sie weiter und stolperte über Steine und Wurzeln.

Was würden sie ihr antun? Warum war sie überhaupt an diesem Ort?

Fast wäre sie in irres Gelächter ausgebrochen, aber noch hatte sie alle Sinne beisammen. Sie musste sich konzentrieren und den Vorsprung halten.

Auf der Leinwand sah das immer so einfach aus. Der Held fand eine Seitengasse oder eine kleine Höhle, wo er sich verstecken konnte.

Aber vor Salma lagen nur Wiesen und Bäume. Die Vögel zwitscherten und ein Kaninchen kreuzte ihren Weg. Es war alles so normal und doch so bizarr, dass erneut das Bedürfnis zu lachen in ihr aufstieg.

Die Bäume standen in Gruppen sehr eng beieinander und das Unterholz war dicht. Sie pflügte sich hindurch und nahm sich dabei kaum die Zeit, die Äste aus dem Weg zu schieben. Mit ausgestreckten Gliedmaßen prallte sie gegen Baumstämme wie ein Skianfänger am Babyhang. Adrenalin und Angst machten sie starr und unfähig, das Tempo zu drosseln; kopflos irrte sie weiter und dachte nicht mehr nach. Ihr Überlebensinstinkt hatte vollständig die Kontrolle übernommen.

Laufen, laufen, laufen.

Sie bekam nicht einmal richtig mit, dass es mittlerweile stockdunkel geworden war. Es war ihr auch egal. Sie hörte die Hufe der skurrilen Bestien. Hörte die Trompeten …

Die Trompeten …

Salma stolperte. Als sie einen Abhang erreichte, stürzte sie und kugelte hinunter, immer schneller, sie schmeckte Erde und welkes Laub an den Lippen. Sie ließ sich immer schneller rollen, immer schneller …

Die Trompeten …

Der Abhang endete an einer Klippe. Salma schlug die Hände vor den Mund, als sie über die Kante segelte und nichts mehr um sich herum sehen konnte …

Ihr kam es vor, als dauere der freie Fall stundenlang. Sie hatte genug Zeit, an ihre Eltern zu denken, an ihre *abuelita* Doña Pilar und Nicky …

Ich liebe euch alle …

Als sie auf dem Boden aufschlug, wurde sie ohnmächtig. Einen Augenblick lang – oder auch eine Woche.

In völliger Finsternis wachte sie auf.

Und in Ruhe.

Ruhe.

Zunächst glaubte sie, sie sei allein.

Aber dann sah sie die Soldaten, die zu ihr herunterstürmten.

9.

Mit der Hand am Knauf blieb Buffy stehen und lauschte auf die Geräusche hinter der Tür. Da war etwas und es wollte heraus zu ihr in den langen Korridor des Schlosses. Sie wusste nicht, was es war, aber eines war klar: Buffy wollte es um keinen Preis herauslassen. Sie ließ den Türgriff wieder los und trat zurück.

Die Tür rappelte und wölbte sich nach außen.

Buffy spürte das Blut durch ihre Adern schießen. Sofort waren alle ihre Sinne geschärft, der Verstand wach und der Körper zum Einsatz bereit. Kampf oder Flucht, auf diese Entscheidung bereitete sich der Körper in einem solchen Krisenfall vor.

Flucht schien Buffy die vernünftigere Lösung, da sie keine Ahnung hatte, was auf der anderen Seite der Tür lauerte und ob es ihr feindlich gesonnen war. Aber die Geschichte war ein wenig komplizierter, denn sie wusste nicht, in welche Richtung sie laufen sollte. Es gab mindestens zwanzig Türen auf diesem Korridor, dabei war unklar, wohin sie führten – und wie sie bereits erlebt hatte, nützte es auch nicht unbedingt etwas, wenn man es wusste. Es konnte schon in der nächsten Minute nicht mehr gelten. Das Schloss glich einem riesigen Labyrinth, in dem auf nichts Verlass war.

Schließlich schlug die Tür auf und Buffy traf ihre Entscheidung.

Sie sahen aus wie Ratten mit ihren langen zuckenden Schnauzen, dem schmutzig braunen Fell, den rosafarbenen haarlosen Schwänzen und ihren vier Beinen mit kleinen Klauen, die das kratzende Geräusch auf dem gefliesten Boden verursacht hatten – aber sie waren groß wie Pudel und es gab dutzende von ihnen.

Sie rasten auf Buffy zu, als wäre sie ein Stück Käse.

Flucht, dachte sie nur. Sie hechtete auf die nächstbeste Tür zu, riss sie auf, rannte hinein und schlug sie hinter sich zu. Eines der Rattenwesen prallte von außen gegen die Tür, flog rückwärts in seine Rattenwesen-Geschwister und stieß einen hohen, piepsigen Schmerzensschrei aus. Buffy verspürte eine flüchtige Befriedigung, denn die Viecher hatten ihr einen riesigen Schrecken bereitet.

Der Raum, in dem sie sich befand, war eine Art Bibliothek. Dicke ledergebundene Bücher standen in den Regalen, es gab Tische und Sessel, die zum Lesen einluden. Wie die anderen Räume, die Buffy schon gesehen hatte, war auch er ansonsten leer. Sie nahm sich nicht die Zeit zu prüfen, ob sie die Bücher lesen konnte, denn von den rabiaten Rattenwesen trennte sie nur die eine Tür. Aber es gab einen zweiten Ausgang aus der Bibliothek. Die Tür ließ sich nur schwer öffnen, als habe sie sich bei feuchtem Wetter verzogen. In diesem Augenblick flog bereits die Tür hinter ihr auf und die hundsgroßen Ratten stürmten quietschend herein.

»Blöde Biester!«, rief Buffy und knallte die Tür zu. Sie hatte keine Ahnung, in was für einem Raum sie sich nun befand; vielleicht war er für Mahlzeiten im kleinen Kreis gedacht. In der Mitte stand ein Tisch mit vier Stühlen und ein schweres Sideboard thronte an der Stirnseite. Buffy rannte zu dem klobigen Möbel, das zwei ausgewachsene Männer nicht hätten von der Stelle bewegen können. Aber sie war die Jägerin und sie lehnte sich dagegen, stemmte die Füße in den Steinboden und spürte, wie sich die Muskeln in ihren Armen und Schultern anspannten. Sie schob es langsam vor die Tür.

Diese rappelte in ihrem Rahmen, als sich die Rattenwesen dagegenwarfen, aber mit dem Sideboard als Stütze hielt sie dem Ansturm noch stand. Das Kratzen erstarb.

Buffy atmete tief durch.

Nun bemerkte sie auch den zweiten Zugang zu diesem Raum, eine Holzschiebetür, durch die man wahrscheinlich die Mahlzeiten servierte.

Schon zersplitterte die verrammelte Tür. Eines der Rattenwesen schob die Schnauze durch das Holz und zwängte seinen zuckenden Körper hindurch. Mit einem dumpfen Aufprall landete es auf dem Boden, dann kam ein weiteres durch und noch eins und noch eins.

Offenbar waren diese Kreaturen gar nicht so blöd. Wahrscheinlich sogar viel schlauer als die Ratten, die Buffy von zu Hause kannte. Mit Ausnahme von Amy vielleicht, aber die war ja auch eher eine verzauberte Hexe als eine Ratte!

In Windeseile verließ Buffy den Raum durch die zweite Tür. Wie gut, dass die meisten Räume mindestens zwei Ein- beziehungsweise Ausgänge hatten! Das Schloss musste wie ein Labyrinth konstruiert sein und ein richtiges Labyrinth bot nun einmal möglichst viele Wege – in die falsche Richtung.

Diesmal folgten ihr die Rattenwesen rascher. Es gelang der Jägerin nicht, die Tür zu schließen, bevor sich einige von ihnen durchquetschen konnten. Sie hörte Schmerzensschreie und spürte Knochen brechen, als sie die Tür gen Schloss drückte, aber es sah nicht so aus, als könne sie alle von der Schwelle verscheuchen, um die Tür ganz zu schließen. Also gab sie auf, lief durch den Raum, in dem es überhaupt keine Möbel gab, und verließ ihn durch die nächste Tür. Die Rattenwesen nagten bereits an ihren Fersen und sie verpasste einem von ihnen einen Tritt.

Ein weiteres Zimmer, eine weitere Tür. Buffy ging allmählich die Puste aus. Mit jedem Raum, den sie hinter sich ließ, schienen die Rattenwesen näher zu kommen. Irgendwann musste sie sich dem Kampf stellen – vielleicht lieber früher als später, solange sie noch ein bisschen Energie dafür übrig hatte.

Buffy knallte den Kreaturen die Tür vor der Nase zu und registrierte mit einem raschen Blick über die Schulter, dass sie in einer Art Waffenkammer gelandet war: Schwerter, Äxte und Spieße hingen der Größe nach in Halterungen an der Wand. Ein guter Ort für einen Kampf, befand Buffy. Wenigstens hatte sie hier viele Waffen zur Verfügung, denen die Ratten nicht unbedingt etwas entgegensetzen konnten.

Buffy griff gerade nach einer Streitaxt mit doppelter Klinge, als sie aus dem Augenwinkel eine Bewegung wahrnahm. Sie schnappte sich die Axt, erhob sie und drehte sich um – und hielt Zentimeter vor Angels Hals inne.

»Buffy«, mahnte er, »immer langsam! Du weißt, wie ungern ich geköpft werde!«

Buffy ließ die Axt sinken. »Angel! Sorry. Da waren diese Rattenwesen.«

»Rattenwesen?«, wiederholte er.

Buffy nickte Richtung Tür. Auf der anderen Seite kratzte und quietschte es. »Sie rennen jede Sekunde die Tür ein.«

»Ratten können Türen einrennen?«, fragte Angel.

»Ratten in der Größe von Pudeln.«

»Pudel«, wiederholte Angel.

»Hör mal, glaub es mir einfach«, verlangte Buffy. »Du wirst es früh genug selbst sehen, wenn wir nicht von hier verschwinden.« Sie sah ihn fragend an. »Wie bist du überhaupt hergekommen? Und wo warst du? Wo kommst du her?«

»Später«, unterbrach sie ihr Vampirfreund. Die Geschichte von Tan-kia, ihrer Großmutter und seinem Wunsch, zu Buffy gehext zu werden, war einfach zu lang. »Wenn die Ratten kommen, wollen wir ihnen lieber eine Überraschung bereiten.«

Buffy hob die Axt. »Das hatte ich gerade vor.«

Angel nahm eine Kerze aus ihrer schauderhaften Halterung an der Wand. »Ich hatte da eine andere Idee.«

»Oh, Feuer! Gut!«, sagte Buffy grinsend.

»Aber was sollen wir verbrennen?«, fragte Angel.

Buffy trat an eines der Holzgerüste und schüttelte es, so dass alle Waffen klappernd zu Boden fielen. Dann hob sie ihre Axt und schlug das Gestell in Stücke. Die häufte sie vor der sich bereits ausbeulenden Tür auf.

»Hier hast du was«, erklärte sie. »Aber beeil dich! Die Tür hält nicht mehr lange.«

Angel riss einen Wandteppich herunter und warf ihn auf das Holz. Er hielt die brennende Kerze an den trockenen Stoff, dieser fing sofort Feuer und nachdem Angel den Teppich auch noch an anderen Stellen mit der Kerze berührt hatte, stand er rasch lichterloh in Flammen.

Als die Ratten die Tür durchbrachen, brannte davor bereits ein kleines Feuer. Buffy und Angel verschwanden durch die zweite Tür in den nächsten Raum. Unendlich viele schien es in diesem Schloss zu geben, aber es war genauso wahrscheinlich, dass es vielleicht nur drei gab, die sich jede Minute änderten. Da es in diesem Raum nichts Brennbares zu geben schien, liefen sie weiter in den nächsten. Hier fanden sie reichlich Material – große Schrankkoffer voller teurer Kleider aus Seiden- und Satinstoffen, aber auch einfacher Baumwolle.

Sie warfen die Kleider vor die Tür und zündeten mit den allgegenwärtigen Kerzen die Stoffe an, die sofort lichterloh brannten.

»So, da müssen die erst mal durchkommen«, sagte Angel.

»Es sollte sie bremsen«, pflichtete Buffy ihm bei. »Aber ich glaube, es gibt da noch ein Problem.«

»Was denn?«

Buffy wies um sich. »Es gibt keine andere Tür!«

»Das ist unmöglich«, protestierte Ren'chlad und fuhr sich mit den Fingern durch sein fettiges, verfilztes Haar.

Ekelhaft!, dachte Spike. Gut, dass ich schon ein Vampir bin – selbst wenn ich am Verhungern wäre, würde ich ihn nicht anrühren!

»Alles ist möglich«, widersprach er. »Wenn man es nur richtig will.«

»Du bist echt naiv«, bemerkte Malon. Sie saßen im Schatten der großen Felsen und warteten darauf, dass die Sonne am Horizont unterging. Sie stand schon sehr tief am Himmel und bald konnten sie zu ihrer nächtlichen Pilgerreise an den Fluss aufbrechen, um sich satt zu trinken und die Schläuche zu füllen, um sie mit an ihren Schlafplatz zu nehmen.

»Hör mal, Kumpel, meine Naivität bin ich schon vor langer Zeit losgeworden«, entgegnete Spike. »Ich bin ein Realist und ich will nicht für den Rest meines Lebens als Ausstellungsstück herhalten.« Was sich mit einem Fluss aus Blut und ohne natürliche Feinde als eine sehr lange Zeit erweisen konnte.

Nun wusste er, was die Hölle wirklich war. Nicht der Ort, von dem erzählt wurde; der Ort, an dem Angel eine beträchtliche Zeit verbracht hatte. Nein, es war eine endlose Zeit mit diesen apathischen Verrückten in einem Vampirzoo, in dem man von Touristen beobachtet wurde wie Affen im Käfig.

»Ist gar nicht so schlimm«, meinte Ren'chlad. »Viel zu essen. Niemand will dich pfählen. Genug Verstecke, wenn die Sonne aufgegangen ist.«

»Gar nicht so schlimm«, wiederholte Spike höhnisch. »Wo ihr Jungs herkommt, habt ihr da eine Jägerin? Jemanden, dessen Job es ist, euch zu jagen und zu töten?«

»So was ähnliches«, antwortete Malon. »Wir nennen ihn nur nicht so.«

»Er ist ein Mann?«, fragte Spike.

»Ja«, bestätigte Malon. »Ein Junge eher. Aber ziemlich tough.«

»Bei uns ist es ein Mädchen«, erklärte Spike. »Jung und schön und ...«

Vor seinem geistigen Auge erschien Buffy in roten Lederhosen und ärmellosem schwarzem Oberteil, mit einem Holzpflock in der Hand und einem entschlossenen Funkeln in ihren hübschen grünen Augen. »Jedenfalls macht unter anderem die Herausforderung, sie auszutricksen, ihr zu entwischen und sie auszumanövrieren, das Leben lebenswert, wisst ihr? Der Nervenkitzel der Jagd. Die Verfolgung. Die Gewissheit, dass man tot ist, wenn man eine falsche Bewegung macht. Ohne das ist das Leben doch wertlos!«

»Klingt ziemlich albern«, bemerkte Ren'chlad.

»Ja, für euch ist es sogar eine alberne Vorstellung, ein Bad zu nehmen«, schoss Spike zurück. »Aber ich mag Seife und Wasser ganz gern. Und ich gebrauche meinen Verstand. Außer, dass Haare drauf wachsen, taugt mein Kopf noch zu was anderem.«

»Hey!«, empörte sich Ren'chlad.

»Was?«, fragte Spike und sprang auf. »Gefällt dir das nicht? Willst du dich mit mir anlegen?«

Ren'chlad winkte träge ab. »Ach was!«

»Lass ihn in Ruhe«, mischte sich Issak ein. »Er will nicht mit dir kämpfen.«

»Sieht so aus, als wollte keiner von euch gegen irgendetwas kämpfen«, stellte Spike fest. »Ihr wollt euch nur zurücklehnen und nehmen, was euch gegeben wird.«

»Das Leben ist so einfach«, sagte Malon. »Wozu sich abstrampeln?«

»Weil ein einfaches Leben langweilig ist!«

»Für dich vielleicht«, gab Ren'chlad zurück. »Aber für uns nicht.«

Spike ging im Schatten des großen Felsens auf und ab. »Ich kann kaum glauben, dass ihr mal Vampire wart«, rief er. »Jäger, gnadenlose Raubtiere! Seht euch doch mal an!«

Ren'chlad lächelte und zeigte seine verfaulten Zähne – und die Lücken, wo welche ausgefallen waren. Einzelne zottelige Haarsträhnen klebten an seinen Wangen. »Sind wir nicht hübsch anzusehen?«

Spike musste sich abwenden.

Eine Stunde später war die Sonne untergegangen und der Mond lugte bereits über den Horizont. Gut, dachte Spike, eine dunkle Nacht. Perfekt.

Die anderen Vampire waren damit beschäftigt, die Schläuche zusammenzusuchen, um sie mit an den Fluss zu nehmen. Spike beobachtete sie. Sie maßen ihm kaum Aufmerksamkeit bei, denn sie hatten sich an seinen mangelnden Respekt und sein Außenseitertum gewöhnt. Seit seiner Ankunft war der Mond nun schon dreimal aufgegangen, aber seiner Schätzung nach konnten die Tage hier nicht viel länger als sieben oder acht Stunden dauern. Seine innere Uhr verriet ihm, dass die Zeit an diesem Ort viel schneller verstrich, als er es gewohnt war. Also würde eine langweilige Ewigkeit zwar schneller vorübergehen als daheim auf der Erde, aber es war und blieb eine Ewigkeit.

Spike folgte den anderen Vampiren nicht hinunter an den Fluss. Als die Gruppe nach rechts abbog, zwang er sich trotz des Hungers, der ihn zu überwältigen drohte, den Weg nach links zu nehmen. In Richtung Zaun.

Malon hatte erklärt, »sie« – wer immer das war – könnten den Zaun nach Belieben unter Strom setzen. Um das zu tun, mussten sie ihn wohl die ganze Zeit beobachten. Aber wie konnten sie das? Spike wusste nicht, wie groß das umzäunte Gebiet war, aber allein aufgrund der Tatsache, dass er nicht von einem Ende zum anderen schauen konnte und keiner der anderen Vampire schon einmal das ganze Gebiet gesehen hatte, erschien ihm eine lückenlose Überwachung des ganzen Zauns einfach unmöglich. Spike war ganz allein – würden sie nicht eher die Horde beobachten, die zum Nachtessen an den Fluss unterwegs war? Er wusste, er ging ein Risiko ein, aber es erschien ihm kalkulierbar.

Nach ein paar Minuten stand er schon vor dem Zaun. Er war nicht niedriger geworden, seit er ihn zum letzten Mal gesehen hatte und die vier Stacheldrähte obendrauf sahen immer noch genauso spitz aus. Aber in den wenigen Tagen in dieser Welt hatte Spike feststellen können, dass er es nicht aushalten würde, für den Rest seines Lebens eingesperrt zu sein. Er brauchte die Freiheit. Er war ein Jäger, kein Gefangener.

Der Vampir schüttelte noch einmal zur Lockerung die Arme und nahm Anlauf. Mit einem kraftvollen Sprung schaffte er über die Hälfte des Zauns und klammerte sich mit den Fingern in die Maschen. Er nutzte seinen Schwung, um sich mit den Beinen weiter nach oben zu stoßen und sich wie ein Kunstturner über den Zaun zu schwingen.

Was ihm nicht ganz gelang. Er schlug zwar einen Bogen, ließ den Zaun los und drehte sich in der Luft um, aber als er am Gipfel seines Bogens angekommen war und nach unten fiel, bemerkte er, dass er direkt auf den Stacheldraht zu stürzen drohte. Er stieß sich mit den Händen von dem Draht ab und riss sich dabei die Haut auf.

Einen Augenblick später landete er flach auf dem Rücken. Er blinzelte ein paar Mal und sah hinauf in den Himmel. Er war draußen!

Einige Minuten wartete er einfach ab. Er hatte den Zaun berührt, wenn auch nur kurz, und er war nicht elektrisiert gewesen. War seine Flucht den Zoowärtern etwa nicht aufgefallen? Es war immerhin möglich. Spike spitzte die Ohren und lauschte, aber es waren nur die gewohnten Geräusche zu hören, das entfernte Rauschen des Blutflusses, das Zirpen unsichtbarer Insekten, der raschelnde Wind im hohen Gras. In der Nachtluft lag ein süßer, fruchtbarer Duft, es gab keine ungewöhnlichen oder überraschenden Gerüche, die auf eine Gefahr hindeuteten. Langsam und vorsichtig erhob sich Spike, spähte durch den Zaun in sein früheres Gefängnis und wandte ihm dann entschlossen den Rücken zu.

Auf dieser Seite gab es keinen Weg; keinen Pfad, der wahlweise in die Freiheit oder die Gefangenschaft führte. Spike war allein, ein Pionier, der in noch nicht vermessenes Gelände vorstieß. Auf dieser Seite wuchs dasselbe hohe Gras und er bahnte sich in gerader Linie seinen Weg hindurch. Da er nicht wissen konnte, aus welcher Richtung Gefahr drohte, war es relativ egal, wohin er ging. Er wollte nur so viel Distanz wie möglich zwischen sich und das Gefängnis bringen. Über eine bestimmte Richtung konnte er sich später noch Gedanken machen.

Während Spike so marschierte, fragte er sich, was wohl aus Buffy und Angel geworden war. Irgendwo mussten sie ja sein, aber es fehlte weit und breit jede Spur von ihnen. Waren sie jemandem begegnet, der für diese Welt zuständig war? Ein Zoo voller gefangener Vampire böte den beiden großartige Sportmöglichkeiten. Er glaubte zwar, dass Buffy eigentlich mehr Klasse hatte, aber sie war immerhin die Jägerin, wie sehr sie ihm auch ansonsten gefiel. Die Person Buffy und die Jägerin waren zwei Paar Schuhe.

Auf dem nächsten Hügel drehte er sich noch einmal um. Der Zaun war immer noch zu sehen, weit unter ihm, nunmehr eine glitzernde Linie im Mondlicht. Dahinter erkannte Spike das dunkle Band des Flusses. Die anderen Vampire labten sich dort bestimmt inzwischen und fragten sich wahrscheinlich, was aus dem alten Spike geworden war. Er stellte sich vor, was für Geschichten im Laufe der Jahre über ihn erzählt würden –, Geschichten über den einen, der abgehauen war. Cheryce wäre sehr stolz auf mich, dachte er, aber dann fiel ihm wieder ein, dass sie nicht mehr in der Lage war, auf jemanden stolz zu sein. Er dachte eine Weile an sie und entsann sich traurig der schönen Zeit, die sie miteinander verbracht hatten. Nun konnte sie ihn nicht mehr zu ihrem Freund bringen, der vielleicht den Chip aus seinem Kopf hätte holen können.

Zuerst hörte er sie nur, als er auf der anderen Seite den Hügel wieder hinunterging; in ein weites Tal, das aussah, als könne es dort bewohnte Gebäude in welcher Form auch immer geben. Es klang wie das Summen eines Moskitos, dann wie ein ganzer Schwarm, wütend und entschlossen. Das Geräusch wurde rasch lauter. Spike begann zu ahnen, dass es sich nicht um Insekten handelte. Obwohl er noch nichts am dunklen Himmel erkennen konnte, fing er an zu laufen. Rasch bewegte er sich durch das hohe Gras weiter den Berg hinunter.

Lauter und lauter wurde das Summen, ein regelrechtes Brüllen, bevor der erste von ihnen über der Bergkuppe auftauchte. Spike riskierte einen Blick über die Schulter. Sie sahen aus wie fliegende Schlitten und auf jedem standen zwei behelmte Insassen. Einer steuerte das Gefährt, ein zweiter stand hinter einem Gerät; vermutlich eine Waffe. Ein Betäubungsgewehr, dachte Spike. Falls das die Wärter waren, wollten sie ihre Zootiere bestimmt heil und wohlbehalten zurückhaben.

Der Gejagte warf sich flach auf den Boden und verließ sich darauf, von dem hohen Gras ausreichend gedeckt zu werden. Als er nach oben spähte, tauchten immer mehr Schlitten auf, mittlerweile waren es mindestens sechs. Sie kamen über den Hügel geflogen. Einer befand sich nun direkt über Spike und der Mann hinter dem unheimlich aussehenden Apparat drehte die Waffe und zielte auf Spike.

Spike sprang auf und fing wieder an zu laufen. Diesmal schlug er Haken, in der Hoffnung, der Munition auszuweichen, die diese Kerle auf ihn abfeuerten. Er war zwar entdeckt worden und es schmeckte ihm nicht, die Deckung zu verlassen, aber liegen zu bleiben und sich abschießen zu lassen erschien ihm auch nicht besonders weise.

Der Schütze feuerte. Es gab eine Explosion an der Stelle, an der

Spike gerade noch gelegen hatte und die ihn fast umgehauen hätte. Offenbar doch keine Betäubungsgewehre, dachte er. Sie versuchten tatsächlich, ihn zu töten!

Nun gruppierten sich die anderen Schlitten um den ersten und noch mehr Strahlen schossen auf die Erde herab, alle in seiner unmittelbaren Nähe. Bei jedem Aufschlag erschütterte eine Explosion den Boden, Erdklumpen und Geröll flogen Spike ins Gesicht. Er wich aus, schlug Haken, aber die Geschosse kamen immer näher.

Schließlich feuerte einer genau in Spikes Lauf. Die Druckwelle traf ihn mit aller Wucht. Spike ging erneut zu Boden – diesmal stand er nicht wieder auf.

In der Tankstelle sah Mischa einen Angestellten und einen Kunden, ein Mann mittleren Alters, der sich zwischen zwei Sorten Plätzchen mit Cremefüllung nicht entscheiden konnte. Bestimmt kam der Cop schon mit gezogener Waffe von seinem Wagen herübergelaufen. Mischa blieb keine Zeit zum Nachdenken, er musste handeln. Er schnappte sich den Kunden von hinten, legte ihm fest den Arm um den Hals und drehte sich mit ihm als Schutzschild zur Tür um. Der Typ stieß einen erstickten Schrei aus.

Der Cop stürzte zur Tür herein und richtete beide Waffen auf Mischa.

»Stehen bleiben!«, rief er.

»Wenn Sie schießen, töten Sie diesen Mann hier«, entgegnete Mischa. »Und wenn Sie nicht die Knarren fallen lassen, breche ich ihm auf der Stelle das Genick!«

Der Polizist zielte weiter auf Mischa, als wäge er ab, ob er den Schuss riskieren sollte. Mischa achtete darauf, vollständig hinter seiner Geisel in Deckung zu bleiben, und zog sogar den Kopf ein. Er wusste nicht, ob dieser Cop ein guter Schütze war, aber auf so kurze Entfernung wollte er ihm keine Gelegenheit geben, den Helden zu spielen.

»Tu das nicht, Junge«, warnte der Polizist. Er war Mitte dreißig, gar nicht so viel älter als Mischa. Aber in seiner Uniform strahlte er eine gewisse Reife aus. »Warum läßt du ihn nicht los und wir reden drüber?«

Die Geisel nickte erleichtert angesichts dieses Vorschlags, aber Mischa hielt den Mann nur noch fester und drückte ihm die Luft ab. Sein Opfer hörte sofort auf zu nicken, Mischa lockerte seinen Griff wieder ein wenig.

»Das ist eine gute Idee«, mischte sich nun auch der Kassierer ein. Er hatte hinter der Theke Schutz gesucht, als der Cop durch die Tür gekommen war.

»Ich will niemanden verletzen«, sagte Mischa. »Aber ich habe etwas sehr Wichtiges vor und lasse mich nicht aufhalten.«

»Was immer es ist, mein Junge, es kann warten, bis wir das hier geregelt haben«, meinte der Cop.

»Sie haben doch keine Ahnung, wovon Sie reden!«, fuhr Mischa auf. »Und ich bin nicht Ihr Junge!«

»Nein, das bist du nicht«, beschwichtigte der Polizist und behielt seine Position bei. Die Öffnung am Ende des Gewehrlaufs sah unglaublich groß und schwarz aus. »Aber das spielt keine Rolle. Wichtig ist nur, dass hier niemand etwas tut, was er später bereut.«

Wenn er nicht schnell genug zu Alina kam, werden sie es alle bereuen, dachte Mischa. Nur sie konnte mit dem Realitätsindikator arbeiten und so hielt sie die Zukunft der Welt in ihren Händen. Er musste sie finden und dafür sorgen, dass sie nicht von ihren Eltern oder anderen gefangen wurde, die sie zwingen würden, die Maschine für ihre niederträchtigen Zwecke einzusetzen.

»Ich habe keine Zeit, es Ihnen zu erklären«, sagte Mischa. »Hören Sie einfach zu! Dieser Mann stirbt, wenn Sie nicht den Weg freimachen. Wollen Sie seinen Tod auf dem Gewissen haben?«

»Nicht auf meinem, auf deinem!«, widersprach der Cop. »Ich weiß, dass du das nicht willst!«

»Ein Toter ist nichts im Vergleich zu den vielen Leben, die ich zu retten versuche.«

»Warum erzählst du mir nicht davon? Vielleicht kann ich helfen!«

»Sie würden mir nicht glauben. Und jetzt gehen Sie zur Seite!« Mischa verstärkte den Würgegriff wieder und seine Geisel ließ ein ersticktes Gurgeln hören. Der Officer von der Autobahnpolizei trat ein paar Schritte zurück.

»Ist das Ihr Wagen da draußen an der Zapfsäule?«, fragte Mischa seine Geisel. »Der mit Allradantrieb?«

Der Mann nickte, so weit es ihm Mischas Arm gestattete.

»Schlüssel steckt?«

»Tasche«, brachte der Mann heraus.

»Nehmen Sie ihn raus und geben Sie ihn mir in die linke Hand«, befahl Mischa.

»Tun Sie es nicht, Sir!«, rief der Cop.

»Es ist ja nicht Ihr Hals!«, knurrte Mischa.

Der Mann griff in die Tasche und holte einen Schlüsselbund heraus.

»Den Zündschlüssel bitte!«

Der Mann fand ihn und gab ihn Mischa in die Hand. Der Cop schielte darauf, als wolle er sie abschießen und Mischa zog sie rasch zurück.

»Ich bitte Sie noch einmal«, sagte er. »Machen Sie den Weg frei! Wir gehen jetzt durch die Tür und ich hätte gern, dass niemand dabei verletzt wird.«

»Das kann ich nicht zulassen«, sagte der Cop.

»Dann wollen Sie, dass dieser Unschuldige stirbt?«

Der Polizist blieb noch einen Augenblick stehen, ließ dann die Waffe sinken und trat zur Seite.

»Überleg dir, was du tust!«, versuchte er es noch einmal.

»Ich kann nicht anders.« Mischa hielt die Geisel zwischen sich und den Officer, als er an ihm vorbei durch die Tür ging. Rückwärts ging er bis zu dem Nissan Xterra, der an der Zapfsäule stand.

Er griff hinter sich und öffnete die Tür. Nun kam der schwierige Teil. Er ließ sich auf den Fahrersitz sinken, wobei er seine Geisel immer noch am Hals packte. Der Polizist war ihnen nach draußen gefolgt und hielt die Waffe im Anschlag.

Mischa schwang die Beine nach vorn und kauerte sich in den

Sitz, um kein allzu leichtes Ziel abzugeben. Beklommen steckte er den Schlüssel ins Zündschloss und drehte ihn. Der Jeep sprang an. Mischa legte den Gang ein, der Motor heulte auf und er schubste seine Geisel auf den Polizisten zu. Gleichzeitig trat er mit dem Fuß kräftig aufs Gas. Das Fahrzeug schoss vorwärts und bis der Officer darauf zielen konnte, hatte sich der Schusswinkel deutlich verändert. Er feuerte dreimal. Die Kugeln zersplitterten die Rückscheibe und schlugen Löcher in den hinteren rechten Kotflügel.

Mischa zog die Tür zu, als er über den Bordstein fuhr, der das Ende des Tankstellengeländes markierte. Dahinter war die offene Wüste, die dort am Rande des Highway deutliche Spuren der Zivilisation trug. Plastiktüten hingen an den Kreosot-Kakteen, überall waren Getränkedosen verstreut. Ein alter Elektroherd, dem die Backofentür fehlte, stand neben einem mit Kugeln durchlöcherten Saguaro-Kaktus.

Hinter sich hörte Mischa den Polizisten noch einmal schießen, aber die Kugel irrte in die Wüste, ohne Schaden anzurichten. Mischa wusste, der Typ würde ans Funkgerät eilen und Hubschrauber und Verstärkung anfordern, aber er wusste auch, dass ihm der Cop mit seinem Streifenwagen nicht ins freie Gelände folgen konnte, also hatte er wenigstens etwas Vorsprung. Nachdem er den Highway in sicherer Entfernung hinter sich gelassen hatte, stieß er auf eine alte, unbefestigte Straße und folgte ihr in entgegengesetzter Richtung des Sonnenuntergangs.

10.

Los Angeles

»Natürlich«, erklärte Wesley, »ist der Witz an der Sache, dass sie im Gefängnis ist.«

»Natürlich«, pflichtete ihm Riley bei. Er saß, ziemlich befangen, in Cordelias Wohnzimmer. Diese beschäftigte sich weitgehend damit, beschäftigt auszusehen, während Alina auf dem Boden hockte und an ihrem Realitätsindikator arbeitete. »Das ist ein Nachteil.«

»Ein großer Nachteil.«

»Wenn wir sie nicht rausholen.«

»Kennst du einen freundlichen Richter? Oder einen Senator?«, fragte Wesley.

»Vielleicht können deine Initiative-Kumpels einfach das Gefängnis stürmen«, schlug Cordelia vor.

»Glaube ich nicht«, entgegnete Riley. »Ich dachte an eine etwas diskretere Maßnahme.«

»Du willst sie wirklich befreien«, stellte Wesley mit einem flüchtigen Lächeln fest.

»Es war deine Idee«, gab Riley zurück. Er fand den Kerl irgendwie amüsant. Er erinnerte ihn vage an Giles, war gleichzeitig aber auch ganz anders. Er hatte gehört, dass Wesley fähig war, im Notfall Gewalt einzusetzen, und vor allem war er ein hervorragender Schütze. Giles hatte auch einiges drauf, aber Riley beschlich das Gefühl, Wesley könne sich in einer prekären Situation als etwas geschickter erweisen.

»Ja, schon, aber ich habe nicht erwartet, dass du es wirklich tun würdest«, sagte der Brite.

»Ist das nicht zu illegal für einen aufrechten Kerl wie dich?«, fragte Cordelia.

»Vielleicht bin ich gar nicht so aufrecht, wie du denkst, Cordelia.« Riley lächelte. Er fragte sich, wie Angel es mit dieser Frau aushalten konnte. Aber genauso wenig wusste er andererseits, wie Angel es mit Angel aushielt. Dazu wäre er, Riley, nicht in der Lage – egal für wie lange.

Das hatte etwas mit der Vergangenheit zu tun. Sehr viel sogar. Mit Buffys Vergangenheit, um genau zu sein.

Und auf Buffy kam es hier an. Wenn er mit Faiths Befreiung aus dem Gefängnis dafür sorgen konnte, dass Buffy heil nach Hause kam, dann würde er es tun, und wenn er eigenhändig die Mauern einreißen musste.

»Was hattest du dir denn vorgestellt?«, fragte Wesley. »Nachts einbrechen? Ein Überfallkommando? Tunnel?«

»Ich dachte, ich hole mir Hilfe.«

»Wen denn?«

»Das könnte eine Aufgabe für Gunn sein«, schlug Riley vor.

»Gunn?«, wiederholte Wesley.

»Du kennst ihn, nicht wahr?«

»Ich habe ihn nie persönlich kennen gelernt«, antwortete Wesley. »Wir haben ihn mit Cordelia zwar kurz gesehen, aber wir wurden einander nicht vorgestellt.«

»Wir wussten damals nicht, wer er war«, erklärte Cordelia.

»Das auch«, bestätigte Wesley.

»Aber ihr wisst, wo wir ihn finden können?«

»Sicher, Riley«, antwortete Cordelia. »Oder etwa nicht?«

»Wir wissen in der Tat, wo er sich herumtreibt«, erklärte auch Wesley.

»Sehr gut.« Riley stand von der Couch auf und ging an das Bücherregal, um sich die Titel anzusehen. »Gunn ist in Sunnydale gewesen und hat eine Weile mit uns gearbeitet. Er ist ein guter Kerl.«

»Scheint so«, pflichtete ihm Wesley bei.

Alina sah von ihrer Arbeit auf. »Gunn?«, fragte sie. »Ich mag Gunn.«

»Du kennst ihn?«, fragte Riley.

»Er hat mich vor ein paar üblen Kerlen gerettet«, sagte das russische Mädchen. »Ist sehr tapfer.«

»Ja, das ist er«, pflichtete ihr der Soldat bei. »Tapfer wie kein Zweiter.«

»Kann ich mitkommen? Gunn suchen?«

Riley schüttelte den Kopf und lächelte das junge Mädchen freundlich an. »Du kannst nicht mitkommen. Ich gehe allein. Nachts ist es auf der Straße nicht sehr sicher.«

»Ich könnte dich begleiten«, schlug Wesley vor. »Ich biete ein zusätzliches Paar Fäuste an.«

»Ich denke, ich komme zurecht«, meinte Riley. »Aber danke für das Angebot.«

»Du musst doch sowieso die Maschine reparieren, Alina«, bemerkte Cordelia.

Die Russin warf entnervt einen Schraubenzieher auf den Boden. »Ich gebe auf«, sagte sie. »Ich kann es nicht.«

»Du kannst den Indikator nicht reparieren?«, fragte Wesley.

»Nein«, sie zog eine Schnute. »Ich muss ihn zu meinem Vater bringen. Nur er kann es.«

»Und dann wird er dich wieder zwingen, die Maschine für seine üblen Zwecke zu missbrauchen?«, fragte Cordelia.

»Er wird es versuchen«, sagte Alina. »Aber es wird ihm nicht gelingen.«

Riley sah zu, wie sie den Schraubenzieher aufhob und das Werkzeug wegräumte. Entschlossenes Mädchen, dachte er. Er hatte nur in groben Zügen von ihrer Vergangenheit erfahren, aber es klang, als hätte sie eine raue Kindheit hinter sich. Er konnte nur hoffen, dass sie den ganzen Schlamassel heil und unversehrt überstand.

Faith ging nach dem Küchendienst in ihre Zelle zurück. Sie war für den Abendabwasch eingeteilt, das bedeutete, nach der letzten

Mahlzeit des Tages zwei Stunden bis zu den Schultern in siedend heißem Wasser zu stecken und den Dreck von Tellern, Besteck und Tabletts zu schrubben. Die Frauen im Gefängnis schienen völlig abgestumpft zu sein. Faith begriff nicht, wie das ganze Geschirr immer so mit Essensresten und Schmutz verklebt sein konnte, es sei denn, die anderen taten es mit Absicht, um denen, die gerade Küchendienst hatten, das Leben schwer zu machen.

Sie war zur Strafe zum Spülen eingeteilt worden, weil sie sich die Falschen zu Feinden gemacht hatte. Aber das war nichts Neues für sie. Das hatte sie ja schon ihr Leben lang getan.

In diesem speziellen Fall hieß die Feindin Julia Swank. Sie war auf der Yorba Linda Ranch, weil sie ein Bezirksstaatsanwalt wegen Beteiligung an organisiertem Verbrechen angeklagt hatte, da er ihr sonst nichts hatte anhängen können. Hauptsächlich hatte sie mit einer Bande Drogenabhängiger zu tun gehabt und diese überredet, ein Speed-Labor in der Garage von einem von ihnen einzurichten. Die Jungs waren in die Geschichte eingestiegen, hatten die Droge hergestellt und an den Straßenecken verkauft. Schließlich war die Garage in die Luft geflogen, wobei einer der Männer umkam. Ein anderer hatte ausgepackt und Julia als Kopf der Organisation hingestellt. Ihre Verbindung zu der Sache war schwer zu beweisen – sie war nie selbst im Labor gewesen, hatte die Drogen nie angefasst und nie selbst welche verkauft. Aber die Gesetze zur Bekämpfung des organisierten Verbrechens boten Möglichkeiten, mit denen man sie überführen und einsperren konnte.

Und nun schien sie auch im Gefängnis auf ihre eigene Weise die Dinge zu regeln. Sie freundete sich mit Wächtern und Verwaltern an und sogar, wie manche behaupteten, mit der Direktorin. Sie bekam Vergünstigungen, die den anderen Insassen nicht gewährt wurden. Die Yorba Linda Ranch war eine Arbeitsfarm, hier ging es nicht so streng zu wie in einem richtigen Gefängnis, aber Julia Swank hatte es noch leichter als die anderen. Sie bekam eine eigene Zelle, während die meisten den Schlafraum mit dreiundzwanzig anderen Frauen teilen mussten. Sie durfte Besuch in ihrer Zelle empfangen, wann sie wollte, egal ob von Insassen oder von draußen. Nur die bequemsten Jobs wurden ihr übertragen. Und sie bekam sogar das Essen in der Zelle serviert, wenn sie es wünschte.

Aber Faiths Freundin Carrie Grimes hatte Julia irgendwie gegen sich aufgebracht. Carrie war ein einfaches Mädchen, bescheiden, ein bisschen mausgrau. Aber sehr, sehr nett. Sie saß ein, weil sie ihrem gewalttätigen Freund die Kniescheiben zerschossen hatte. Statt ihr eine Medaille zu verleihen, sperrte der Staat Kalifornien sie für zehn Jahre ein. Und weil sie nicht besonders tough war, sich keine Fassade zulegte und Ärger lieber aus dem Weg ging, war sie Julia Swank ein Dorn im Auge.

Faith hatte eine Auseinandersetzung beobachtet und war dazwischengegangen.

Die Wächter hatten den Kampf schnell beendet und Faith zwei Monate Küchendienst aufgebrummt. Noch ein Zwischenfall, das wusste sie, und sie landete in der Einzelhaft.

Dieses Risiko war Faith bereit einzugehen, wenn sie dafür Julia Swanks Herrschaft im Gefängnis ein für alle Mal beenden konnte.

Und in dieser Nacht würde sie sie beenden.

Leider musste sie Carrie Grimes als Köder einsetzen, was ihr eigentlich nicht gefiel. Aber Carrie war dazu bereit, also fragte Faith nicht lange und erklärte ihr schnell den Plan. Carrie sollte abends im Waschraum trödeln und sich ganz langsam die Zähne putzen; so lange, bis die anderen Frauen schon im Bett lagen. Da Julia immer noch auf die Gelegenheit wartete, Carrie zu erwischen, ohne dass Faith dabei war, würden ihre Trabanten es ihr sofort melden und irgendein korrupter Wächter würde Julia aus der Zelle lassen. Mit ihrem Schlägertrupp würde sie sich Carrie dann im Waschraum vorknöpfen.

Zu diesem Zeitpunkt wollte Faith vom Küchendienst zurückkommen. Da sie so Julia und ihre Bande auf frischer Tat ertappte, würde sie die Meute gehörig verprügeln und auch den Wächter auffliegen lassen, der Julia herausgelassen hatte.

Es war ein wasserdichter Plan, fand Faith.

»Was machen Sie hier?«

Die Stimme ließ Faith erstarren. Es war eine der Wärterinnen,

Vicki Henderson, eine kleine Kompakte mit kurzem rotbraunem Haar. Sie trat aus einer Nische und verstellte Faith den Weg. In der Hand hielt sie einen Schlagstock.

»Ich komme vom Küchendienst«, erklärte Faith genervt.

»Sie müssten schon längst drin sein«, sagte Henderson. »Sie wissen doch, wann das Licht ausgeht!«

»Das weiß ich. Und ich weiß auch, dass diese Frauen ein Haufen Schlampen sind, und wenn ich das Geschirr nicht sauber kriege, muss ich es noch mal machen. Also bleibe ich so lange, wie es nötig ist.«

»Und wie wollen Sie in Ihr Bett kommen?«

»Die Türen werden erst um elf geschlossen«, sagte Faith. »Das wissen Sie doch.«

»Natürlich weiß ich das«, entgegnete Henderson. »Aber meines Erachtens sollten Sie, wenn um zehn das Licht ausgeht, auch um zehn im Bett liegen. Ansonsten werden Sie bestraft.«

Dafür hatte Faith in dieser Nacht nun wirklich keine Zeit. Sie spürte die Sekunden verstreichen. Wenn sie noch länger aufgehalten wurde, war Carrie in großen Schwierigkeiten.

»Hören Sie, es tut mir Leid«, sagte sie. »Ich werde mich morgen mehr beeilen.«

»Eine Nacht in der Einzelzelle hilft Ihnen vielleicht, es sich zu merken«, drohte Henderson.

»Das geht nicht!«, rief Faith. Henderson war eine der Wärterinnen, die Julia Swank begünstigten. Wenn sie nun hier herumlief, war die Wahrscheinlichkeit groß, dass sie Julia aus ihrer Zelle gelassen hatte, damit diese Carrie im Waschraum »besuchen« konnte. Anders war es nicht zu erklären, warum sich Henderson Faith gegenüber immer so feindselig verhielt, abgesehen von der Tatsache, dass Faith eine Insassin und Henderson eine Wärterin war – und manche der Wärterinnen diesen Unterschied persönlicher nahmen als andere.

»Wenn ich es sage, geht es sehr wohl.« Henderson hob den Schlagstock und kam einen Schritt auf Faith zu.

Die Jägerin reagierte instinktiv. Sie packte die Wärterin, bekam ihren rechten Arm zu fassen und zog ihn sich über die rechte

Schulter. Dann ließ sie sich auf den Rücken fallen und trat mit den Füßen nach oben. Henderson flog über sie hinweg, wurde von Faiths Füßen in die Luft katapultiert und landete unsanft auf dem Boden.

Bis die Wärterin wieder auf die Beine kam, hatte sich Faith mit dem Schlagstock in der Hand bedrohlich vor ihr aufgebaut.

»Sie sind in argen Schwierigkeiten, Faith«, meinte Henderson.

»Ich?«, fragte Faith. »Mir scheint, *Sie* sind in Schwierigkeiten.«

Henderson straffte die Schultern. »Wie das denn?«

»Sie wollen vermutlich noch ein bisschen länger leben«, sagte Faith. »Und ich werde Sie nur weiterleben lassen, wenn Sie mir Ihr Wort darauf geben, dass das hier nie geschehen ist.«

»Wollen Sie mir drohen?« Das Gesicht der Wärterin zuckte vor Wut. »Denken Sie nicht einmal daran.«

»Wenn Sie nicht weiterleben wollen, geht das natürlich auch«, Faith schlug leicht mit dem Stock in ihre Handfläche. »Es liegt an Ihnen.«

Henderson sah sie an, als wäge sie ihre Möglichkeiten ab. »Okay, dieses eine Mal«, willigte sie schließlich ein. »Aber wenn Sie mir noch mal über die Füße laufen, wird es Ihnen Leid tun.«

»Einer von uns wird es sicherlich Leid tun«, antwortete die Gefangene. Sie bog den Schlagstock mit beiden Händen ohne sichtbare Anstrengung, bis er zerbrach. »Hier!«, sie reichte der Wärterin die beiden Stücke.

Henderson blickte erschreckt auf die beiden Hälften, erhob sich und lief mit bleichem Gesicht davon.

Faith beeilte sich. Sie musste in den Waschraum, bevor Carrie ernstlich verletzt wurde. Sie schlich zwischen den Blockhäusern mit den Schlafsälen hindurch, bis sie zu ihrem kam, dem Haus mit einer großen 17 an der Wand. Sie stieß die Tür auf, durchquerte den Schlafsaal und rannte nach hinten zum Waschraum. Aber die Tür war abgeschlossen.

Das war nicht vorgesehen.

Faith ergriff den Knauf und drehte ihn mit aller Kraft. Mit einem Schnappen ging die Tür auf.

Drinnen stand Carrie Grimes mit dem Rücken zu einem der Waschbecken und versuchte sich panisch gegen drei Frauen zu wehren, von denen sie an den Armen und am Hals festgehalten wurde. Julia Swank stand mit einem langen Küchenmesser in der Hand vor ihr. Als Faith hereinkam, wirbelte Julia herum und bedrohte sie mit dem Messer.

»Gerade rechtzeitig!«, gurrte die Anführerin. »Dachte ich mir doch, dass du zusehen willst, wenn wir deine kleine Freundin wie einen Thanksgiving-Truthahn tranchieren.«

»Hier wird niemand tranchiert«, rief Faith. »Außer dir vielleicht, wenn du das Messer nicht weglegst!«

Julia stürzte sich auf Faith. Faith reagierte mit einem Tritt – so schnell, dass er fast unsichtbar war – gegen Julias Handgelenk. Das Messer rutschte aus der Hand, schnellte kerzengerade in die Höhe und blieb in der Decke stecken. Julia hielt sich das Gelenk.

»Das war ein großer Fehler«, zischte sie mit zusammengebissenen Zähnen. »Schnappt sie euch!«, befahl sie ihren Trabanten.

Faith wartete den Angriff ruhig ab. Die drei Frauen ließen Carrie los. Diese klammerte sich weinend an das Waschbecken. Faith ließ die Erste auf sich zukommen und hielt sie an den Unterarmen fest. Sie zog sie zu sich heran und knallte ihr mit einem kräftigen Stoß die Stirn ins Gesicht. Kiefer und Zähne brachen, die reinste Sinfonie für Faith. Die Frau stürzte zu Boden, Blut quoll aus ihrem Mund.

Die anderen beiden griffen Faith gleichzeitig mit fliegenden Fäusten an und landeten ein paar Treffer. Faith stieß jedoch unbeeindruckt mit den Händen durch die wild schlagenden Arme und packte beide Frauen am Kragen. Kräftig stieß sie ihre Köpfe ungefähr in Brusthöhe zusammen. Sie strauchelten und schlugen um sich, aber Faith war stärker. Nach zwei schnellen Stößen mit dem Knie in ihre Gesichter gingen sie zu Boden.

Nun war nur noch Julia übrig. Ihr ehemals hübsches Gesicht – mit dem sie andere angestiftet hatte, für sie Verbrechen zu begehen – war nun hässlich, rot und wutverzerrt. Wie ein Tier fletschte sie die Zähne. Ihre langen, schlanken Finger hatte sie zu

Krallen gebogen. Gebückt und bereit zum Sprung stand sie vor Faith.

Eigentlich, dachte Faith, sollte sie Julia leben lassen, denn wenn sie jemanden tötete, selbst in Notwehr, verlängerte sich ihre Haftstrafe.

Auf der anderen Seite blieb ihr vielleicht gar keine andere Wahl, wenn sie sich Julias Kampfgesicht so ansah.

Ihre Rivalin wollte sich eben auf sie stürzen, da flogen die Türen auf und das Licht ging an. Sechs bewaffnete Wärter stürmten durch den Schlafsaal in den Waschraum. Alle Insassen des Blockhauses waren mittlerweile wach, pfiffen und johlten. Faith vernahm Aufforderungen, Julia zu töten, ebenso aber gab es ein paar Stimmen, die das Umgekehrte vorschlugen. Als die Wachen hereinkamen, wich sie zurück.

Einen Augenblick später wurde sie von kräftigen Händen gepackt und zu Boden geworfen. Kalte Handschellen klickten ihr um die Handgelenke und schnitten ihr in die Haut. Wütende Stimmen drangen gedämpft an ihr Ohr, aber sie konnte die Worte nicht verstehen. Es dauerte ein paar Minuten, bis sie wieder auf den Beinen war. Es entzückte sie zu sehen, dass man Julia ebenfalls Handschellen angelegt hatte und streng bewachte.

»Sie kommen in Einzelhaft!«, donnerte einer der Wärter zu Faith gewandt. »Gehen wir!«

»Und was ist mit der da?«, fragte Faith.

»Das geht Sie nichts an«, gab der Wärter zurück. »Aber sie sollte auch längst in ihrer Zelle sein. Sie bekommt einen Haufen Ärger.«

Mit diesem Wissen würde Faith die Einzelhaft sehr gut aushalten können. Mit Leichtigkeit.

Angel sah zu der Tür, die er gerade in Brand gesetzt hatte. »Dann werden wir wohl diese nehmen«, sagte er. »Geht ja nicht anders.«

»Es ist schon merkwürdig«, grübelte Buffy. »Alle anderen Räume hatten wenigstens zwei Türen. Aber vermutlich gibt es überall immer einen letzten Raum.«

»Wenn wir also durch diese Tür gehen, müssen wir uns an ein paar großen Ratten vorbeikämpfen?«, fragte Angel. Er hob ein Breitschwert, das er von der Wand genommen hatte. »Wenigstens haben wir Waffen.«

»Es sind große, wütende Ratten«, präzisierte Buffy. »Und wenn ich ›groß‹ sage, dann meine ich ›groß für Hunde‹, nicht ›groß für Ratten‹. Für Ratten sind sie riesig. Aber das ist nicht das Schlimmste.«

»Was denn sonst?«

Buffy sah sehr ernst aus, fand Angel. Eigentlich gefiel ihm dieser Blick. Die Stirn leicht in Falten gelegt, der Mund eine gerade Linie, eindringlich schauende Augen. Noch mehr gefiel sie ihm allerdings, wenn sie glücklich aussah, aber ernst war auch nicht schlecht.

Doch solche Gedanken durfte er eigentlich gar nicht haben. Das war Vergangenheit.

»Also, ich bin vorhin aus diesem Raum gekommen«, erklärte sie. »Und er war voll von diesen großen Rattenwesen. Ansonsten habe ich nicht so viel mitgekriegt, ich war etwas in Eile. Aber möglicherweise finden wir einen ganz anderen Raum vor, wenn wir durch die Tür kommen.«

»Was soll das heißen?«

»Das heißt, dass sich die Räume hier ändern. Du verlässt einen durch die Tür, gehst wieder zurück und der Raum ist ein ganz anderer.«

»Also handelt es sich hier nicht um ein normales Haus.«

»Schloss«, korrigierte Buffy.

»Schloss.«

»Du hast es wohl nicht von außen gesehen?«

»Ich bin durch eine Art Portal gekommen«, erklärte Angel. »Und hab so gut wie gar nichts gesehen.«

»Wir sind in einem Schloss. Groß, dunkel, gruselig. Mit interessanten Sicherheitsvorkehrungen.«

Angel betrachtete die Holztür, die mittlerweile vollständig in Flammen stand. »Ich habe die Ritterrüstung gesehen, mit der du gekämpft hast.«

Buffy blickte ihn verwirrt an. »Hast du nicht gesagt, du hättest so gut wie gar nichts gesehen?«

»Ich war bei einer Hexe in einer anderen Realität. Sie hat ein Bild von dir projiziert und mich hierher geschickt.«

»Oh. Dann hast du den Drachen wohl nicht gesehen?«

»Nein.«

»Er sagte ... also, nachdem ich ihn getötet und der Drachenmann sich in einen Mann verwandelt hatte ... dass ich die Prinzessin in dem Turm retten soll. Ich dachte, es könne sich um eine der Jugendlichen aus Los Angeles handeln, weißt du.«

Angel schüttelte bedächtig den Kopf.

»Verstehst du nicht?«, fragte Buffy nach. »Vielleicht habe ich es nicht sehr gut erklärt.«

»Du erklärst immer gut«, antwortete Angel sanft. Aber dann zeigte er mahnend auf die Tür. »Wenn wir jetzt nicht schnell da durchflitzen, wird sie verbrennen und dann kommen die Ratten rein.«

»Du meinst also, wir sollten die Bedingungen diktieren und nicht sie?«, fragte Buffy.

»Ganz genau.«

Buffy hob eine Axt. »Mir nach!«

Ihr Vampirfreund wollte schon widersprechen, verkniff es sich aber. Die Jägerin kannte ihrer beider Fähigkeiten sehr genau. Wenn sie als Erste gehen wollte, dann wollte sie als Erste gehen. So etwas sagte sie nicht aus purer Höflichkeit. Also blieb er hinter ihr.

Buffy nahm zwei Schritte Anlauf und durchbrach mit der Axt voran die brennende Tür. Holzsplitter flogen durch die Luft und Buffy preschte durch das Loch, das sie geschlagen hatte. Angel vergrößerte es für sich und folgte ihr auf dem Fuße.

Keine Ratten weit und breit!

Sie befanden sich in einem großen, mit Wandteppichen dekorierten und einem roten Läufer ausgelegten Korridor. Hier und da war ein Stuhl aufgestellt. Kerzen flackerten an den Wänden in den bekannten Schädelhalterungen und auf eisernen Ständern.

»Da siehst du es!«, japste Buffy. »So sah es hier vorhin nicht aus. Der Raum war viel kleiner und voller Ratten.«

Angel nickte.

»Hältst du mich jetzt für verrückt, Angel? Wenn ja, musst du es nur sagen!«

»Nein, ich glaube nicht, dass du verrückt geworden bist, Buffy«, entgegnete er. »Das hier scheint ein merkwürdiges Schloss zu sein.«

»Dieser Satz ist pure Untertreibung!«, bemerkte Buffy trocken.

»Es stellt sich also die Frage, wie wir den Turm finden, wenn die Räume nicht da bleiben, wo sie sind.«

Buffy zuckte mit den Schultern und zeigte auf den Boden. »Dem roten Teppich folgen?«

Das taten sie. Er führte zu einer großen Flügeltür aus Holz, die mit geschnitzten mittelalterlichen Kampfszenen verziert war. Gleichzeitig zogen sie, Buffy rechts, Angel links, an den beiden großen Eisenringen und die Tür öffnete sich ohne Widerstand.

Auf der anderen Seite tat sich ein enges Treppenhaus auf, in dem eine Wendeltreppe nach oben führte.

Los Angeles

Die Straßenschlacht war nicht geplant gewesen.

Ein Wagen mit russischen Bandenmitgliedern raste durch die Straßen des Crenshaw-Viertels, nachdem sie Molotowcocktails auf eine mexikanische Bar geworfen hatten. Der Fahrer wollte noch schnell bei Gelb über die Ampel fahren, aber sie wurde rot, bevor er die Kreuzung überfuhr.

Da kam von rechts ein Fahrzeug mit Mexikanern, die unterwegs in ein russisches Viertel waren, um dort Brände zu legen. Im Auto ging es hoch her; eine Mischung aus Gelächter, Musik, rauen Witzen, halb hysterischem Geschrei und Angst. Die Ampel wurde grün, der Fahrer trat aufs Gas.

Der russische Wagen kollidierte mit dem mexikanischen. Das mexikanische Auto drehte sich mit eingedrückter Fahrerseite dreimal auf der Kreuzung, bis es schließlich vor zwei Zeitungskästen an einer Bushaltestelle zum Stehen kam. Der Fahrer hatte das Bein gebrochen und klemmte hinter dem Steuer fest. Die anderen stiegen mit gezogenen Waffen aus.

Die Russen bezogen mitten auf der Kreuzung Position und schon begann der Schusswechsel.

Die Neuigkeit machte rasch die Runde.

Die Szene spielte sich bereits seit ungefähr vierzig Minuten ab, und nun kauerte Che im Eingang einer schmalen Seitengasse um die Ecke. Mehrere *camachos* von der Echo Park Band standen um ihn herum. Sie waren alle bewaffnet. Ein Dutzend ihrer Freunde war mittlerweile aufgetaucht – und ebenso viele Russen auf der Gegenseite. Sie feuerten Salve um Salve aufeinander ab, aber da alle Deckung gefunden hatten, traf keine der Kugeln ins Ziel.

»Was machen wir, Che?«, fragte Pepe Villaréal. »Gleich kommen die Bullen!«

»Ich weiß. Lass mich nachdenken!«

»Dafür hast du keine Zeit«, meinte Guillermo Montoya. »Hör doch!«

Seit zwei Minuten waren schon von fern Polizeisirenen zu hören, sie rückten näher. Auch das Knattern von Hubschraubern wurde lauter.

»Mann, ich weiß!«, fuhr Che auf. Diese Schlacht war nicht zu gewinnen, das musste er sich einfach aus dem Kopf schlagen. Aber er wollte wenigstens einen Russen fallen sehen, bevor die Cops kamen.

Nur einen einzigen.

Er musste dafür nur seine Pistole ruhig genug halten.

Aber er war nervös und hatte Angst, obwohl er sich zwang, tough zu wirken. Zum Teufel, er *war* auch tough! Eine Schießerei war allerdings eine ernst zu nehmende Angelegenheit. Man konnte dabei draufgehen, und das wollte Che auf keinen Fall. Nicht zum ersten Mal dachte er an Nicky de la Natividad, der sich weigerte, das Geheimnis der Nacht der langen Messer zu enthüllen.

Unverwundbar zu sein, wäre jetzt verdammt praktisch!, dachte er.

»Diese russischen *cabrons* können nicht einfach so in unser Viertel kommen«, meinte Montoya. »Man muss sie auf ihren Platz verweisen.«

»Willst du vielleicht rausgehen und es ihnen sagen?«, forderte Che ihn heraus. »Sie haben da drüben eine gute Deckung. Und wir haben hier unsere. Eine Pattsituation.«

»Aber …«

»Hört mal«, unterbrach Che. »Die Sirenen sind schon fast hier. In ein paar Minuten wimmelt es auf der Kreuzung nur so von Bullen. Vielleicht scheuchen sie ein paar Russen aus ihrer Deckung. Wenn welche auftauchen, gebt es ihnen! Und dann hauen wir ab. Wir verduften. Ihr müsst euch unsichtbar machen, Männer. Lasst die Russen untergehen!«

Die anderen nickten. Im Schutz der kleinen Gasse warteten sie ab.

Zuerst kamen die Hubschrauber mit knatternden Rotorblättern und grellen Suchscheinwerfern. Die Jungs drückten sich flach an die Wand, als das grelle Licht in die Gasse fiel.

Von oben dröhnte eine Stimme auf sie herunter.

»Waffen weg und flach auf den Boden legen da unten! Hier ist das Los Angeles Police Department. Lassen Sie Ihre Waffen fallen und legen Sie sich mit den Händen hinter dem Kopf flach auf den Boden!«

Villaréal zielte in die Luft.

»Nein, Mann!«, rief Che und schlug ihm auf den Arm. »Du wirst sowieso nicht treffen und verrätst denen nur, wo wir sind. Spar dir die Kugeln für die Russen!«

In diesem Augenblick brachen ein paar Russen aus der Deckung hinter geparkten Autos hervor und rannten die Straße hinunter, um von der Kreuzung zu verschwinden, bevor diese umzingelt war. Che zielte mit seiner 9mm. Seine Hände schwitzten und es fiel ihm schwer, die Waffe richtig zu halten. Vermutlich war der geriffelte Griff dazu da, dass man sie mit feuchten Händen besser festhalten konnte.

Er wusste, er hielt die Waffe zu verkrampft, konnte aber die Finger nicht lockern. Er ließ die Russen ein paar Schritte vorbeilaufen und drückte ab. Seine Kanone schlug nach oben aus und der Schuss ging ins Nichts. Neben ihm feuerten auch die anderen. Che zielte wieder auf einen Russen, der nun gebückt im Zickzack-Kurs über die Straße rannte. Er versuchte, seinen Weg vorauszuahnen und feuerte erneut. Diesmal atmete er vorher aus und dachte daran, den Abzug mit Gefühl zu drücken.

Der Rückstoß fuhr ihm durch den ganzen Arm.

Der Russe brach auf der Straße zusammen. Zwei weitere Kugeln schlugen in ihn ein, der Körper zuckte zweimal. Dann blieb er regungslos liegen.

Che begann heftig zu zittern, hatte aber keine Vorstellung warum. Es musste so etwas wie panische Angst sein.

Bevor er jedoch groß darüber nachdenken konnte, fuhren Streifenwagen auf die Kreuzung und spuckten Polizisten in Kampfanzügen und mit schweren Waffen aus. Nichts wie weg hier! Che und seine Freunde sahen sich an und eilten die Gasse hinunter.

Sie rannten den ganzen Block entlang. Che bekam Seitenstechen, kämpfte sich aber weiter. Sein Shirt war schweißgetränkt und er bekam nicht genug Luft.

Schließlich blieb er nach Atem ringend stehen und stützte die Arme auf die Knie. Pepé Villaréal fasste ihn an der Schulter.

»Guck mal da, *jefe*!«, sagte er.

Er zeigte auf ein Fahrzeug, das am Straßenrand geparkt war.

»Was?«, fragte Che. »Das ist ein LeSabre.«

»Darunter, Mann!«, beharrte Pepé.

Che sah noch mal hin. Pepé hatte Recht. Unter dem Auto lag jemand.

»Einer von den Russen?«, fragte Che.

»Wahrscheinlich«, schätzte Villaréal. »Einer von uns würde sich in dieser Gegend nicht unter einem Auto verstecken. Das ist unser Gebiet, da würde er doch in ein Haus gehen.«

»Stimmt«, pflichtete ihm sein Boss nun bei. »Wahrscheinlich ist er bewaffnet.«

»Vielleicht«, sagte Montoya. »Aber wir sind in der Überzahl.« Er zielte mit seinem Gewehr auf das Auto. Che hob beschwichtigend die Hand.

»Warte!«, sagte er. »Einen will ich lebendig haben.«

Nach einer kurzen Absprache schwärmten die drei aus und umzingelten das Auto. Sie hielten die Waffen auf die Gestalt unter dem Wagen gerichtet. Che ergriff das Wort.

»He, du da unter dem Auto! Wir haben dich, Mann. Wir sind zu dritt und unsere Waffen sind auf dich gerichtet. Wir wollen nur reden. Vielleicht finden wir ja eine Möglichkeit, einen Waffenstillstand auszuhandeln. Aber wenn du eine falsche Bewegung machst oder auf uns schießt, bringen wir dich um. Du kannst uns nicht entkommen. Hörst du mich?«

»Ich höre dich«, sagte unter dem Auto eine Stimme mit starkem Akzent. Ein Russe, dachte Che und grinste. Einen hatte er ja bereits umgebracht. Der zweite war diesmal einfacher.

»Wirf deine Knarre nach vorne«, befahl Che. »Schön langsam. Wirf sie einfach weg!«

Der Kerl reagierte nicht.

»Mach schon!«, rief der Mexikaner unwillig. »Wirf sie auf die Straße. Ich zähle bis fünf, dann fangen wir an zu schießen.«

Der Kerl bewegte sich immer noch nicht und Che fing an zu zählen.

Bevor er bei »zwei« ankam, schlidderte eine Waffe unter dem Auto hervor auf die Straße. Montoya hob sie auf und schob sie sich in den Gürtel.

»Und jetzt komm raus«, befahl Che. »Ganz langsam. Und zeig uns deine Hände! Wir reden nicht mit dir, wenn du unter dem Auto liegen bleibst.«

»Okay«, sagte der Typ. »Ich komme raus.« Zunächst sah man nur zwei Hände, dann schob er sich auf dem Bauch unter dem Auto hervor. Als er sich aufrichtete, umringten ihn die Mexikaner sofort. Che stieß ihn gegen das Auto und hielt ihm den Lauf seiner 9mm unter die Nase.

»Jetzt können wir uns unterhalten«, grunzte er zufrieden.

11.

Los Angeles

Kate Lockley stand mit der Dienstwaffe im Anschlag mitten auf der Straße. Wie in einer Szene aus der *West Side Story* verschwanden die beiden Banden in der Nacht, die Russen nach Osten und die Mexikaner nach Westen. Der Geruch von verbranntem Schießpulver lag in der Luft, im dichten Rauch verschwammen die weißen, roten und gelben Lichter der vorgefahrenen Polizei- und Krankenwagen. Aus allen Richtungen ertönte Sirenengeheul.

Die meisten Cops von Los Angeles waren derzeit mit dem Bandenkrieg beschäftigt. Sie versuchten, die Gangs zu entwaffnen, ihre Führer ausfindig zu machen und die Zivilbevölkerung aus der Schusslinie zu halten. Die Polizistin Kate war mit etwas anderem befasst – einer Sache, die genauso wichtig, der öffentlichen Aufmerksamkeit jedoch entglitten war, als die Straßenschlachten angefangen hatten: Die Eltern der vermissten Kinder machten sich nämlich immer noch Sorgen und Kate war entschlossener denn je, alles Erdenkliche zu tun, um die Kids heil wieder nach Hause zu bringen.

Sie wusste nicht, ob es eine Verbindung zwischen dem Bandenkrieg und den Verschwundenen gab. Angel war jedoch davon überzeugt und so sehr sie auch in diesen Tagen gegen ihn eingestellt war, musste sie doch einräumen, dass er einen gewissen Instinkt für solche Dinge hatte. Sie verabscheute ihn, er war ein Vampir, eine Kreatur der Nacht und er hatte sie anfangs belogen. Aber er war ein guter Detektiv und verfügte über einen gesunden

»Menschenverstand«, wenn man das von einem Vampir sagen konnte. Sie mochte ihn trotzdem nicht.

»Alles in Ordnung, Detective?«

Sie drehte sich um. Vor ihr stand ein Streifenpolizist namens Perkins, den sie vom Sehen kannte. Er hatte rotes Haar und einen buschigen roten Schnurrbart. Die Uniform wirkte bei ihm immer ein bisschen wie ein Halloween-Kostüm.

»Ja, Perkins, alles klar«, antwortete sie.

»Was für ein Chaos!« Er wies mit dem Kinn zur Kreuzung, auf der Tote herumlagen und die Verletzten von Sanitätern versorgt wurden. »Die haben echt völlig den Verstand verloren!«

»Sieht so aus«, pflichtete sie ihm bei.

»Warum tun sie das nur? Banden gründen, Straßenkampf ... Die spielen doch mit ihrem Leben!«

»Wenn Sie die Antwort darauf finden, Perkins, können Sie sich als Bürgermeister bewerben. Oder direkt als Gouverneur.«

»Nichts für mich, Detective. Ich habe Ehrgeiz. Wenn überhaupt werde ich Präsident!« Er grinste sie breit an. »Aber im Ernst, wie beurteilen Sie das?«

Kate schloss kurz die Augen und sah im Geiste ihren Vater vor sich. »Ich weiß nicht, Perkins, ich vermute, manche Kids bekommen in ihrer Familie nicht das, was sie brauchen. Sie fühlen sich hilflos, unfähig und unsichtbar. Was ihnen fehlt – das Gefühl, dass sie einen Wert darstellen – müssen sie sich irgendwo suchen und sie finden es bei den Straßenbanden. Da spielt es keine Rolle, ob sie reich sind oder arm. Sie möchten respektiert werden und brauchen einen Ort, an dem sie sich zu Hause fühlen.«

Perkins sah sie staunend an. Offenbar war er auf diesen Tiefgang ihrer Überlegungen nicht vorbereitet gewesen. »Ja, kann sein. Aber manchmal glaube ich, sie haben einfach Spaß daran rumzuballern.«

Kate zuckte mit den Schultern. »Ich bin keine Soziologin, aber Sie können sicher sein, dass ich nicht so ganz falsch liege.«

Perkins erwiderte das Schulterzucken. »Ich halte Sie für ziemlich clever. Deshalb verdienen Sie ja auch die dicke Kohle.«

»Ja«, meinte sie lachend, »die ganz dicke Kohle.«

Sie warf ihrem Kollegen ein Lächeln zu und ließ ihn stehen. Zu viel Zeit wollte sie nicht mit Smalltalk vergeuden. Der ganze Block wimmelte nun von Cops, die meist in kleinen Gruppen zusammenstanden und den Kampf diskutierten, dem sie ein Ende gesetzt hatten. Kate mischte sich unter sie, sah aber niemandem in die Augen und hoffte, niemand sah sie. Ihr war eine Idee gekommen, bevor sie von Perkins aufgehalten worden war. Nun hatte sie ihren Plan durchdacht, jedoch nicht bis ins letzte Detail, denn wenn sie zu viel darüber grübelte, verwarf sie ihn womöglich wieder.

Wenn Angel tatsächlich Recht hatte mit der Verbindung zwischen Bandenkrieg und Vermisstenfällen und sein Trip nach wer weiß wo mit Alinas Maschine fehlgeschlagen war, dann gab es vielleicht eine Person in Los Angeles, die die Verbindung darstellte – und die Kids zurückgab. Die Russen wussten vermutlich, an wen sie sich da halten musste. Aber die Mexikaner waren vielleicht eher zur Kooperation bereit, wenn sie den Russen eins auswischen konnten, indem sie der Polizei Hinweise gaben.

Also machte sich Kate Richtung Westen auf, hinter der mexikanischen Bande her.

Sobald sie die Streifenwagen in einiger Entfernung hinter sich gelassen hatte und auch den beruhigenden Anblick der blauen Uniformen, fühlte sie sich sehr allein. Die Straße lag dunkel und ruhig vor ihr. Kate war ein guter Cop. Sie zweifelte nicht an ihren Fähigkeiten. Aber auch der beste Cop konnte allein auf feindlichem Gebiet zum Opfer werden. Tough zu sein, bedeutete nicht, blind für die Realität zu sein, und real war in diesem Fall, dass Kate den Sicherheitsgürtel der Kollegen verlassen hatte – und damit eine der wichtigsten Regeln brach.

Stattdessen folgte sie einer Regel, die der Vater ihr schon in Kindertagen beigebracht hatte.

»Manchmal muss man eine Sache in Eigenregie durchziehen«, hatte Trevor Lockley seiner Tochter erklärt. Sie war noch sehr klein gewesen, da hatte er ihr bereits von der Polizei erzählt. Sie hatte atemlos seinen Berichten gelauscht, seinen Geschichten von den Guten und den Bösen und den erfahrenen Vater angebetet wie ihre Freundinnen Pop- oder Filmstars. »Das Gesetz gilt natürlich für alle, aber die Bösen halten sich nicht immer an die Regeln. Deshalb sind sie ja auch böse. Um sie zu kriegen, muss man sich die Regeln manchmal ein wenig zurechtbiegen. Man kann sich nicht darauf verlassen, im richtigen Augenblick auch die nötige Portion Glück zu haben. Man muss selbst die Bedingungen für dieses Glück schaffen und die Augen offen halten, damit man es erkennt, wenn es kommt.«

Sie lächelte angesichts dieser Erinnerung und wusste sogar noch, wann und wo er ihr das gesagt hatte: Sie waren an einem sonnigen Sommernachmittag im Griffith Park gewesen und hatten ein Eis gegessen. Ihr Vater erzählte von einem Verbrecher, den er überführt hatte. Er war ohne Durchsuchungsbefehl in seine Wohnung eingedrungen, hatte den entscheidenden Beweis gefunden und den Verdächtigen im Verhör damit konfrontiert. Der Typ war zusammengebrochen und hatte ein Geständnis abgelegt, das vor Gericht standhielt. Aber die Zeiten hatten sich geändert. Mit so etwas kam man heute nicht mehr durch. Kate würde nicht einmal wagen, das zu versuchen. Aber das Wesentliche an dieser Geschichte war ihr geblieben: Man musste als Cop manchmal unkonventionelle Wege gehen.

In ihrem konkreten Fall hieß das, sich großer Gefahr auszusetzen, denn sie begab sich ohne Schutz mitten in einem brutalen Krieg auf Bandenrevier. Sie war überzeugt, dass eine einzelne Frau vielleicht besser die Ganoven zur Kooperation überreden konnte als eine ganze Sondereinheit in Kampfanzügen.

Sie betrachtete den vor ihr liegenden Häuserblock. Die Schaufenster in den mit Graffiti besprühten Mauern waren dunkel, die Rollgitter heruntergelassen. Fenster, deren zerbrochene Scheiben nicht mit Klebeband gesichert waren, hatte man mit Pappkarton verbarrikadiert. Die Bandenmitglieder, die in diese Richtung gelaufen waren, hatten sich entweder in die Gebäude verdrückt oder waren schon ein ganzes Stück weiter, denn weit und breit war niemand in Sicht.

Und außer diesem Block kontrollierte die vorherrschende Gang noch viele weitere. Kate schluckte und bekämpfte ihre Angst.

In diesem Viertel ließen sich kaum je Menschen von außerhalb blicken. Wenn die Polizei einmal anrücken musste, kamen grundsätzlich zwei Officer mit dem Streifenwagen, und sie waren in absoluter Alarmbereitschaft. Unaufmerksamkeit konnte tödlich sein.

Kate wurde klar, dass das Gefühl der Sicherheit in dieser menschenleeren Straße trügerisch war. Man konnte sie in null Komma nichts aus einem offenen Fenster oder einem abgestellten Fahrzeug erschießen. So weit würde es hoffentlich nicht kommen, denn sie verließ sich darauf, dass eine Frau, die im Dunkeln allein durch diese Straßen ging, eher die Neugier der Kerle weckte statt gleich abgeballert zu werden. Sie trug keine Uniform und die Ganoven konnten nicht wissen, dass sie Polizistin war.

An der Ecke blieb sie stehen, drückte sich flach an die Wand und lugte um die Ecke. Ihre Schritte waren die ganze Straße hinunter zu hören gewesen. Falls jemand dort lauerte, wusste er, dass sie kam. Sie wollte wenigstens sehen, mit wem sie es zu tun hatte, bevor man sie sah.

Und hinter der Ecke war tatsächlich jemand. Drei junge Männer mit Baggy-Pants und Muskelshirts – der bevorzugten Kleidung der Gang an schwülen Sommerabenden. Das schwarze Haar trugen sie kurz. Einem spross ein Schnurrbart und ein leichter Flaum am Kinn, aber die anderen waren ordentlich rasiert. Muskulöse Arme, breite Schultern und gestählte Brustkörbe waren untrügliche Zeichen für ihre durchtrainierte Verfassung.

Sie lungerten an einem alten Ford-Truck herum, der auf der Hälfte des Blocks am Bordstein stand. Sie sahen zu Kate herüber, sobald sie mit dem Kopf um die Ecke lugte, also trat sie selbstbewusst vor und ging direkt auf sie zu. Sie durfte ihre Angst nicht zeigen, denn Angst bedeutete Schwäche.

Schweigend schauten ihr die drei entgegen. Die junge Frau blieb zwei Meter vor ihnen stehen und stemmte die Hände in die Hüften. Der mit den Bartstoppeln verlagerte das Gewicht von einem Bein aufs andere, spuckte auf die Straße und grinste sie an. Er hatte einen goldenen Schneidezahn.

»Schon was vor, Süße?«, fragte er.

»Ich habe nach dir gesucht«, antwortete Kate.

»Nach mir?«

»Nach einem von euch. Nicht nach dir speziell.«

»Ich könnte dir was Gutes tun, du weißt schon«, griente er.

»Das kannst du ganz bestimmt.« Nun, da sie miteinander redeten, hatte Kate keine Angst mehr. Natürlich war die Situation immer noch gefährlich, aber sie hatte das Gefühl, sie unter Kontrolle zu haben. »Ich hole jetzt meinen Dienstausweis raus«, sagte sie. »Keine Waffe.«

»Au Mann, du bist ein Cop?«, jaulte einer von ihnen.

»Wer sonst wäre so blöd, drei dermaßen tough aussehenden *hombres* wie euch gegenüberzutreten?«, fragte sie und zog den Ausweis aus der Tasche ihres Seidenjacketts. »Natürlich bin ich ein Cop. Aber ich habe nicht vor, hier jemanden hochzunehmen.«

»Das ist gut«, sagte der mit dem Schnurrbart. Er schien der Anführer der Mini-Truppe zu sein. »Ich sehe auch nirgends Verstärkung oder so.«

»Brauche ich nicht«, entgegnete Kate. »Wenn ich euch hochnehmen wollte, hätte ich das schon längst getan. Aber deshalb bin ich gar nicht hier.«

»Weshalb denn, toughe Lady?«

»Habt ihr was mit dem kleinen Streit heute Abend zu tun?« Sie wies mit dem Kopf in Richtung Kreuzung und ließ die drei nicht aus den Augen.

»Wir sind nur friedliche Bürger, die hier miteinander die aktuellen Ereignisse besprechen«, sagte der mit dem Schnurrbart. Die anderen brüllten vor Lachen. Auch Kate zeigte ein kleines Lächeln.

»Das höre ich gern«, sagte sie. »Wirklich! Gut informierte Bürger, das wissen wir zu schätzen. Aber eigentlich suche ich ein paar Typen, die bei der Schießerei dabei waren, denn ich bin hinter diesen russischen Mafiosi her. Ich brauche jemanden, der mir ihre Verstecke und ihr Hauptquartier zeigen kann. Von euch weiß vermutlich keiner, wen ich als Fachmann dazu befragen könnte?«

»*Mama*«, sagte der mit dem Schnurrbart, »wenn du die irren

Russen erledigen willst, bist du hier richtig. Ich und meine *cholos* hier, wir sind sozusagen Experten in dieser Sache. Das ist auch das aktuelle Ereignis, über das wir gerade gesprochen haben – die russische Plage.«

»Na dann«, sagte Kate, lockerte ihre Haltung und steckte den Dienstausweis wieder in die Tasche. »Dann wollen wir uns mal ein bisschen unterhalten.«

Sunnydale

»Wir sollten jetzt wirklich nach Hause gehen«, mahnte Giles.

Xander schimpfte. »Wir hätten nie das Haus verlassen sollen. Die Stadt ist von Monstern völlig überlaufen.«

»Wegen der Monster sind wir ja draußen«, bemerkte Anya.

»Darf ich dich daran erinnern, was das Wort ›sterblich‹ bedeutet, Anya?«, gab Xander zurück. »Es bedeutet, dass du jederzeit getötet werden kannst. Giles und ich waren schon immer sterblich. Für uns ist das altbekannt.«

Sie waren durch die halbe Stadt patrouilliert um herauszufinden, was sie gegen die Monsterplage, die über Sunnydale gekommen war, tun konnten. Sie waren auch auf Monster gestoßen, aber obwohl sie einige erledigten, erschienen ihnen ihre Bemühungen letztlich vergeblich – sie konnten unmöglich alle erledigen. Und seit Anya Joyce und Tara erwähnt hatte, die allein bei Giles zu Hause warteten, hatte sich der Brite plötzlich große Sorgen um die beiden gemacht. Das war Xander nur recht, denn so konnten sie sich bald in die relative Sicherheit eines Hauses mit vier Wänden und einer verschließbaren Tür zurückziehen.

»Glaub mir, Xander, ich werde jeden Morgen mit dem Gedanken daran wach, was ›sterblich‹ bedeutet«, erwiderte Anya. »Manchmal finde ich es sogar gut. Es bedeutet nämlich, dass wir beide zusammen alt werden können statt so allein wie Giles und …«

»Entschuldige mal«, unterbrach Giles. »Aber ich bin weder ›so allein‹, noch würde es mir sonderlich missfallen, wenn ich es tatsächlich wäre.«

»Richtig«, gab Anya frech zurück. »Die gelegentlichen Besuche Ihrer Freundin Olivia zum Zwecke der sexuellen Befriedigung schützen Sie ganz bestimmt davor, ein einsamer alter Mann zu werden.«

Xander war fast glücklich über das Erscheinen eines neuen, diesmal schlangenähnlichen Monsters, weil es sofortige Ablenkung von der Unterhaltung schaffte. Auf dem sechs Meter langen Körper saß ein humanoider Kopf mit Hals und Schultern. Das Monster kam um die Ecke und ging vor ihnen auf die Hinterbeine. Der Schwanz zuckte hin und her, als es sie mit einem unmissverständlichen Funkeln in den Augen ansah.

»Es sieht hungrig aus«, bemerkte Xander.

»Ja«, pflichtete ihm Giles bei. »Und ich befürchte, wir sehen mehr oder weniger wie Mittagessen aus.«

»Es ist ekelerregend«, Anya verzog das Gesicht. »Und gefährlich!«

»Allerdings«, Giles hob seine Axt. »Aber zum Glück unbewaffnet. Ich denke, wir haben es rasch erledigt.«

Das Schlangenmonster kam ein paar Meter näher und riss das Maul auf. Eine lange Reptilienzunge zischte ihnen entgegen.

»Abscheulich!«, rief Xander. Ihm fiel auf, dass Anya ihm nicht beipflichtete. Bevor jedoch einer von ihnen etwas tun konnte, zog das Monster seine Zunge ein und spuckte sie an. Ein Klumpen undefinierbaren Schleims landete auf dem Gehsteig direkt vor ihnen. Er brutzelte einen Augenblick und eine dünne Rauchwolke stieg auf. Als der Rauch sich verzog, sah Xander, dass der Beton auf dem Gehsteig zerfressen war wie von einer starken Säure.

»Sagten Sie nicht ›unbewaffnet‹?«

»Ich war vielleicht ein wenig voreilig«, räumte Giles ein.

»Vielleicht«, wiederholte Anya ironisch.

Wenn das Vieh noch näher kommt, dachte Xander, sind wir alle Schweizer Käse!

Giles hatte offenbar ähnliche Gedanken. »Ich würde sagen, Vorsicht ist die Mutter der Porzellankiste«, erklärte er und wich zurück. Xander und Anya taten es ihm nach.

Die Schlange kam hinter ihnen her, blieb wieder stehen und spuckte erneut. Da sie jedoch weit genug von ihr entfernt waren, platschte der Säurespeichel wieder auf den Gehsteig.

Xander warf einen Blick über die Schulter um sicher zu gehen, dass sie nicht mit dem nächsten Problem zusammenstießen, und wich weiter zurück. Giles und Anya folgten, keiner wollte dem Schlangenmonster den Rücken zuwenden.

»Es hat keine große Reichweite«, bemerkte Giles.

»Die braucht es auch gar nicht«, meinte Xander. »Es hält sich die Gegner ja weit genug vom Hals, um nicht angegriffen zu werden.«

Anya stupste ihn an. »Aber wir haben doch die Armbrust«, sagte sie.

Ihr Freund sah auf seine Hand hinab. »Haben wir.«

»Dann benutz sie endlich!«

»Mach du doch«, sagte er.

»Xander«, Anya wurde ungeduldig. »Jetzt mach!«

Sie wichen weiter zurück, während die Schlange näher kam und ihren Speichel auf den Bürgersteig spuckte.

»Um Himmels willen«, stöhnte Giles. Er wartete, bis die Schlange wieder vorwärts glitt, und griff dann mit hoch erhobener Axt an. Das Schlangenmonster blieb abrupt stehen und hob den Kopf, um wieder zu spucken. Aber der stille Bücherfreund war schneller: Seine Axt durchtrennte sauber den Hals des Monsters. Der beunruhigend menschlich aussehende Kopf wirbelte durch die Luft und landete gut vierzig Meter entfernt auf der Straße. Die Zunge hing schlaff aus dem Mund. Wo sie den Boden berührte, brutzelte und brannte der Asphalt. Der Schlangenkörper zuckte und krümmte sich und erschlaffte schließlich.

Anya und Xander sahen mit offenen Mündern zu.

»Es war offensichtlich, dass es nicht gleichzeitig spucken und sich fortbewegen konnte«, erklärte Giles. »Das habe ich sofort bemerkt. Und wenn ihr beide nicht so mit Zanken beschäftigt gewesen wärt, wäre es euch auch aufgefallen.«

»Sorry, G-Man«, sagte Xander.

»Mir ist allerdings etwas anderes aufgefallen«, verkündete

Anya. »Wir waren jetzt fünf Minuten mit diesem Monster beschäftigt und es ist das einzige, das wir in dieser Zeit gesehen haben. Nichts fliegt über unseren Köpfen, nichts kommt über die Straße geschlurft.«

»Ja, das stimmt«, pflichtete Giles ihr bei. »Vielleicht lichten sich ihre Reihen ein wenig.«

»Das war meine Vermutung«, sagte Anya.

»Ich bin dafür«, bemerkte Xander. »Lichten ist gut.«

Sie machten einen Bogen um die Leiche des Monsters, die sich bereits aufzulösen schien, als würde sie von ihrem eigenen Speichel zerfressen, und setzten ihren Weg zurück zur Wohnung fort. Unterwegs begegnete ihnen nur eine Hand voll Monster, nichts im Vergleich zu den Unmengen, die ihnen zuvor über den Weg gelaufen waren. Zu Xanders großer Erleichterung schien an der Theorie von Giles etwas dran zu sein. Der Brite baute sie bereits weiter aus.

»Wenn die Monster tatsächlich durch diese Portale, die Buffy und Riley beschrieben haben, in unsere Welt gekommen sind, dann sind die Portale vielleicht jetzt wieder geschlossen. Es ist gut möglich, dass das Ende der Plage in Sicht ist. Weil sie nun nicht mehr aus der Dimension, die sie hervorbrachte, ersetzt oder verstärkt werden, wenn wir sie besiegen.«

»Theoretisieren Sie ruhig weiter!«, meinte Xander. »Ich bin schon zufrieden, wenn wir nicht mehr durch ein Meer von Monstern waten müssen, um nach Hause zu kommen.«

Als Spike erwachte, fühlte er sich wie ein Fisch im Netz.

Er musste ein paar Minuten bewusstlos gewesen sein, denn seine Fänger waren mit ihren verrückten Schlitten gelandet und hatten ein silberglänzendes Netz aus einem starken, wenn auch drahtdünnen Material über ihn geworfen. Er war erwacht, als sie es fest um ihn zogen und ihn dabei, offen gesagt, ziemlich rüde angingen.

Er versuchte aufzustehen, aber einer von ihnen riss an dem Netz und er stolperte ins Gras. Er strampelte und wand sich und versuchte sich zu befreien. Aber er konnte nicht einmal mit seinen Vampirkräften das feste Netz zerreißen. Sie umstellten ihn. Die Waffen, die auf ihn gerichtet waren, sahen aus wie von der Titelseite eines Science-Fiction-Magazins.

Die Träger dieser Waffen machten im Grunde einen menschenähnlichen Eindruck, aber ihre Haut hatte einen merkwürdig orangefarbenen Einschlag, als reflektiere sie gefärbtes Licht. Ihre Kleidung war aus einem schimmernden Material, das dem der Netze ähnlich sah. Die Wesen schienen überhaupt keine Gesichtsbehaarung zu haben und ihre Uniformen bedeckten jeden Zentimeter ihres Körpers von den Fingerspitzen bis zu den Köpfen. Soweit Spike das beurteilen konnte, waren sie völlig haarlos.

Sie erlaubten ihm aufzustehen. Das Netz, das ihn gefangen hielt, sicherten sie mit langen Seilen. Spike zappelte herum und wehrte sich nach Leibeskräften. Als er schließlich stand, registrierte er, dass seine Fänger höchstens einszwanzig groß waren, wie kleine Jungen. »Mit euch nehme ich es auf«, knurrte er. »Lasst mich nur eine Minute aus dem Netz.« Er trat auf sie zu und bekam sofort einen Schuss aus einer dieser futuristischen Strahlenpistolen verpasst.

Spike versuchte, dem lilafarbenen Strahl auszuweichen, aber das Netz hinderte ihn und er erstarrte zur Salzsäule.

Er blieb bei Bewusstsein, fühlte sich aber wie unter Drogen und konnte keinen einzigen Muskel bewegen. Reglos wie eine Statue sah und hörte er die kleinen Männer näher kommen.

»Dieses Exemplar ist verdorben«, sagte einer von ihnen.

»Stimmt«, antwortete ein anderer. »Wir nehmen es mit ins Zentrum und schläfern es ein.«

Dann wurde er von dreien gepackt und zu den Schlitten geschleppt.

Los Angeles

Riley wich nicht zurück, als ihm vier Männer aus der Dunkelheit entgegentraten.

Entweder waren dies die Kerle, die er suchte, oder er musste kämpfen. Seine Muskeln spannten sich, während Adrenalin seinen Körper überschwemmte. In seiner Verfassung käme ihm eine kleine Schlägerei gar nicht so unrecht.

Seit Buffy durch das Portal verschwunden war, wusste er nichts mit sich anzufangen – er wollte alles in seiner Macht Stehende tun um zu helfen, wusste aber, dass sie letztlich auf sich selbst gestellt war. Die Hilfe, die er ihr bieten konnte, brauchte sie nicht. Sie hatte Angel bei sich – vermutlich –, was kein wirklicher Trost für Riley war. Natürlich hatte Buffy das Kapitel mit Angel längst abgeschlossen – ganz bestimmt hatte sie das –, aber Riley gelang es immer noch nicht vollständig, dieses alte Monster abzuschütteln, das sich immer dann aufbäumte, wenn er an Buffy und Angel dachte.

Er würde alles für Buffy tun. Hoffentlich wusste sie das.

Die vier Männer blieben wenige Meter vor ihm stehen und taxierten ihn von oben bis unten. »Hast du dich verlaufen?«, fragte einer von ihnen. »Wo ist der Rest deiner Pfadfindertruppe?«

»Ich suche nach Gunn.« Riley blieb cool.

»Vielleicht dein Glückstag! Vielleicht auch nicht. Was willst du von ihm?«

»Ich bin ein Freund von ... von Angel. Und Buffy. Eher von Buffy.«

»Der Jägerin?«, fragte der Mann. »Hab schon von ihr gehört.«

Eine weitere Gestalt löste sich aus der Dunkelheit und kam dazu. »Ist in Ordnung.«

»Hallo Gunn«, sagte Riley nur.

»Was führt dich in diese Gegend, Riley?«, fragte Gunn. »Ich dachte, du bist in Sunnydale.«

»Ich werde hier mehr gebraucht.«

»Das kenne ich.« Gunn schüttelte dem Soldaten kräftig die Hand. »Was gibt's also?«

Riley grinste. »Ich dachte, du könntest mir helfen. Ich muss jemanden aus dem Knast holen.«

Da breitete sich auch auf Gunns Gesicht ein Grinsen aus.

12.

Die Wendeltreppe führte immer höher und höher und höher.

»Wie hoch, sagtest du, ist dieser Turm?«, fragte Angel.

»Ich hab gar nichts gesagt«, antwortete Buffy nach Luft schnappend. »Aber von außen sah er nicht besonders hoch aus.«

Die kurzen Stufen waren aus demselben grauen Gestein gehauen wie das ganze Schloss. Sie waren vom jahrhundertelangen Gebrauch ausgetreten, glatt und tückisch. Die rauen Wände waren in Hüfthöhe von Generationen von Händen, die sich dort abgestützt hatten, geglättet worden.

»Ich mag Wendeltreppen in engen Türmen nicht«, murmelte Buffy und setzte weiter einen Fuß vor den anderen. Die kurzen, unregelmäßigen Stufen, manche kaum zehn, fünfzehn Zentimeter hoch, waren schwieriger zu nehmen als höhere. »Habe ich dir das schon mal gesagt?«

»Glaube nicht«, meinte Angel. Buffy konnte ihn nicht sehen, hörte aber seine Schritte direkt hinter sich. Angesichts der bizarren Natur dieses Schlosses hätte sie ihn gern im Auge gehabt, aber das war in dieser Enge schlichtweg unmöglich.

»Jedenfalls, jetzt weißt du es.«

»Ich werde es mir merken.«

»In der Freiheitsstatue soll es auch so eine Treppe geben. In der Fackel. Keine Ahnung, ob das stimmt.«

»Ich auch nicht.«

»Aber wenn ja, dann will ich da niemals rauf. Ich verzichte auf den Ausblick auf New York – den kann ich auch aus dem Flugzeug haben, wenn ich unbedingt will, oder? Und überhaupt, New York! Der Reiz liegt da doch sowieso überwiegend drinnen.«

»Drinnen?«

»Du weißt schon«, meinte Buffy. »Die Shows auf dem Broadway, die Kinos und Nachtclubs. Und die Museen. Der ganze Kulturkram. Niemand fährt wegen der Landschaft nach New York, oder?«

»Ich jedenfalls nicht.«

»Siehst du! Und du hast doch sonst schon alles gemacht.«

»Nicht alles.«

»Okay«, gab sie nach. Bin ich eine Quasselstrippe?, fragte sie sich. Quasseln war nicht gut. Aber dies war ja auch keine Himmelstreppe und ihr wurde jede Sekunde seltsamer zumute.

»Himmelsleiter heißt es, nicht wahr?«, fragte sie.

»Wie bitte?«

»Ach nichts. Ich habe nur laut nachgedacht. Das tue ich manchmal.«

»Ist mir auch schon aufgefallen.«

Wie meint er das?, fragte sich Buffy. Doch bestimmt nicht böse? Natürlich hatte sie gequasselt. Das musste sie irgendwie abstellen.

Sie kletterte weiter. Eine unendliche Treppe.

»Angel?«

»Ja?«

»Habe ich gequasselt?«

»Finde ich nicht. Vielleicht.«

»Wollte ich nicht. Quasseln meine ich.«

»Okay.«

Buffy hörte seine Schritte hinter sich. Ab und zu rutschte auch er von einer glitschigen Stufe ab und es gab ein schlurfendes Geräusch.

Dann klangen seine Schritte unvermittelt wie die eines Löwen, vier Pfoten, die rasch die Stufen erklommen. Buffy hörte sein Schnauben.

»Angel?«

»Ja?«

»Wollte nur mal checken«, sagte sie.

Also kein Löwe. Sehr gut.

Aber es beunruhigte sie, dass sie *gedacht* hatte, er könne ein Löwe sein. Er war Angel gewesen, als sie die ersten Stufen der Treppe hinaufgestiegen waren und es gab keine Seiteneingänge, durch die Angel hinausgegangen und ein Löwe hereingekommen sein konnte. Es gab nur ein Oben, wohin sie unterwegs waren, und ein Unten, wohin sie nicht unterwegs waren.

»Angel?«

»Buffy?«

»Glaubst du ... ach, egal.«

»Nein, was ist?«

»Glaubst du, eine Wendeltreppe kann einen in den Wahnsinn treiben?«

Angel schwieg eine Weile und es waren nur seine Schritte auf den Stufen zu hören. »Nein«, sagte er schließlich.

»Wie sicher bist du?«

»Nicht sehr«, räumte er ein. »Aber wenn du mich fragst, würde ich sagen, dass einen vielleicht die Bedingungen in so einem Treppenhaus benommen machen können. Vielleicht kriegt man sogar Halluzinationen. Sauerstoffmangel oder so. Warum?«

»Nur so«, meinte Buffy.

Sie kletterte weiter, immer rechts um die Kurve.

Hinter ihr kam ihr Vater die Treppe hoch. Aber er war das Klettern leid und wollte sich hinsetzen und auf dem Hosenboden nach unten rutschen.

»Tu es nicht!«, schrie Buffy.

»Was?«, fragte Angel.

»Angel! Du bist es!« Buffy blieb stehen. Einen Augenblick später war Angel bei ihr.

»Natürlich bin ich es. Alles in Ordnung, Buffy?«

»Ja ... Ich meine, ich weiß nicht«, antwortete sie. »Ich dachte, du wärst ein Löwe, dann dachte ich wieder, du wärst mein Vater. Macht mich diese Treppe verrückt?«

Angel hielt sie einen Augenblick fest. Obwohl sie es schön fand, seine starken Arme zu spüren, machte sie sich schnell von ihm los.

»Danke«, sagte sie. »Ich bin okay.«

»Wir sind schon ziemlich weit oben«, bemerkte Angel. »Vielleicht gibt es hier zu wenig Sauerstoff. Vielleicht ist die Luft alt und verbraucht.«

»Aber das macht nur mir zu schaffen, oder?«

Angel schlug sich auf die Brust. »Vampir«, erinnerte er sie.

»Oh, richtig.«

»Soll ich allein weitergehen?«, fragte er. »Willst du nicht lieber hier warten?«

Sie schüttelte den Kopf. »Ist schon in Ordnung. Verwandel dich bloß nicht in irgendetwas!«

»Tue ich nicht«, versicherte er ihr.

»Auch nicht aus Versehen!«

»Buffy«, sagte er. Dann eine Weile nichts. »Buffy!«

Sie blinzelte. Angel blickte sie besorgt an und sein Gesicht war dem ihren ganz nah. Seine Hände ruhten auf ihren Schultern.

»Was?«

»Wo warst du?«, fragte er.

»Ich bin hier!«

»Ich stehe seit einer Minute vor dir und rufe deinen Namen«, sagte er. »Du warst wie zur Salzsäule erstarrt.«

Buffy lief es kalt den Rücken hinunter. Vielleicht war sie wirklich kurz davor, verrückt zu werden. »Ich ... ich weiß auch nicht«, stammelte sie. »Ich war wohl einfach nur kurz weggetreten. Sollten wir nicht weiterklettern?«

»Ich mache mir Sorgen um dich, Buffy. Ich finde, du solltest umkehren.«

»Aber da oben ist jemand, der unsere Hilfe braucht«, widersprach sie. »Die Prinzessin.«

»Ich will nicht, dass dir etwas zustößt.«

»Mir geht es gut, Angel. Wirklich! Ich bin wieder auf Sendung.«

»Wenn du dich noch mal komisch fühlst, sag es sofort!«, verlangte er.

»Versprochen.« Sie drehte sich um und nahm die nächsten Stufen.

Angel kletterte hinter ihr her.

»Dein Name ist Buffy Summers«, sagte er.

Buffy Summers.

»Deine Mutter ist Joyce Summers.«

Joyce.

»Dein Dad heißt Hank.«

Hank.

»Du lebst in Sunnydale, Kalifornien.«

Sunnydale.

»Am Revello Drive 1630.«

1630.

Buffy kletterte die sich endlos windenden Stufen nach oben.

»Du wurdest 1981 geboren.«

1981.

»Du bist die Auserwählte. Die Jägerin.«

Jägerin.

Als Buffy aufblickte, war die Treppe zu Ende. Sie stand vor einer unglaublich alten Tür, die aus drei breiten, mit rostigen Eisenverstrebungen verbundenen Brettern gefertigt war. Ein großes, ebenfalls verrostetes Schloss hing an dem Riegel. Es sah aus, als sei es seit Jahrhunderten nicht geöffnet worden.

Schon stand Angel neben ihr.

»Anscheinend haben wir es geschafft«, sagte er.

»Angel?«, Buffy lächelte und er sah sie fragend an. »Du erinnerst dich an all diese Details?«

»Das tue ich«, antwortete er. »Du würdest nicht glauben, an was ich mich alles erinnere.«

Sie berührte ihn kurz am Arm und wandte sich dann wieder der Tür zu. »Endstation. Alles aussteigen!« Sie schlug an die Tür. »Jemand da drin?«

»Oh Gott, ja!«, ertönte eine Stimme. Sie klang jung, schrill und weiblich. »Bitte holt mich hier raus!«

»Wir kommen«, rief Angel. »Geh ein Stück von der Tür zurück.«

»Eintreten?«, fragte Buffy.

»Daran hatte ich gedacht«, antwortete Angel.

»Von mir aus gern.«

Gemeinsam nahmen sie kurz Anlauf und traten gegen die Tür. Splitternd flog sie aus dem Rahmen und krachte zu Boden.

Ein Mädchen stand vor ihnen. Sie schlug die Hände vors Gesicht. Es war klein und zierlich und trug ein blaues, viel zu großes Männerhemd. Langsam ließ es die Hände sinken. Es schien tagelang geweint zu haben.

»Seid ... seid ihr ...?«

»Wir wollen dir helfen«, beruhigte sie Angel.

»Mein Name ist Buffy Summers«, erklärte die Jägerin. »Das ist Angel. Wir wollen dich hier rausholen. Du bist nicht zufällig aus Los Angeles?«

Tränen schossen dem Mädchen in die Augen – vor Freude. Prüfend sah die Kleine sie an. »Angel?«, wiederholte sie.

»Das ist richtig«, bestätigte er.

»Cordelias Freund?«

»Ja. Du kennst Cordelia?«

»Mein Name ist Kayley«, sagte das Mädchen. »Kayley Moser.« Sie begrub erneut schluchzend das Gesicht in den Händen. Angel legte ihr tröstend die Hand auf die Schulter und Buffy strich ihr über den Arm, der unter dem weiten Hemdsärmel spindeldürr wirkte.

»Cordelia hat mir von dir erzählt«, sagte Angel. »Wir wollen dir helfen.«

Einige Minuten später nahmen sie den Abstieg in Angriff; Buffy an der Spitze, dann Kayley, Angel bildete die Nachhut. Buffy konnte sich ein Grinsen nicht verkneifen.

Das wäre geschafft, dachte sie. Und jetzt geht es nur noch abwärts.

Der Xterra rumpelte und schaukelte durch die Wüstenlandschaft. Mischa war jedes Mal bekümmert, wenn er einen größeren Busch oder einen Kaktus rammte. Er bekam ein schlechtes Gewissen wegen der Spur der Zerstörung, die er hinterließ. Aber er musste sich einen Vorsprung vor der Polizei verschaffen. Er hoffte, bald auf eine Straße zu kommen, denn das Querfeldeinfahren wurde allmählich mühsam. Immerhin konnten ihn die Cops nicht mit ihren Streifenwagen verfolgen.

Trotz eingeschalteter Scheinwerfer sah er nicht gut genug, um seine Route planen zu können, also fuhr er einfach geradeaus weg von der Tankstelle, bis er das Schild nicht mehr sah, und bog dann in die Richtung ab, in der er die Grenze vermutete.

Schließlich fiel das Licht der Scheinwerfer auf einen hohen Strommast, von dem Leitungen in zwei Richtungen abgingen. In seiner Nähe musste es eine Zufahrt für Wartungsfahrzeuge geben. Also rumpelte Mischa auf den Mast zu und stellte bald fest, dass er mit seiner Vermutung richtig lag. Die Straße hatte Spurrillen und war das reinste Waschbrett, aber es war immerhin eine Straße. Im Vergleich zur bisherigen Route erschien sie fast komfortabcl.

Ich werde es schaffen, dachte Mischa. Ganz bestimmt! Keine Sorge, Alina, ich bin bald bei dir!

Da fiel ihm ein, dass er seine Gedanken abschirmen musste, falls Alinas Eltern nach ihm fahndeten. Sie durften auf keinen Fall herausfinden, wo sich ihre Tochter aufhielt.

Er versuchte, an den sommerlichen Strand von Santa Monica zu denken. Hunderte, vielleicht tausende schwitzender Körper, dicht zusammengedrängt auf Handtüchern und Strandliegen, schmorten in der Sonne. Musik erklang aus unzähligen Radios. Es roch nach Sonnencreme und Limonade und Picknick und Salzwasser. In das beständige Tosen der Brandung mischten sich Kinderrufe, fröhliches Lachen junger Paare und das Geschrei von Volleyballspielern und Leuten mit Frisbee-Scheibe. Das Knattern der Hubschrauber …

Da stimmte doch etwas nicht! Mischa vertrieb den Strand aus seinen Gedanken und lauschte. Ein Hubschrauber, und nicht mal weit entfernt. Rasch schaltete er das Licht aus und hielt den Jeep so abrupt an, dass der auf dem weichen Sand ein wenig ins Rutschen geriet. Er öffnete die Tür, knallte sie aber sofort wieder zu, um auch noch das Innenraum-Licht abzuschalten. Dann kletterte er auf das Trittbrett und spähte in den Himmel.

Da waren sie! Zwei Hubschrauber durchkämmten mit starken Suchscheinwerfern die Wüste. Sie kamen direkt auf ihn zu.

Mischa überlegte fieberhaft. Er war auf einer Straße und der Mond schien hell. Vielleicht sollte er eine Weile ohne Licht fahren, um mehr Abstand zwischen sich und die Hubschrauber zu bringen.

Er ließ sich wieder hinters Steuer fallen und drehte den Schlüssel im Zündschloss. Der Motor spuckte und erstarb. Er zündete erneut. Es klickte. Noch ein Versuch. Wieder klickte es nur.

Mischa stieg aus, ging um den Wagen und entdeckte bestürzt einige Einschusslöcher. Er kletterte wieder hinters Steuer. Auf dem beleuchteten Armaturenbrett entdeckte er, dass die Nadel der Kraftstoffanzeige ganz unten war und das Alarmlämpchen blinkte. In seiner Aufregung hatte Mischa es total übersehen. Als er den Wagen gestohlen hatte, war der Tank noch voll gewesen. Wahrscheinlich hatte er einen Treffer abbekommen und das ganze Benzin in der Wüste verloren.

Man konnte von Glück sagen, dass er nicht in die Luft geflogen war.

Die Hubschrauber kamen näher.

Das Auto war Mischa nun nicht länger von Nutzen. Obendrein konnte man ihn ohne Fahrzeug weniger leicht aufspüren. Die Hoffnungslosigkeit der Lage und die Gewissheit, dass er Alina warten ließ, lasteten schwer auf seinen Schultern, während er losmarschierte. Nur das Mondlicht wies ihm den Weg.

Los Angeles

Wesley hielt den Plymouth Belvedere vor dem Haus der Vischnikoffs an. »Da sind wir«, sagte er.

»Wir warten hier, bis ihr drin seid«, meinte Cordelia. »Sicherheitshalber.«

»Danke«, sagte Alina, »für alles!« Sie kletterte mit dem Realitätsindikator unter dem Arm aus dem Wagen.

»Wird schon klappen«, bemerkte Willow. »Aber danke fürs Bringen und, ihr wisst schon, das Gespräch.«

»Keine Ursache«, antwortete Wesley. »Es tut mir Leid, dass wir nicht bleiben können, aber die Pflicht ruft.«

Er und Cordelia wollten sich auf die Suche nach einem transdimensionalen Dämon machen, der ihnen vielleicht bei den Portalen und Toren helfen konnte. Alina hatte versucht, ihnen begreiflich zu machen, dass dieses Unterfangen zwecklos war – dass es sich bei den Alternitäten nicht einfach um unterschiedliche Dimensionen handelte, sondern um unterschiedliche Realitäten. »Das ist wie … wie sagt man bei euch? Äpfel und Bananen?«, fragte sie.

»Birnen«, verbesserte Cordelia. »Aber ich verstehe, was du meinst.«

»Trotzdem!«, schaltete sich Wesley ein. »Wir müssen alles versuchen, was wir können.«

»Ja gut«, räumte Alina ein. »Versucht es!«

Sie drehte sich um und durchquerte mit Willow, Nicky und der Familie Flores im Schlepptau den Vorgarten zum Haus ihrer Eltern. Wesley und Cordelia waren der Ansicht gewesen, sie seien bei den Vischnikoffs sicherer untergebracht als allein in Cordelias Wohnung. Außerdem, hatte Cordelia gedacht, will ich noch eine Wohnung besitzen, wenn ich zurückkomme! Alina hatte über ihre Gedanken gegrinst.

Drinnen führte jemand vom Personal Willow, Nicky und die Familie Flores in einen Raum, in dem sie warten sollten – und Willow das Ritual durchführen konnte, mit dem sie Nicky auf den Gang durch ein Portal vorbereitete. Das sagten sie dem Hausangestellten natürlich nicht. Alina traf sich mit ihren Eltern im Arbeitszimmer. Sie zeigte auf die Maschine, die nun wieder an ihrem gewohnten Ort stand.

»Der Indikator ist kaputt«, sagte sie auf Englisch, nur um ihre Eltern aufzuregen. »Bitte reparieren!«

Ihr Vater antwortete auf Russisch. Die Fäuste hatte er tief in den Taschen vergraben. »Damit du ihn wieder stehlen kannst?«

Auch Alina wechselte nun ins Russische. »Damit ich den Schaden, den ich angerichtet habe, ein wenig wieder gutmachen kann.«

»Wieder gutmachen?«, fragte ihre Mutter. »Was soll das heißen?«

»Ich habe Familien auseinander gerissen«, erklärte Alina. »Ich habe dafür gesorgt, dass Eltern ihre Kinder verlieren. Ich habe Leute verschwinden lassen.«

»Für den Staat«, bemerkte ihr Vater.

»Was für einen Staat denn?«, fuhr sie auf. Sie spürte, wie ihr Tränen in die Augen stiegen, und sie wollte ihre Argumente loswerden, bevor sie anfing zu weinen. »Es gibt keinen Staat! Ihr lebt in der Vergangenheit, alle beide! Ihr träumt immer noch vom sowjetischen Ruhm! Wacht endlich auf! Es gibt die Sowjetunion nicht mehr! Und ihr könnt sie auch nicht zurückholen!«

»Unser Plan wird funktionieren«, behauptete der Vater stur. »Die Amerikaner werden mit uns kooperieren, um die Kinder zurückzubekommen.«

»Sie geben euch vielleicht Geld«, konterte Alina. »Dollars, sonst nichts. Wollt ihr *das* etwa?«

»Der Dollar ist mächtig. Davor haben sie Respekt«, meinte ihre Mutter.

»Aber sie werden kein Land kaufen, das nicht existiert.«

»Mit dem Geld und der amerikanischen Unterstützung können wir ...«

»Ihr braucht mehr als nur die amerikanische Unterstützung«, warf das Mädchen ein. »Ihr habt ja nicht mal die russische!«

»Natürlich haben wir die«, widersprach ihre Mutter resolut. Sie war immer die treibende Kraft in der Beziehung gewesen. Alinas Vater war der Clevere, der Techniker. Er beherrschte die Theorie und hatte sie mit der Maschine in die Praxis umsetzen können. Aber Alinas Mutter hatte seine Absichten manipuliert, seine Beweggründe für die Forschungsarbeit. Sie war die Politische, ihr Mann nur ihr Werkzeug. »Davon hast du keine Ahnung. Du bist ja nie bei den Treffen dabei, bei den langen Gesprächen.«

Alina fiel ihr wieder ins Wort. »Muss ich auch nicht«, sagte sie. »Ich kann ihre Gedanken ganz gut hören, wenn sie nach den Meetings wieder rauskommen. Draußen auf der Straße oder in der Bäckerei, wo Mischa arbeitet. Überall gibt es Menschen, die von eurem Plan wissen, und ich weiß wiederum, was sie davon halten.«

»Und was halten sie davon, du Schlaumeier?«, explodierte ihr Vater. »Sie finden ihn verflucht clever, nicht wahr?«

»Sie denken, dass die Amerikaner bezahlen werden«, Alina zitterte vor Wut, war aber machtlos dagegen. »Das ist alles, was sie wollen, nur das Geld. Ich habe mir einzureden versucht, dass sie alle mitmachen und sich freuen würden, wenn die Sowjetunion wiederhergestellt wird. Dass ihr beide Genies seid und alle es erkennen würden, wenn es so weit ist. Aber ich habe mir etwas vorgemacht.«

»Dein Vater *ist* ein Genie«, betonte ihre Mutter nur.

»Ja, und du auch. Aber ihr seid beide blind. All diese Menschen um euch wollen nur Geld. Sie sind im Grunde Verbrecher«, ereiferte sich Alina. »Sie beschützen euch, beschützen eure kostbare Maschine und eure weniger kostbare Tochter, denn sie wissen, es macht sich am Ende bezahlt. Und zwar in Dollars. An einen neuen Sowjetstaat denken sie dabei nicht! Wenn sie das Geld in der Tasche haben, werden sie vergessen, dass es euch je gab!«

»Das glaube ich nicht«, sagte ihr Vater und ging zur Tür.

»Geh jetzt nicht!«, rief Alina.

»Warum nicht?«

Alina fand keine Antwort. Was sollte sie auch entgegnen? Womit ihm drohen? Er hatte sein Leben lang immer nur ein Ziel gehabt und sie hatte ihm bereits gesagt, dass sie ihm niemals dazu verhelfen würde. Sie versuchte normalerweise, nicht auf die Gedanken ihrer Eltern zu lauschen, und die beiden waren sowieso begabt genug, sie vor ihr abzuschirmen. Aber nun sendete ihr Vater in einer großen Welle ein Gefühl der Niederlage aus.

»Reparier die Maschine einfach«, bat sie. »Es ist noch nicht zu spät, die Dinge wieder geradezubiegen.«

Valerya und Alexis Vischnikoff sahen sich schweigend an. Schließlich zuckte Valerya mit den Schultern und verließ den Raum. Alexis sah seine Tochter an. Sie ahnte, was er sagen würde, bevor er es aussprach.

»Geh aus dem Weg! Wie soll ich das Gerät reparieren, wenn du hier herumstehst!«

Alina verkrümelte sich in eine Ecke und setzte sich auf den Boden. Es war eine Weile her, seit sie zuletzt versucht hatte, Mischa zu erreichen. Sie zog sich so weit wie möglich vor der Anwesenheit ihres Vaters zurück, beschwor im Geiste das Bild ihres Freundes herauf und lauschte.

... Alina warten lassen ..., hörte sie.

Mischa!

Im Geiste rief sie laut nach ihm.

Und als sie merkte, dass er sie hörte, fing sie vor Freude an zu weinen.

13.

Der Wagen der Einsatztruppe hielt in einer dunklen Seitenstraße, fünfhundert Meter von der Yorba Linda Ranch entfernt, kurz hinter der San Bernardino-Bezirksgrenze. Riley kam sich vor wie bei einer Initiative-Mission – mit dem Unterschied, dass die Männer und Frauen in Gunns Truppe, obwohl so mutig und diszipliniert wie Soldaten, vom Erscheinungsbild und vom Auftreten her alles andere als einen militärischen Eindruck machten.

Er kletterte aus dem Truck und ging nach hinten an die Ladefläche, auf der Gunn bereits eine Karte ausbreitete. Ein anderer – Chain hieß der Junge wohl – beleuchtete sie mit einer kleinen Taschenlampe.

Gunn zeigte auf ein Gebäude. »Da ist Faith jetzt, wie wir von drinnen erfahren haben«, erklärte er. Riley war verblüfft, wie viele Informationen Gunn in so kurzer Zeit mit ein paar Anrufen hatte beschaffen können. Aber Gunn kannte sich auf den Straßen der Stadt aus und viele von denen auf der Straße hatten schon einmal eine Zeit im Gefängnis verbracht, vermutete Riley. »Es gibt vierzig Frauen in diesem Block«, fuhr Gunn fort. »Das Licht ist jetzt schon ein paar Stunden aus, also schlafen sie hoffentlich alle.« Er wandte sich an Riley. »Du kennst Faith, also muss sie dein Gesicht zuerst sehen, damit sie nicht ausflippt und anfängt zu schreien. Wenn irgendjemand brüllt, wenn wir da drin sind, ist die Sache gelaufen.«

»Okay«, meinte Riley. »Aber erst mal müssen wir reinkommen.« Er zeigte auf eine Linie auf der Karte. »Das ist der Zaun, nicht wahr?«

»Zwölf Meter hoch, dann Stacheldraht, elektrisch«, sagte Gunn.

»Wie viele Wachen?«

»Zwei Wachleute patrouillieren permanent am Zaun. Dreißig Minuten dauert eine Runde. Zusätzlich gibt es noch die Wachen auf den Ecktürmen der Innenmauer.« Gunn zeigte mit dem Finger auf vier Punkte auf der Karte. »Mit Suchscheinwerfern. Sie können jederzeit eine beliebige Stelle am Zaun kontrollieren.«

»Hat jemand gesagt, dass es einfach wird?«, meinte Riley.

»Soviel ich gehört habe nicht.«

»Gut, denn das wird es auch nicht.«

Riley spürte, wie Gunn in der Dunkelheit grinste. »Einfach ist was für Weicheier.«

»Ich bin froh, dass du es so siehst.«

Sie bewegten sich in einer Linie mit fünf Metern Abstand voneinander auf den Zaun zu, außer Riley und Gunn, die gemeinsam an der Spitze gingen. Jeder von ihnen hielt einen abgebrochenen Besenstiel in der Hand, der an einem Ende eingekerbt war. Gunn hatte noch einen Bolzenschneider mit Gummigriffen dabei.

Sechs Meter vor dem Zaun trafen sie auf Pike, der seit ihrer Ankunft Schmiere gestanden hatte.

»Ich dachte schon, ihr kommt nie«, raunte er ihnen zu.

»Lage?«, fragte sein Anführer.

»Die Wachen sind vor ...« – Pike sah auf die Uhr – »sieben Minuten vorbeigekommen.«

»Also haben wir dreiundzwanzig Minuten um reinzukommen, das Mädchen zu holen und wieder zu verschwinden«, stellte Gunn fest.

»Was stehen wir noch rum?«, fragte Riley und marschierte mit Gunn auf den Zaun zu. Die anderen blieben zurück und hielten weiter Abstand voneinander, um die Wahrscheinlichkeit zu verringern, dass man sie zufällig entdeckte.

Der Zaun bestand aus normalem Maschendraht und war an hohen Stahlpfosten befestigt, über die besagter Stacheldraht gespannt war. Riley schob prüfend die Hand vor und spürte deutlich die elektrische Spannung.

»Sieht ziemlich stabil aus.«

»Dafür haben wir den hier.« Gunn hielt den Bolzenschneider

hoch. Er kniete sich vor den Zaun und legte das Gerät an. »Halt die Augen offen!«

»Ich passe auf«, versicherte Riley leise. »Keine Bewegung in den Türmen. Sie schlafen, spielen Karten oder was weiß ich.«

»Keine Arbeitsmoral mehr«, flüsterte sein Kumpan. »Der Untergang der modernen Gesellschaft.« Er knipste eine Masche durch und legte die Zange um die nächste. Es regnete Funken, aber die Gummigriffe schützten ihn vor einem Stromschlag.

Nach einer Weile hatte er von unten einen Schlitz in den Zaun geschnitten. Nun konnten sie den Zaun am unteren Ende mit ihren eingekerbten Holzstangen anheben und ein Stück hochziehen. Die Enden der Stangen steckten sie in die Erde und hatten so einen Durchschlupf von einem Meter Breite und sechzig Zentimetern Höhe geschaffen, unter dem sie sich durchschieben konnten.

»Kinderspiel«, meinte Gunn.

»Achtung!« Riley hatte in dem rechten Turm eine Bewegung wahrgenommen. Ein Wachmann erschien in der Tür und spähte in die Ferne. Gunn und Riley standen beide stockstill und warteten mit angehaltenem Atem ab. Offenbar bemerkte der Wächter nichts Auffälliges, denn der Suchscheinwerfer blieb ausgeschaltet. Nach einer Weile wandte er sich wieder ab.

»Okay«, flüsterte Riley. »Los!«

Er ließ sich auf den Bauch fallen und kroch unter dem Zaun durch. Gunn folgte ihm sogleich. Auf sein Zeichen kamen zwei seiner Leute, ein Mann und eine Frau, aus der Dunkelheit gerannt, ließen sich fallen und robbten unter dem Zaun durch. Gunn hob die Hand, damit die anderen vorerst blieben, wo sie waren.

Ab jetzt redete keiner mehr. Das erste Hindernis hatten sie überwunden, aber es warteten weitere auf sie und mit jedem Augenblick vergrößerte sich die Gefahr, entdeckt zu werden. Das musste auch Gunn klar sein, dachte Riley, aber es schien ihm nichts auszumachen. Als sein Freund erfuhr, dass Angel und Buffy geholfen werden musste, war er mehr als bereit gewesen, alles zu tun, ungeachtet des Risikos.

Wie gelang es Angel nur, eine solche Loyalität bei den Leuten zu wecken?, fragte sich Riley. Bei Buffy war es genauso: Ihre Freunde würden jederzeit ihr Leben für sie aufs Spiel setzen. Wenn er sich nur eine Scheibe davon abschneiden könnte!

Aber für derlei Gedanken war nun keine Zeit. Sie überquerten einen breiten Streifen Niemandsland zwischen dem äußeren Zaun und der Gefängnismauer aus getünchten Schlackesteinen. Die Mauer war eine echte Herausforderung: drei Meter hoch und gut beleuchtet, vier Wachtürme – und ein Bolzenschneider war hier keine Hilfe mehr. Gunn hatte zwar behauptet, er habe eine Lösung für das Problem, aber nichts weiter erklärt.

Der Trupp blieb am Fuß der Mauer stehen. Über die Oberkante fiel Licht. Da man eher um Ausbrecher denn um Einbrecher besorgt war, konzentrierten sich die Sicherheitsvorkehrungen weitgehend auf die Innenseite der Mauern und Zäune, nicht auf die Außenseite.

Dennoch hatte Riley ein ungutes Gefühl. Von seinem Standpunkt aus konnte er nicht einmal in die Ausgucke der Türme sehen. Schon in dieser Sekunde konnten Maschinengewehre auf sie gerichtet sein und sie würden es erst merken, wenn Blei durch die Luft flog. Wo war Gunns Lösung?

Gunn klopfte ihm auf die Schulter. »Halt dir die Ohren zu«, sagte er nur.

Riley tat wie ihm geheißen. Einen Augenblick später fing im Gefängnis eine ohrenbetäubende Sirene an zu heulen.

»Man hat uns entdeckt!«, rief er alarmiert.

»Nur die Ruhe!«, meinte Gunn. »Das nennt man Ablenkungstaktik.«

»Das soll eine Ablenkung sein? Den ganzen Laden in Alarmbereitschaft zu versetzen?«

»Ja, das ist nämlich ein Zwischenfall – ein Kampf – am anderen Ende. Alle werden sich darum kümmern und nicht um uns.«

Riley schüttelte zweifelnd den Kopf. »Ich hoffe, du behältst Recht.«

»Vertrau mir, Mann«, sagte Gunn lässig. Er machte eine Räuberleiter und Riley stieg als Erster über die Mauer. Gunn gab ihm noch einen kleinen Schubs, er bekam die Mauerkante zu fassen und stemmte sich hoch.

Er sah, wie die Wächter zwischen niedrigen Gebäuden hindurch auf die andere Seite der Anlage liefen, und warf einen Blick zu Gunn hinunter. »Sieht gut aus«, sagte er. »Sie laufen in die andere Richtung.«

»Wird nicht lange dauern, bis sie den Tumult in den Griff kriegen«, meinte sein Freund. »Dann kehren sie auf ihre Posten zurück. Wir müssen uns beeilen.«

Riley kletterte vorsichtig auf die Mauer und ließ sich auf der anderen Seite ins Flutlicht fallen. Bei der Landung warf er sich sofort der Länge nach hin, um weniger leicht entdeckt werden zu können.

Einen Augenblick später sprang auch Gunn von der Mauer und dann die Frau. Der Vierte blieb auf der anderen Seite der Mauer zurück.

»Riley, das ist Sheila«, stellte Gunn schnell vor. »Sie war schon mal hier drin.«

»Verstehe«, sagte Riley nur. Niemand war so geeignet, sie durch das Gefängnis zu führen, wie eine Ex-Insassin!

»Hier entlang!«, Sheila schenkte ihm kaum Aufmerksamkeit.

Gute Manieren hat sie auch, dachte Riley und ging ihr nach. In gebückter Haltung entfernten sie sich von der Mauer. Das Ablenkungsmanöver hatte funktioniert – niemand kümmerte sich auch nur im Geringsten um diesen Teil der Gefängnisfarm.

Die Gebäude waren einstöckig, hatten vorn und hinten eine Tür sowie vergitterte Fenster. Obwohl die schrillen Sirenen durch die Nacht heulten, blieb das Licht in den Häusern aus. Bestimmt war es an eine Zeitschaltuhr angeschlossen, vermutete Riley, und konnte während der Lichtsperre nur von der Sicherheitszentrale eingeschaltet werden.

Gnädigerweise hörten die Sirenen auf zu heulen, als sie sich zwischen den dunklen Gebäuden hindurchbewegten. »Jetzt schläft da drin bestimmt niemand mehr«, flüsterte Riley in die plötzliche Stille.

»Aber sie sind immer noch in ihren Betten«, gab Sheila leise zurück. »Während eines Alarms darf man das Bett nicht verlassen. Und ihr wärt überrascht, was diese Mädchen alles verschlafen können!«

»Das glaube ich dir sofort«, sagte der erfahrene Soldat.

Sheila führte sie zu dem Gebäude, das Gunn Riley auf der Karte gezeigt hatte. Eine große 17 war an die Wand gepinselt. »Das ist es«, sagte Sheila. »Nachts sind die Türen abgeschlossen.«

»Kein Problem«, meinte Gunn. Er angelte etwas aus seiner Tasche, das fast wie eine Taschenlampe aussah. Er ging mit dem Gerät an die Tür, hielt es ans Schloss und drückte auf einen Knopf. Es gab ein leises, surrendes Geräusch. Nach kurzer Zeit nahm er es wieder ab.

»Nach euch!«, flüsterte er und verbeugte sich. Die Tür ging auf und Gunn schob das Gerät wieder in die Tasche. »Das ist sozusagen mein Generalschlüssel«, grinste er.

Sheila und Riley betraten das Gebäude, während Gunn an der Tür Wache hielt. Links und rechts von einem langen Mittelgang waren doppelstöckige Betten aufgereiht. Das einzige Licht kam durch die vergitterten Fenster. Riley hatte Recht gehabt – die meisten Frauen waren wach. Mit unverhohlenem Interesse starrten sie die beiden Eindringlinge an.

»Sheila«, zischte eine von ihnen. »Hast du uns ein Geschenk mitgebracht?«

»Still!«, mahnte Sheila. »Wir suchen nach einer gewissen Faith.«

»Faith? Bett sechsunddreißig«, antwortete die Frau. Sie stützte sich auf den Ellbogen und musterte Riley. »Bist du sicher, dass er nicht ein bisschen zum Spielen hierbleiben darf?«

»Sorry«, meinte Riley. »Wir haben es sehr eilig.«

»Das sagen sie alle«, seufzte die Frau und ließ sich auf ihr Bett fallen. »Aber hier werdet ihr Faith nicht finden. Sie ist in Einzelhaft.«

Sheila und Riley machten auf dem Absatz kehrt und verließen ohne ein weiteres Wort das Gebäude. Gunn sah sie fragend an.

»Einzelhaft«, erklärte Sheila. »Das Mädchen hat die Regeln gebrochen.«

»Faith?«, meinte Riley. »Kann ich mir gar nicht vorstellen.«

»Geh vor, Sheila!«, verlangte Gunn.

Sheila führte die beiden durch ein Labyrinth aus Blockhäusern zu den Einzelhaft-Zellen. Es war ein frei stehendes Gebäude an der Innenmauer. Ein kleines Fenster hoch oben in der Mauer war die einzige Lichtquelle. Vor der Tür stand ein bewaffneter Wächter.

»Du oder ich?«, fragte Gunn.

»Ich.« Riley trat vor. Er hatte gehofft, bei der Aktion niemanden verletzen zu müssen, denn das Wachpersonal tat schließlich nur seine Pflicht und war im Grunde auf der Seite der Guten. Aber er brauchte Faith und Faith war hinter dieser Tür.

Er trat aus der Dunkelheit und schritt entschlossen und mit großer Selbstverständlichkeit auf den Wächter zu. Der bemerkte ihn und richtete das Gewehr auf ihn. »Wer sind Sie?«, fragte er.

»Sagen Sie nicht mehr ›Wer da?‹«, meinte Riley ironisch.

»Ich hoffe, ich muss nicht noch mal fragen!«, knurrte der Wächter.

»Staatliche Gefängnisaufsichtsbehörde«, bluffte Riley. »Wir führen hier heute ein paar Tests durch. Sie werden vielleicht den Lärm gehört haben.«

»Habe ich.«

»Sie bekommen eine gute Beurteilung«, versprach ihm Riley. »Sie sind sehr aufmerksam. Wie heißen Sie?«

Der Wächter lockerte seine Haltung und Riley reagierte rasch. Mit der linken Hand schlug er ihm das Gewehr zur Seite, um nicht versehentlich getroffen zu werden, und mit der rechten gegen den Kehlkopf. Der Wächter stürzte röchelnd zu Boden. Riley hatte nun wenige Augenblicke, bis er dem Mann helfen musste, nicht zu ersticken. Er musste sie schnell nutzen.

Rasch schnappte er sich den Schlüsselbund vom Gürtel des Wächters und schloss die Tür auf. »Faith?«, rief er in die Dunkelheit.

»Klingt nach einem Soldatenjungen, den ich mal gekannt

habe«, erklang Faiths Stimme. »Gekannt im biblischen Sinne, meine ich.«

»Erinnere mich nicht daran«, entgegnete Riley. »Komm schon, wir müssen hier raus!«

Faith erschien in der Tür. Sie war mit einem einfachen Gefängnis-Overall bekleidet. Ihr langes Haar glänzte im Licht, das vom Hof herüberfiel, und ihre großen braunen Augen leuchteten. Sogar in Gefängnisklamotten war sie wunderschön, bemerkte Riley und war wütend auf sich, dass er so etwas überhaupt dachte. »Ich arbeite daran, meine Schuld zu begleichen«, gab sie mit Nachdruck zu verstehen. »Das Letzte, was ich in meiner Akte gebrauchen kann, ist ein Ausbruchsversuch.«

»Ich dachte, du würdest dich freuen«, entgegnete er. »Wenn ich mich recht erinnere, hast du dir um deine Akte noch nie große Sorgen gemacht.«

»Vielleicht habe ich mich ja geändert«, widersprach Faith.

Riley schnaubte.

»Das gibt es!«, begehrte sie auf.

»Das glaube ich erst, wenn ich es sehe. Jedenfalls haben wir einen Plan. Wir haben hier ein paar Leute drin und wir werden es wie eine Geiselnahme aussehen lassen. Du bist keine Flüchtige, sondern eine Gefangene.«

»Hey, Riley«, zischte Gunn von draußen. »Wir müssen jetzt los!«

»Und wenn ich nicht will?«, meinte Faith. »Ich könnte schreien und nach den Wachen rufen.«

»Faith ...«, fing Riley an und war schon halb versucht, sie einfach dort zu lassen. Er kniete sich hin und schlug dem Wächter kräftig auf den Rücken, damit sein Kehlkopf wieder in die normale Position rutschte. Ihm würde später nur ein bisschen der Hals wehtun. »Buffy und Angel sind in Schwierigkeiten. Vielleicht sogar in sehr großen. Sie brauchen Hilfe, die ich ihnen nicht geben kann. Deshalb wollen wir dich holen!«

»Angel?«, wiederholte Faith. »Buffy bin ich nichts schuldig, aber wenn Angel in Schwierigkeiten ist ...«

»Ich finde, du bist Buffy einiges schuldig.«

»Dann sind wir unterschiedlicher Meinung«, bemerkte Faith. »Aber Angel werde ich helfen. Gehen wir!«

Zu Buffys Erstaunen verwandelte sich die Treppe nicht mehr, als sie zu dritt hinunterliefen. Alles blieb, wie es beim Aufstieg schon gewesen war. »Ich dachte, das wäre das Schloss der Verwandlung«, sagte sie.

»Vielleicht nur auf dem Weg hinein«, überlegte Angel. »Kann sein, dass das aufhört, wenn man einmal ganz drin ist.«

»Das sähe dem Ding ähnlich!«, entfuhr es Buffy. »Ich hoffe nur, wir begegnen auf dem Weg nach unten keinen Nagetieren ungewöhnlicher Größe mehr.«

»Habt ihr die auch gesehen?«, fragte Kayley. »Ich konnte sie manchmal vom Turm aus beobachten. Sie rennen oft im Kreis auf den Wegen herum, wie bei einem Rennen.«

»Vielleicht haben sie ihr Abendbrot gejagt«, vermutete Buffy.

»Mir ist nicht aufgefallen, dass sie schon mal jemanden gefressen hätten«, meinte Kayley. »Aber groß genug dafür sind sie auf jeden Fall.«

»Das kann ich nur bestätigen«, pflichtete ihr Buffy bei.

Als sie am Fuß der Treppe ankamen, war im Schloss alles still. Die Kerzen brannten immer noch in vielen Räumen, die sie durchquerten, aber ansonsten schien alles ruhig. Es zeigten sich weder Rattenwesen noch andere Gefahren. Der Weg zum Ausgang schien ganz einfach.

»Ich schwöre, beim Reinkommen war es viel schwieriger«, wandte sich Buffy an die beiden.

»Das glaube ich dir«, meinte Angel. »Ich habe die Ratten doch auch gesehen.«

»Ja, aber du hast gemogelt. Du hast dich reinbeamen lassen.«

»Vielleicht will das Schloss nur verhindern, dass Fremde eindringen«, schlug Angel als Erklärung vor, »aber ob jemand rausgeht, ist ihm egal.«

»Ich muss mich wiederholen: Das sähe dem Ding ähnlich!«, behauptete Buffy. »Ich glaube mittlerweile gar nichts mehr.«

Wenige Minuten später standen sie schon draußen vor der großen Schlossmauer. »Ich möchte mich bei euch dafür bedanken, dass ihr mich rausgeholt habt«, sagte Kayley. »Aber – und bitte haltet mich nicht für undankbar – was zum Teufel machen wir jetzt?«

Buffy sah Angel an. Er hatte offenbar auch keine Ahnung. Sie zuckte mit den Schultern.

»Also, wir müssen noch mehr verschwundene Kids suchen«, erklärte sie. »Wie wir sie finden oder nach Hause bringen, ist im Augenblick allerdings noch ein großes Fragezeichen.«

»Wie seid ihr denn hergekommen?«, fragte Kayley.

»Die sprichwörtlich lange Geschichte«, antwortete Buffy. »Die Kurzfassung lautet: durch ein Portal in Sunnydale.«

»In Sunnydale?«

»Ich sagte ja, lange Geschichte«, meinte Buffy. »Und um sie noch länger zu machen ... Angel, wo bist du noch mal hergekommen?«

»Ich weiß es nicht genau«, antwortete Angel. »Von L.A. aus kam ich erst an einen anderen Ort und von dort aus hierher.«

»Und was ist mit der Hexe, die dich hergeschickt hat«, fragte Buffy. »Glaubst du, sie kann uns jetzt weiterhelfen?«

»Ich bezweifle, dass sie noch lebt«, entgegnete Angel. »Sie lag im Sterben.«

»Mit dir ist es aber auch nie einfach!«, rief die Jägerin. Angel gab keine Antwort, aber das hatte sie auch nicht anders erwartet. »Es wäre wirklich nett, wenn wir von Will und Tara und Salmas Großmutter hören würden«, fuhr sie fort. »Oder eine Message von Alinas Maschine bekämen.«

»Das wäre wirklich ganz praktisch«, pflichtete ihr Angel bei.

Aber irgendwie beschlich Buffy das Gefühl, dass sie darauf noch lange warten mussten.

Spike kam wieder zu Bewusstsein, als die Schlitten vor einem lang gestreckten, niedrigen Gebäude anhielten. Es schmiegte sich an den Hang und war nur von vorn zu erkennen: eine einfache, schmucklose Mauer mit nur einer einzigen Tür, vor der die Schlitten vorfuhren.

Spike prüfte seine Verfassung. Die Wirkung des Strahls schien nachzulassen – er konnte bereits wieder Hände und Füße bewegen. Kompliziertere Bewegungen versuchte er erst gar nicht, um vor seinen Peinigern zu verbergen, dass er bei sich war. Vorsichtig lugte er zwischen den Augenlidern hindurch.

Einige der kleinen orangefarbenen Männer hoben ihn vom Schlitten, um ihn hineinzutragen. Hier sollte er also »eingeschläfert« werden, wie sie es so feinfühlig ausgedrückt hatten. Allein der Gedanke daran verärgerte ihn sehr. Er musste augenblicklich handeln, denn es war nicht vorauszusehen, wie viele da drinnen warteten oder was sie technisch gesehen drauf hatten.

Er bäumte sich urplötzlich auf, riss sich los und ließ sich zu Boden fallen. Ein verdammt schlechter Anfang, fand er. Aber wenigstens hielten sie ihn nicht mehr fest. Er rappelte sich auf und rammte – immer noch in dem Netz verwickelt – dem nächstbesten kleinen Kerl die Schulter in den Leib, so dass der sofort zu Boden ging.

Die anderen scharten sich um ihn. »Es ist wach!«, hörte er einen schreien.

Spike zwängte eine Hand durch das Netz, schnappte sich eine zu Boden gefallene Waffe und zielte auf einen der kleinen Männer. »Ich bin kein ›es‹!«, donnerte er und drückte ab. Ein lilafarbener Strahl schoss heraus und der kleine Mann erstarrte. Spike hielt den Abzug weiter gedrückt und zielte auf die anderen Feinde.

Da realisierte er, dass er tatsächlich gegen seine Fänger kämpfen konnte – und sich großartig dabei fühlte. Entweder war der Chip weg oder diese orangefarbenen Männchen waren wirklich böse. Wie es sich auch verhielt, ihn hatte vollends das Kampffieber ergriffen. Er fand seine Situation äußerst erregend – umzingelt von Feinden, gefangen in einem Netz, aber mit einer Waffe seiner Widersacher in der Hand. So ein intensives Gefühl war ihm seit Cheryces Tod nicht mehr beschert worden.

Es war zwar nicht der Himmel, aber wenigstens auch nicht die Hölle.

14.

Der Mond warf ein silbernes Licht auf den Wüstenboden. Zu Fuß war für Mischa das Vorwärtskommen mühsam – alle Pflanzen schienen Dornen, Stacheln oder Widerhaken zu besitzen. Einmal war er bereits ausgerutscht, hatte sich aber noch abfangen können – und dann gemerkt, dass er mitten in einen Cholla-Kaktus gefasst hatte. In seiner Hand steckte eine runde Kugel mit Dornen. Er schlug sie mit der anderen Hand fort, aber viele der fast unsichtbaren haarfeinen Stacheln blieben stecken. Seine Hand pochte und er verspürte jedes Mal, wenn er etwas anfasste, einen stechenden Schmerz.

So etwas gab es in Russland nicht! Jedenfalls hatte er noch nie davon gehört. Vielleicht in Sibirien ... Sibirien war riesengroß, dehnte sich über neun Zeitzonen aus, und während er sich das Gebiet eher als unendliche Eiswüste vorstellte, sagte ihm sein Verstand, dass es dort auch etwas anderes geben musste. Aber nichts zu Hause oder in Amerika hatte ihn auf die bizarre Landschaft vorbereitet, die er in dieser Wüste vorfand.

Sein Weg lag einigermaßen klar vor ihm. Die Pflanzen wuchsen in großen Abständen voneinander. Die meisten Schwierigkeiten bereitete der unebene Boden. Aus der Ferne wirkte er ganz glatt, aber aus der Nähe betrachtet gab es versteckte Steine, Tierhöhlen und eingebrochene Spalten, in denen manchmal Wasser und aufgewühlter Schlamm gurgelten. Dann wieder war der Weg ein ganzes Stück lang sehr einfach, zum Beispiel als es hinunter in ein kleines Tal ging. Aber bevor Mischa sich versah, entpuppte sich das Tal als auswegloser Canyon mit steilen Wänden. Er musste wieder umdrehen und schlug, geleitet von Mond und Sternen, die Richtung ein, in der er die Straße vermutete. Offenbar hatte er sich doch zu weit von ihr entfernt. Vielleicht war sie aber auch von ihrem Verlauf, wie er ihn eingeschätzt hatte, abgewichen.

Mischa?, hörte er in seinem Kopf.

Alina, dachte er. *Ich bin hier. Ich bin unterwegs zu dir.*

Beeil dich, Mischa, rief sie. *Ich brauche dich.*

Ich weiß. Ich gebe mir alle Mühe. Ich komme, antwortete ihr Freund.

Geht es dir gut?, fragte sie.

Er besah sich seine Handfläche, die von den Kaktusstacheln brannte, und den Knöchel mit der Schramme von einem Felsvorsprung. *Mir geht es gut. Die Hubschrauber sind verschwunden, sind bestimmt bei dem Auto gelandet. Bisher verfolgt mich noch keiner.*

Da bin ich aber froh, seufzte sie erleichtert.

Ich auch. Nichts wird mich mehr aufhalten. Ich bin bald da. Nur noch ein paar Stunden!

Sei vorsichtig, Mischa. Ich muss jetzt aufhören.

Pass auf dich auf, Alina! Bis bald ...

Bis bald, Mischa ...

Endlich sah Mischa ein Licht am Horizont. Er nahm es ins Visier und legte einen Schritt zu. Das Licht wurde größer und verwandelte sich in ein Raststättenschild auf einem hohen Pfosten. Gerettet!

Als Mischa gerade einen kleinen Hügel überquerte und auf die zehn, fünfzehn großen Sattelschlepper auf dem Parkplatz zuging, hörte er das dumpfe Knattern von Hubschraubern im Hintergrund. Also hatte die Polizei doch nicht aufgegeben, als er das gestohlene Fahrzeug verlassen hatte! Nun war er ein Krimineller, ein Beutetier auf der Flucht.

Dann wollen wir denen mal eine fröhliche Jagd bereiten, dachte der Russe.

Er flitzte den Hügel hinunter auf den beleuchteten Parkplatz. Ringsherum standen riesige Trucks, die mit farbenfrohen, großen Bildern und Logos bemalt waren. Manche der Ungetüme setzten sich rumpelnd in Bewegung, Auspuffgase stiegen in den Himmel und dann verschwanden sie aus dem Lichtkegel der großen Flutlichter. Wenn Mischa sich nun einen klaute, geriet er in dieselbe Lage wie vorher und die Polizei würde ihm in die andere Richtung nachjagen. Noch dazu kannte er sich mit LKW nicht aus. Der Allradwagen hatte sich im Großen und Ganzen wie ein normales Auto fahren lassen, aber ein Fahrzeug mit achtzehn Rädern war eine ganz andere Geschichte.

Mischa besaß nicht annähernd solche ausgeprägten übersinnlichen Fähigkeiten wie seine Freundin – er spielte nicht mal in derselben Liga wie sie. Aber er hatte ein paar Tricks drauf und nur aus diesem Grund ließen ihn die Vischnikoffs in Ruhe. Dazu hatte Alina ihm einige Dinge beigebracht, mit denen er seine bestehenden Fähigkeiten noch verbessern konnte.

Nun war es an der Zeit, davon Gebrauch zu machen!

Einer der Fahrer kehrte gerade vom Restaurant zu seinem Fahrzeug zurück. Der dünne Mann trug eine Kappe mit dem Logo der *New Jersey Devils* darauf, sein Gesicht war ausgemergelt und voller Pockennarben, das Kinn zierte ein fusseliger schwarzer Bart. In der einen Hand hielt er eine Thermoskanne und in der anderen seinen Schlüsselbund. Mischa wusste nicht, was der Truck geladen hatte; er war ganz weiß und in einer Ecke standen nur Buchstaben und Nummern. Wahrscheinlich nahm der Kerl jede Fuhre an, die er kriegen konnte. Die Fahrerkabine war leuchtend gelb lackiert, auf den Türen prangte ein schlecht gemalter Gepard mit dem Schriftzug »RJ SPEDITION« darunter.

Mischa nahm an, bei RJ handelte es sich um den Fahrer selbst. Er trat aus der Dunkelheit heraus, als RJ den Schlüssel in das Türschloss steckte.

»Entschuldigen Sie«, sagte er.

RJ wirbelte überrascht herum. »Ja?«, fragte er erschreckt.

Mischa sah ihm fest in die dunklen Augen und bohrte sich in sein Bewusstsein. Er saugte sich regelrecht mit seinem Blick fest und schickte seine Gedanken wie eine Ranke in RJs Geist. Er spürte kein Hindernis, keinen Widerstand, denn RJ hatte von psychischen Übergriffen keine Ahnung und auch nie die Fähigkeit entwickelt, seine Gedanken zu schützen. Mischa stellte die sprachliche Kommunikation ein und wechselte auf die mentale Ebene.

Ich brauche einen Fahrer.

»Du brauchst einen Fahrer«, sagte RJ und seine Stimme klang plötzlich heiser.

Du musst mich nach Los Angeles fahren. Schnell und ohne Widerspruch.

»Nach Los Angeles«, wiederholte RJ. »Schnell.«

Es darf niemand wissen.

»Niemand.« RJ schloss die Tür auf und kletterte auf den Fahrersitz. Dann beugte er sich zur Seite, öffnete die Beifahrertür, um Mischa einsteigen zu lassen, und ließ den Motor an.

Los Angeles

Willow beobachtete, wie Alexis Vischnikoff auf dem Boden kniend an dem Realitätsindikator arbeitete, der auseinander geschraubt vor ihm lag. Im Laufe der Jahre hatte er, wie er erklärte, einen ganzen Werkzeugkasten speziell für diesen Apparat zusammengestellt. Er kannte jedes noch so kleine Detail. Der Apparat war komplizierter als ein Supercomputer, aber für Alexis war der Umgang damit so selbstverständlich wie für jeden Autofahrer die Ölkontrolle.

Nach wenigen Minuten schloss er das Gehäuse wieder und schraubte die Klappe fest zu. »Das hätten wir«, sagte er. Er sah Alina böse an und bezog Willow dann in diesen Blick mit ein, als hätte sie das Gerät kaputtgemacht. Sie musste daran denken, wie dieser Mann Alina behandelt hatte, seit das Mädchen mächtiger geworden war als ihre Eltern, und erwiderte den Blick entsprechend. Grrr! Böser alter Mann! Cooler Name, Alexis, aber trotzdem ... Grrrr!

»Er ist repariert«, Alexis erhob sich und ging zu seiner Frau, die mit störrisch vor der Brust verschränkten Armen und verkniffenem Mund zugesehen hatte. Willow bezweifelte, dass sie je einmal in ihrem Leben gelacht hatte. Wie konnte man nur so freudlos werden! »Und ich hoffe, dir ist mittlerweile klar geworden, dass du deine Mutter und mich brauchst. Hoffentlich verhältst du dich nie wieder so respektlos.«

Alina würdigte ihre Eltern kaum eines Blickes. Seit der Auseinandersetzung zuvor hatte sie geschwiegen. Nun sah sie Willow an.

»Bist du bereit?«, fragte sie.

»Alina!«, mahnte ihr Vater.

»Vater, wir sind uns doch einig. Ich werde den Indikator nur benutzen, um diejenigen zurückzuholen, die ich schon fortgeschickt habe. Ich brauche Willow und ihre Freunde, damit ich sie in den alternativen Realitäten aufspüren kann.«

»Komm, Alexis!«, sagte Valerya und zog ihren Mann an der Hand fort. »Wir werden hier nicht mehr gebraucht, wir sind nur im Weg.«

»Ja«, stimmte Alexis zu. Willow fühlte sich an ihren Vater erinnert, an dem Tag als sie ans College gegangen war. Sie war zwar nicht in eine andere Stadt gezogen sondern nur in ein Studentenwohnheim, aber ihr Vater, der ihr beim Packen geholfen hatte, war merkwürdig bedrückt gewesen, als sei urplötzlich die Erkenntnis über ihn gekommen, dass sein kleines Mädchen erwachsen wurde. Wie wäre ihm wohl zumute gewesen, hatte Willow sich gefragt, wenn er gewusst hätte, womit sie sich in zahlreichen Nächten beschäftigte – dass sie mit Buffy gegen das Böse zu Felde zog und all das. Dieser Teil ihres Lebens war ihren Eltern immer verborgen geblieben, aber wenn sie davon gewusst hätten, wären sie möglicherweise weniger betroffen über ihren Auszug gewesen. Im Vergleich mit dem Höllenschlund hätten sie das Wohnheim wohl als die geringere Gefahr eingestuft.

Alexis verließ mit seiner Frau das Zimmer und Alina, Willow und der finster dreinblickende, nägelkauende Nicky waren endlich allein. Die Flores hatten sich bereits in einem anderen Raum niedergelassen. »Das ist schon besser«, sagte Alina zu Willow. »Ich hätte mich nicht konzentrieren können, wenn sie zusehen.«

»Also dann«, begann Willow, »wir haben ja noch einiges an Konzentration vor uns, nicht wahr? Ich meine, bist du bereit? Denn dann muss ich die Verbindung zu Tara und Doña Pilar herstellen.« Sie hatte bereits mit Nicky gearbeitet, während Alinas Vater den Realitätsindikator reparierte. Der aufbrausende Mexikaner war zwar nicht der Kooperativste – es war so viel Wut in ihm und das machte ihr Angst –, aber er war entschlossen und das wiederum war hilfreich. Außerdem hatte er das Ritual der Nacht der langen Messer vollzogen. Damit erfüllte er die Voraussetzung, durch ein Portal zu gehen, da er bereits einmal eine Veränderung der Realität erlebt haben musste.

»Ich bin bereit«, versicherte Alina.

»Ich schon lange«, knurrte Nicky. »Können wir jetzt endlich loslegen?«

Willow versuchte ihr Bewusstsein zu leeren und Tara zu kontaktieren, aber da hörten sie plötzlich Geräusche im Korridor und ein Klopfen an der Tür.

»Was ist?«, rief Alina.

»Du hast Besuch«, verkündete eine Stimme.

»Erwartest du jemanden?«, fragte Willow.

Alina zuckte mit den Schultern. »Ich weiß momentan gar nicht, was ich erwarte und was nicht.«

Die Tür zum Arbeitsraum ging auf und Buffys wunderbarer Freund kam herein. »Riley!«, rief Willow erfreut. Dann sah sie, wer ihn begleitete. »Oh, und Faith.«

»Hallo Will«, strahlte Riley.

Faith blieb in der Tür stehen und sah Willow mit ihren großen dunklen Augen an. »Schau an, die Ersatzmannschaft ist auch da!«

»Wir sind keine Ersatzmannschaft«, protestierte Willow. Sofort wurde sie wütend. »Aber Buffy ist verschwunden.«

»Unser G.I. hat mir schon die ganze traurige Saga erzählt«, meinte Faith.

»Faith ist hier, um uns zu helfen«, erinnerte Riley Willow. »Sie ist bereit, nach Buffy und Angel zu suchen. Falls der Indikator repariert ist.«

»Ist er«, warf Alina schnell ein. »Mit Willows Hilfe kann ich sie in die richtige Alternität schicken. Dann wird sie die anderen hierher zurückführen.«

»Du klingst sehr zuversichtlich«, stellte Riley fest.

»Bin ich auch.«

»Ihr Vater ist sozusagen der König der Realitätsindikator-Mechaniker«, erklärte Willow.

»Er hat ihn selbst gebaut«, fügte Alina hinzu. »Er weiß genau, wie er funktioniert.«

»Das ist wirklich von Vorteil«, meinte Faith. »Es würde mir nämlich nicht besonders gefallen, irgendwo zu landen, wo ich gar nicht hin will.«

Im Gefängnis zum Beispiel?, dachte Willow, hielt aber den Mund.

»Was soll das denn jetzt?«, schaltete Nicky sich ein und erhob sich mit geballten Fäusten. Wütend sah er die anderen an. »*Ich* soll doch durch das Portal! Ich muss Salma finden!«

»Wissen wir«, versicherte ihm Willow. »Wir können ihn doch zu Salma schicken und Faith zu Buffy, nicht wahr, Alina?«

»Sollte kein Problem sein«, antwortete das Mädchen. »Wenn der Indikator richtig arbeitet und du sie auf die andere Seite führst, können wir jeden durchschicken. Wenn er ...«

»Wenn er was?«, fragte Faith.

»Weißt du, wir haben da so eine Theorie«, erklärte Willow. »Wir sind uns nicht sicher, aber wir denken, dass jemand, der durch ein Portal in eine alternative Realität gelangen und heil zurückkommen will, schon einmal eine ähnliche Erfahrung gemacht haben muss, die ihm hilft, die Reise zu überleben. Eine Erfahrung im Umgang mit wechselnden Realitäten, eine Art Flickflack. Wie der Körpertausch von dir und Buffy. Oder Angel, der seine Seele wiederbekommen hat.«

»Und meine Nacht der langen Messer?«, fragte Nicky.

»Das dürfte vermutlich genügen«, bestätigte Willow.

»Aber was ist mit Salma? Heißt das, ich kann sie nicht wohlbehalten zurückbringen?«

»Ich weiß es nicht«, gab Willow leise zu. Für mehr als brutale

Ehrlichkeit war keine Zeit, aber Nickys bestürzter Blick zerriss ihr fast das Herz. »Vielleicht klappt es, wenn du sie leitest. Aber wir wissen, dass manche Wesen und die meisten Menschen ohne Hilfe nicht durch das Portal gehen und heil zurückkommen können. Sie werden auf schreckliche Art verwandelt oder transformiert.«

»Ich bin sicher, sie wird es schaffen, wenn du dabei bist«, beruhigte ihn Alina. »Wenigstens in der Theorie reagieren die Portale auf die Leute, die hindurchgeschickt werden. Meine Eltern wollen das Gerät derart verbessern, dass jeder x-Beliebige in beide Richtungen reisen kann, aber das ist ihnen bislang noch nicht gelungen.«

»Das klingt ja wirklich ermutigend«, bemerkte Faith trocken. »Ich schaffe es also vielleicht in die andere Realität, finde Buffy und Angel, und wenn ich versuche, sie zurückzubringen, werden wir zu Hackfleisch verarbeitet oder was?«

»Nein«, widersprach Alina. »Ihr drei werdet zurückkehren können. Und die anderen auch, glaube ich, wenn ihr ihnen den Weg zeigt.«

»Sie glaubt es«, höhnte Faith. »Also, jetzt geht es mir schon viel besser!«

»Lasst uns einfach beginnen!«, warf Willow ein. »Je länger wir reden, desto schlimmer wird es am Ende.«

»Okay, los dann«, Faith stemmte die Hände in die Hüften. »Ich bin bereit.«

Willow klärte wieder ihr Bewusstsein, obwohl sich das in Anwesenheit von Riley und Faith recht schwierig gestaltete. Sie visualisierte, wie sie einen schneeweißen Vorhang vor ihre Augen zog. Als alles ganz weiß war, beschwor sie ein Bild von Taras hübschem Gesicht herauf. Sie hatte die Augen geschlossen.

Nach einer Weile klappten sie auf.

Willow?

Hallo, ja, ich bin's!

Ich sehe dich, antwortete Tara.

Willow fragte: *Bist du bereit? Wir schicken Nicky de la Natividad zu seiner Schwester, und dann schicken wir Faith, damit sie Buffy und Angel den Weg nach Hause zeigt.*

Ich bin bereit. Was ist mit Doña Pilar?

Die hole ich jetzt. Warte!

Willow hielt an Taras Bild fest und rief Doña Pilars faltiges, freundliches Gesicht auf. Dieselben Vorgänge wiederholten sich, als Doña Pilar ihre Anwesenheit spürte. Einen Augenblick später stand die Kommunikation zwischen den drei Frauen und sie gruppierten sich im Geiste um ein mentales Bild von Alina und dem Realitätsindikator. Am Rande ihres Bewusstseins nahm Willow ein leichtes Summen wahr, als das Gerät startete.

Sie hörte Alinas Stimme gedämpft, als hätte sie Wasser in den Ohren.

»Bist du bereit, Nicky?«, fragte das russische Mädchen.

Nicky bestätigte mit gedämpfter Stimme.

Salma finden! Nun dachten sie alle vier dasselbe – Willow, Doña Pilar, Tara und Alina. *Salma sehen*!

Und dann sahen sie Salma: Sie war allein und wirkte verängstigt; im Hintergrund waren große Bäume zu erkennen. Aber was immer ihr Angst machte, kam nicht aus dem Wald, sondern über die grasbedeckte Ebene, die sich vor ihr ausbreitete, und entzog sich ihren Blicken.

»Geh, Nicky!«, sagte Alina.

Willow spürte Bewegung im Raum, obwohl ihr Bewusstsein weitgehend mit anderen Dingen beschäftigt war. Vor Salma sah sie ein Portal auftauchen.

Nicky trat hindurch und das Bild verblasste.

Jetzt Buffy!, befahlen die Gedanken der drei Hexen gleichzeitig. *Buffy sehen!*

Es gab einen Moment schwindelerregender Bewegungen und dann erschien Buffy. Angel stand dicht neben ihr, ein spektakuläres Schloss im Hintergrund.

Nun Faith! Wir holen Faith.

Faith erschien vor ihrem geistigen Auge, ihre Umgebung jedoch nicht.

»Geh, Faith!«, befahl Alina.

Vor Buffy und Angel tat sich ein Portal auf und Faith ging hindurch.

Buffy wollte gerade einen bissigen Kommentar zu Angels Message-Fähigkeiten abgeben, als die schimmernde Fläche, die ein Portal ankündigte, sich plötzlich vor ihnen auftat.

»Portal!«, bemerkte sie wortreich.

»Sollen wir durchgehen?«, fragte Angel. »Oder kommt etwas zu uns?«

Buffy wappnete sich für beide Fälle.

»Heißt das, du weißt es nicht?«, fragte Kayley. »Was nützt es, wenn ihr mich aus dem Schloss rettet und dann keine Ahnung habt, wohin es geht!«

»Wir arbeiten sozusagen nach dem Gehör, okay?«, klärte Buffy auf. »Und im Augenblick wissen wir auch nicht viel mehr als du.«

»Bei Cordelia klang es, als wäre Angel eine Art Superheld«, beschwerte sich Kayley. »Ich muss sagen, bisher bin ich nicht sonderlich beeindruckt.«

»Cordelia neigt ein wenig zu Übertreibungen«, übernahm Buffy die Antwort, weil sie wusste, dass Angel sich nicht verteidigen würde. »Aber in diesem Fall liegt sie ausnahmsweise mal nicht sehr weit daneben.«

»Ich würde sagen, wir gehen«, meinte Angel. »Wo auch immer das Portal uns hinführt, es bringt wenigstens Bewegung in die Sache.«

Er ging auf das Portal zu, aber da kam ihm auch schon jemand entgegen.

Nicht irgendjemand – es war Faith!

»Na, super«, sagte Buffy. »Jetzt holt das Portal schon die Knackis aus den Gefängnissen.«

»Zufällig hat mich dein Freund rausgeholt, Buff.«

»Riley? Warum sollte er?«

»Um deinen Hintern zu retten, obwohl ich das, ehrlich gesagt, nicht nachvollziehen kann.«

»Du sollst uns retten?«

»Buffy«, begann Angel. »Faith ...«

»Ich weiß, ich weiß. Faith hat sich geändert. Hab ich auch schon gehört. Ich glaube es, wenn ich es sehe.«

»Dann fang schon mal damit an«, konterte Faith. »Hier bin

ich! Glaubst du, ich wäre hier, wenn ich nicht hinter euch hergeschickt worden wäre?«

Das war ein Argument, musste Buffy sich eingestehen. So ungern sie es auch zugab, machte es Sinn, dass die andere Jägerin gekommen war. Mehr Sinn jedenfalls, als Riley loszuschicken, der, obwohl tough und erfahren, nun mal kein Jäger war.

»Stehst du mit ihnen in Kontakt?«, fragte Angel.

»Mit Alina, Willow, Tara und Doña Pilar«, zählte Faith auf. »Der ganzen Schwesternschaft.«

»Was sollen wir also tun?«, wollte Angel wissen.

»Was?«, fragte Faith und diese Frage war nicht an Buffy oder Angel gerichtet. Sie schaute in den Himmel und schien auf etwas zu lauschen, das sonst niemand hören konnte. Nach einer Weile zeigte sie hinter sich, wo sich ein weiteres Portal materialisierte, während jenes, durch das sie gekommen war, verschwand. »Da lang!«

»Einfach so?«, fragte Buffy. Faith blind zu folgen, schien ihr eine denkwürdig schlechte Idee zu sein, trotz Angels ständigen Geredes, dass sich ihre »Kollegin« geändert hatte. Buffy hatte bislang wenig Beweise für eine Veränderung bemerkt und außerdem konnte sie das Bild von Riley und Faith nicht abschütteln, wie sie sich leidenschaftlich umarmten – obwohl sie wusste, dass dieses Bild falsch war. Denn als Riley mit Faith die Nacht verbracht hatte, war sie in Buffys Körper gewesen, nicht in ihrem eigenen.

»Buffy, wir haben keine große Wahl«, drängte Angel. »Wenn sie in Kontakt mit Zuhause steht, müssen wir tun, was sie sagt.«

»Wie kann sie das beweisen?«, wollte Buffy wissen.

»Wir müssen sie beim Wort nehmen«, versetzte Angel.

»Ihr beide habt echt keinen Plan«, bemerkte Kayley.

»Stimmt«, bestätigte Buffy. »Aber ...«

»Ich gehe jetzt da durch, Buffy«, sagte Faith. »Denn Alina sagt, dass ich es tun soll. Du kannst mitkommen oder es bleiben lassen. Aber wenn du es nicht tust, komme ich nicht noch mal zurück, um dich zu holen.«

»Wir kommen mit«, sagte Angel und sah Buffy an. »Wir kommen mit«, wiederholte er mit Nachdruck.

Buffy zuckte mit den Schultern. Sie hatte auch keinen besseren Vorschlag. »Ja, wir kommen mit.«

Die Soldaten hatten sie im Blick, dessen war sich Salma bewusst. Sie überquerten die Wiese auf dem Rücken ihrer merkwürdigen Bestien und hielten direkt auf sie zu. Sie konnte Schutz unter den Bäumen suchen, aber das würde nicht viel nützen. Da der Wald dunkel war und das dichte, dornige Unterholz den Weg zwischen den dicken Baumstämmen versperrte, käme sie nur langsam voran. Noch dazu kannte sie sich nicht aus. Vielleicht konnte sie so den Soldaten entkommen, aber wozu wäre das gut, wenn sie sich dann nur im Wald verlief?

Salma beschloss, sich ihren Verfolgern auf der Wiese zu stellen. Sie hatte keine Waffen und machte sich angesichts ihrer ausweglosen Lage keine Illusionen.

Aber sie konnte immerhin dafür sorgen, dass sie schnell getötet wurde.

Das war ihr jedenfalls lieber als wieder zu den Tunneln mit dem Wurm gebracht zu werden oder einsam und hungrig durch den Wald zu wandern, bis sie an Erschöpfung starb.

Sie machte sich für den Ansturm bereit.

Aber da öffnete sich vor ihr ein Portal und eine ihr wohl bekannte Gestalt trat heraus. Das Tor verschwand sofort wieder, als würde es weggeklickt, und tauchte in der nächsten Sekunde wieder auf.

»Nicky!«

»Salma!«, rief ihr Bruder und strahlte über das ganze Gesicht. Er lief ihr entgegen und schloss sie in die Arme. Seine Schwester schmiegte sich eng an ihn, vergaß dabei aber nicht, dass die Soldaten fast bei ihnen waren.

»Nicky, du lebst!«

»Du auch! Wie froh ich bin!«, lachte er.

»Mir geht es gut«, sagte sie. »Aber wir können nicht hierbleiben. Die Soldaten …« Sie zeigte auf die herannahenden Truppen. Der Boden unter ihren Füßen erzitterte bereits.

»Sofort in das Portal!«, befahl Nicky. »Ich passe auf, bis du durch bist.«

»Wir gehen zusammen«, widersprach Salma. Sie war kaum über den Lärm der andonnernden Soldaten hinweg zu verstehen; Hufgetrappel, knarrendes Leder, aneinander schlagende Metallteile.

»Es geht nur einzeln«, rief Nicky. »Du zuerst! Ich habe dich nicht gefunden, um dich gleich wieder zu verlieren.« Er schubste sie auf das Portal zu. »Beeil dich!«

»Aber du kommst auch!«

»Ich bleibe direkt hinter dir!«

Salma trat auf das Portal zu, als sie bereits von dem Staub umhüllt wurde, den die Soldaten aufwirbelten. Nun konnte sie auch die Reittiere riechen und die erhobenen Stimmen hören. Im nächsten Moment würden sie bei ihr sein. Rasch ging sie in das Portal und drehte sich suchend nach Nicky um.

Aber Nicky stand immer noch auf der Wiese – als würde er von den Speeren dort festgehalten, die plötzlich aus ihm herausragten ... Er war dicht umringt von Soldaten. Einige sahen ihr erstaunt und verwundert nach, andere wandten sich ihrem Bruder zu, um ihn endgültig zu erledigen.

»Nickyyy!«, rief sie noch und dann war sie verschwunden.

15.

Los Angeles

Wesley und Cordelia blickten zu dem schäbigen Hotel auf. Ein flackerndes Neonschild zeigte den Schriftzug »BRI HTON AR S« – das G und das M waren ausgefallen. Wesley war überzeugt, in Brighton kein anderes Gebäude zu finden, dem dieses auch nur im Entferntesten ähnelte. Vor fast allen Fenstern befanden sich Jalousien oder verblichene, zerfledderte Vorhänge. Aus denen, die offen waren, drang das bläuliche Licht von Fernsehern. Blecherne Stimmen und Lachsalven waren zu hören.

»Bist du sicher, dass wir hier richtig sind?«, fragte Cordelia leise und zum wiederholten Male.

»Ziemlich sicher«, meinte Wesley. Das versicherte er ihr nun schon, seit sie Angels Wagen abgestellt hatten. Drei junge Männer, die vermutlich im Gefängnis genauso zu Hause waren wie an der Straßenecke, hatten ihn sich genau angesehen, als rechneten sie sich bereits aus, wie viel Geld er ihnen einbringen würde. »Zweiter Stock. Zimmer zweihundertdreizehn. Du hast den Mann gehört.«

»Das war kein Mann«, korrigierte ihn Cordelia. Sie waren vor der Hoteltür stehen geblieben. »Sondern ein Dämon! Mit blauer Haut und Schuppen – Schuppen! Ich vertraue ihm überhaupt nicht.«

»Er weiß, dass er sich vor Wesley Wyndam-Pryce verantworten muss, wenn er uns belogen hat«, erinnerte er sie.

»Oh, da zittern ihm vermutlich sogar die Schuppen!«

»Sieh mal, Cordelia«, versuchte es Wesley. »Der Typ – okay, der

Dämon, sagte, dass eine Oden Tal-Dämonenfrau sich hier versteckt. Es ist zwar nicht Jhiera, aber sie sind uns alle einen Gefallen schuldig, nicht wahr?«

»Den schulden sie vielleicht Angel. Aber was sie dir schulden, ist eine Ohrfeige für dein Geglotze und das Anfummeln.«

»Ich hab nicht gefummelt!«, fuhr Wesley auf.

»Dann gibst du das Glotzen also zu?«

»Vielleicht hab ich ein bisschen geglotzt, aber gefummelt auf keinen Fall.«

»Okay, Wesley. Wenn wir deinem dämonischen Informanten glauben und sich da oben eine Oden Tal-Frau aufhält, dann gehen wir doch rauf. Vielleicht hast du Recht und sie kann uns mit den Dimensionensprüngen helfen.«

»Ich weiß es, ehrlich gesagt, nicht«, gab Wesley zu. »Ich habe darüber nachgedacht und glaube, dass Alina wahrscheinlich Recht hat. In eine andere Dimension zu reisen, ist wohl nicht dasselbe wie in eine Alternität.«

Cordelia packte ihn am Arm und zog ihn zum Hoteleingang. »Schade!« Sie wurde energisch. »Aber jetzt wird nicht mehr gekniffen. Gehen wir!« Sie schob die Tür auf. Wesley erwartete, jemand würde Alarm schlagen und sie am Betreten des Hotels hindern.

Aber das tat niemand. Der Empfangschef in seinem Käfig aus kugelsicherem Kunststoff sah kurz auf. Ein paar Gäste, die vor einem alten Schwarz-Weiß-Fernseher im Foyer saßen, drehten sich zu ihnen um und blickten dann wieder auf die Mattscheibe.

Cordelia stieg die Treppe hoch und Wesley folgte ihr auf dem Fuße. Vor der Tür mit einer schief angenagelten 213 blieben sie stehen.

»Sie können ziemlich gefährlich sein, weißt du?«, bemerkte Wesley.

»Nur, wenn sie angeturnt werden«, entgegnete Cordelia. »Wenn du vorgehst, kann nichts passieren!«

Wesley war beleidigt, hatte aber keine schlagkräftige Antwort parat. Er klopfte an die Tür.

»Ja?«, ertönte eine barsche Stimme.

»Falsches Zimmer?«, flüsterte Wesley.

»Wenn Sie eine Oden Tal-Frau sind, müssen wir mit Ihnen reden!«, rief Cordelia. »Keine Sorge, wir kommen in friedlicher Absicht! Und wir sind kein bisschen attraktiv!«

»Cordelia!«, schimpfte Wesley.

»Kleine Notlüge«, raunte sie. »Hallo?«

Man hörte, wie jemand aufschloss und einen Augenblick später ging die Tür auf. Ein großer, unrasierter Mann mit fleckigem Unterhemd, gestreiften Boxer-Shorts und schwarzen Socken sah sie an.

»Kein chinesisches Essen?«, muffelte er.

»Leider nein, ich bedauere«, antwortete Wesley.

Kommentarlos schloss der Mann die Tür und drehte den Schlüssel herum.

Wesley und Cordelia sahen sich an.

»Dämonen-Informanten«, sagte Cordelia. »Denen kann man nicht trauen, ich sage es dir ja immer wieder!«

Salma stolperte durch das Portal. Als Letztes hatte sie noch gesehen, wie die Soldaten ihren geliebten Bruder Nicky umbrachten. Im nächsten Augenblick hatte sie das Portal passiert, eine holprige, magenumdrehende Erfahrung, aber all das war nebensächlich im Vergleich zu dem Verlust Nickys.

Er hat mich gerettet, dachte sie und Tränen liefen ihr über die Wangen. Die ganze Geschichte hatte überhaupt angefangen, weil er verschwunden war – weil er sich einer Gang angeschlossen und ein Ritual vollführt hatte, das ihn zu einem vollwertigen Mitglied machte. Jetzt war er verschwunden und Salma war wieder allein.

Aber das war sie gar nicht. Als sie den Kopf hob und sich die Tränen aus dem Gesicht wischte, sah sie, dass mehrere Personen im Halbkreis um sie herum standen und sie anschauten. Hinter ihnen war ein dunkles Schloss zu erkennen, ein anderes jedoch als das, aus dem sie entkommen war.

»Salma?«

»Buffy! Oh, mein Gott, bist du es wirklich?«, schrie sie.

»Ich glaube schon«, meinte die Jägerin. »Aber hier darf man gar nichts mehr als selbstverständlich ansehen.«

Salma rappelte sich mühsam auf. Sie kannte die anderen nicht: einen großen, gut aussehenden Mann, eine dunkeläugige Schönheit von Buffys Größe, die entschlossen dreinblickte und sehr tough wirkte, wie sie so die Hände in die Hüften stemmte, sowie ein schmächtiges Mädchen mit einem übergroßen blauen Hemd und einem verlorenen Ausdruck in den Augen.

»Stimmt, du könntest auch ich sein«, sagte die dunkeläugige Faith mit einer Spur von Sarkasmus.

»Das wüsste ich aber«, konterte Buffy. Sie klang wenig begeistert angesichts dieser Vorstellung. Salma glaubte, sie würde wohl nie ganz verstehen, wer Buffy eigentlich war und was sie tat. Aber sie war froh, ein bekanntes Gesicht vor sich zu haben.

»Nicky ist tot«, schluchzte sie verzweifelt. »Er hat mich durch das Portal geschubst und dann haben ihn die Soldaten geschnappt.« Erneut stiegen ihr die Tränen in die Augen, sie bekam einen Kloß im Hals. Buffy trat zu ihr, legte ihr den Arm um die Schulter und drückte sie an sich. Salma spürte die Kraft in Buffys Armen und fühlte sich sicher.

»Typisch Buffy«, bemerkte die Dunkeläugige. »Immer nur Schmusen und keine Action. Kein Wunder, dass der Typ mich lieber mag.«

Buffy ließ Salma wieder los. »Da du dich mit diesen Leuten wirst rumschlagen müssen, Salma, stelle ich sie dir am besten erst mal vor«, sagte sie. »Das ist Faith, die mit der großen Klappe. Der große Nachdenkliche ist Angel. Und die mit den zu großen Klamotten ist Kayley. Sie gehört auch zu den Verschwundenen.«

»Hallo.« Kayley winkte Salma schüchtern zu.

Die Mexikanerin gab sich Mühe, nicht mehr zu weinen. »Also ... dann glaubt ihr nicht, dass mein Verschwinden einen besonderen Grund hatte? Ich war nur eine von vielen, die verschwunden sind?«

»Das wissen wir nicht genau«, korrigierte Buffy. »Da gibt es einiges, was wir nicht verstehen. Aber es besteht die Möglichkeit, dass du nur weggezappt wurdest, weil du ein Teenager bist – Alina sagte, die Maschine hat willkürlich Jugendliche ausgesucht und sie durch das Portal geschickt.«

»Alina? Maschine?« Salma war völlig verwirrt. »Wovon redest du?«

»Ach, ich vergesse immer, wann du verschwunden bist«, sagte Buffy. »Du weißt vieles von dem, was wir herausgefunden haben, ja noch gar nicht.« Und dann erzählte sie Salma rasch von dem Realitätsindikator, von Alina und ihren Eltern und wie sie, Buffy, mit Angel losgeschickt wurde, um nach den vermissten Jugendlichen zu suchen.

»Dann war Nicky gar nicht schuld?«, fragte Salma. »Sein Zauber ...?«

»Wir glauben, sein Zauber war nur zum Teil dafür verantwortlich«, erklärte Buffy. »Es kann sein, dass er genau in dem Augenblick in Sunnydale mit der Magie herumgespielt hat, als Alina in L.A. versuchte, die Maschine zu starten. Das hat unter Umständen die Öffnung der Portale in Sunnydale bewirkt, durch die die Monster gekommen sind.«

»Das Schattenmonster?«

»Ja, unter anderem. Das Schattenmonster schien irgendwie auf Nicky eingestellt zu sein und darum auch auf dich. Ich dachte, es wolle dich beschützen, aber vielleicht hat es nur versucht dich davon abzuhalten, nach Nicky zu suchen.«

»Ist es immer noch da?«

»Keine Ahnung«, sagte Buffy. »Ich bin ja jetzt hier und ...«

»Hört mal«, unterbrach Kayley, »können wir jetzt nach Hause?« Das Mädchen machte einen nervösen Eindruck, fand Salma, es hatte womöglich noch größere Angst als sie selbst. Sie fragte sich, was Kayley Schreckliches erlebt haben musste, seit sie ihrem Zuhause entrissen worden war.

»Wir müssen erst noch die anderen Vermissten zusammentrommeln«, bedauerte Buffy. »Deshalb sind wir ja hier.«

»Oh«, machte Kayley enttäuscht. »Richtig. Sorry.«

»Wir bringen dich auf dem schnellsten Wege nach Hause«, schaltete sich Angel zum ersten Mal ein. Seine Stimme hatte etwas Beruhigendes, fand Salma.

»Was stehen wir also hier noch rum?«, fragte Faith. »Nur wegen der Aussicht?«

»Ich weiß nicht genau, wohin wir gehen sollen«, gab Buffy zu.

»Brauchst du auch nicht«, versetzte Jägerin Nummer zwei. »Dafür bin ich ja zuständig.«

»Du stehst immer noch in Verbindung mit ihnen?«

Faith winkte in den Himmel. »Hallo Alina«, rief sie. »Wie geht's weiter?« Sie schwieg eine Weile und lauschte. »Wohl in die Richtung«, informierte sie die anderen schließlich. »Da durch!«

Faith zeigte auf einen Fleck ein paar Meter vor ihnen. Dort wuchs Gras. Es gab nichts, das man hätte durchqueren können. Salma hielt Faith zunächst für leicht verrückt, frech und auch etwas rüde. Aber als sie auf die Stelle starrte, formte sich plötzlich ein goldener Schein und einen Augenblick später schwebte ein Portal in der Luft.

»Da durch?«, fragte Buffy unsicher.

»Hat Alina gesagt«, antwortete Faith.

»Und wo kommen wir raus?«

»Wo wir müssen, vermutlich.«

Buffy sah Faith an, als suche sie in ihrem Gesicht nach Hinweisen auf Hintergedanken oder einen miesen Trick. Dann zuckte sie mit den Schultern und drehte sich zu den anderen um. »Bleibt dicht zusammen«, riet sie. »Wir wollen niemanden verlieren.«

Spike drückte weiter auf den Abzug der Alien-Waffe. Die orangefarbenen Männchen fielen um wie die Fliegen – wie gefrorene Fliegen, denn das Gewehr zeigte bei ihnen dieselbe Wirkung wie vorher bei Spike. Einige zielten zwar mit ihren Waffen auf ihn, aber da er im Vergleich zu den kleinen Männern wahre Basketballerbeine hatte, wich er ihnen mit Leichtigkeit aus. Gleichzeitig streifte er das Netz ab, das ihn gefangen hielt. Er rannte einen kleinen Hügel hinauf, sprang auf der anderen Seite hinunter und rollte sich ab. Als einige seiner Feinde oben auf dem Hügel ankamen, feuerte er aus der Bauchlage auf sie. Sie verharrten, wo sie waren; wie Miniaturstatuen auf einem Berg.

»Los, kommt!«, ermunterte sie Spike, als eine Weile keiner nachrückte. Er setzte sich auf, um sich schneller drehen zu können, falls es ihnen in den Sinn kam, von der Seite anzugreifen. »Wollt ihr etwa schon aufgeben? So viel Spaß habe ich seit Tagen nicht mehr gehabt!« Er hatte fast vergessen, dass Kämpfen so viel Freude machte, und der Chip tat ihm kein bisschen weh.

Aus den Augenwinkeln registrierte er eine Bewegung und drehte sich um. Rasch hob er das Strahlengewehr. Aber was er sah, ließ seinen Finger am Abzug erstarren.

»Jägerin?«

»Spike? Was machst du denn hier?«, fragte Buffy und trat aus einem schimmernden Portal. Sie sah ein bisschen ramponiert aus – die Kleidung anzüglich zerrissen, ein paar Schrammen auf Gesicht und Armen – aber genauso hinreißend wie immer. »Ich dachte, du bist in Sunnydale und hilfst beim Kampf gegen die Monster!«

»Du weißt ja, ich bin ein Rumtreiber, Buffy«, er wedelte lässig mit dem Gewehr.

»Willst du vielleicht die Waffe weglegen, Spike?«, fragte Angel.

Eine ganze Truppe trat aus dem Portal. Buffy, Angel, Faith – Faith? – und zwei Kids, die Spike nicht kannte. Sie machten einen verlorenen, verängstigten Eindruck.

»Ich dachte, du wärst im Knast«, richtete sich Spike an Faith.

»Und ich dachte, du wärst schon lange gepfählt«, gab sie zurück. »Ich weiß nicht, warum Buffy dich frei rumlaufen lässt.«

»Wegen meines Charmes und meines guten Aussehens.«

»Träum weiter!«

»Hört mal, Kinder, da kommt gleich ein ganzer Haufen kleiner, gruseliger, orangefarbener Aliens über den Berg mit Strahlengewehren wie diesem«, erklärte Spike und ignorierte Faiths Bemerkung. »Wenn sie auf euch schießen, erstarrt ihr für ungefähr zwanzig Minuten.«

»Jetzt hat er auch noch Wahnvorstellungen!«, kam es von Faith.

»Er hat ja so ein Gewehr in der Hand«, bemerkte Buffy. »Vielleicht doch keine Wahnvorstellungen?«

Angel nickte in Richtung Berg. »Keine Ahnung, was mit den orangefarbenen Kerlen los ist«, sagte er, »aber da oben ist ein großer Blauer.«

Spike wirbelte herum. Der missmutige Vampir hatte Recht – wo er noch mehr von den Orangefarbenen erwartet hatte, stand nun ein entfernt menschlich aussehendes Wesen mit einer strahlend blauen Haut und sah zu ihnen hinunter. Das Wesen war kräftig, hatte einen Hals so dick wie ein Baumstamm, Arme wie Fahnenmasten und seine Beine schienen aus der Erde zu wachsen. Es trug zerlumpte Kleider – einen Stoffstreifen als Lendenschurz und einen zweiten diagonal über der Brust, beide bräunlich, als hätte man hier das Färben noch nicht erfunden. Über seinen kleinen Augen erhob sich – wie bei Höhlenmenschen – eine schwere Stirn, die nach hinten in eine Reihe Zacken mündete, die den Rücken hinunterliefen. Er schien mindestens vier Meter groß zu sein, vielleicht noch etwas größer.

»Der ist mir neu«, räumte Spike ein.

»Versuch es mit dem Gewehr, Einstein!«, schlug Faith vor.

Spike sah auf die Waffe, als habe er vergessen, dass er sie in den Händen hielt. Schulterzuckend zielte er auf das blaue Wesen, das einen großen Schritt auf die Gruppe zu machte. Als Spike abdrückte, schoss der Strahl heraus und umhüllte den Blauen mit seinem Licht.

Der machte unbeirrt noch einen Schritt.

»Das ist gar nicht gut.« Spike schüttelte den Kopf. »Vielleicht ist er zu groß.«

Buffy, Faith und Angel bezogen Position neben Spike, um es mit dem Wesen aufzunehmen. »Du hast mir noch nicht verraten, was du hier machst, Spike«, meinte Buffy.

»Ich bin dir durch die verdammte Tür gefolgt«, erklärte Spike. »Ich dachte, du brauchst vielleicht Hilfe, und Cheryce war ja nicht da, um mich zurückzuhalten. Aber statt bei dir zu landen, kam ich hierher – ins Vampirparadies, wenn man nichts dagegen hat, als tumbes Tier ausgestellt zu werden.«

»Was heißt das denn?«

»Die Einheimischen hier betreiben einen Vampirzoo. Und da

ich nicht nur dasitzen und mich für sie putzen wollte, hielten sie es für eine gute Idee, mich einzusperren.«

»Dann ist das hier Selbstverteidigung, das Gewehr und alles.«

»Ja«, sagte Spike lächelnd und freute sich über den Kick, den er durch den Kampf bekommen hatte. »Das habe ich in letzter Zeit zu Hause nicht genießen dürfen. Ich kann ihnen ihre kleinen Schädel eintreten und fühle mich dabei absolut erstklassig!«

»Wenn ihr weiter quatschen wollt, solltet ihr euch vielleicht ein Zimmer nehmen«, schlug Faith vor. »Es gibt hier nämlich gleich eine ernsthafte Schlägerei mit etwas Blauem.«

Spike wandte seine Aufmerksamkeit von der blonden Jägerin ab. Der blaue Fiesling kam weiter den Hang herunter, langsam, aber entschlossen. Der Anblick zweier tougher Vampirjägerinnen und zweier ebenso tougher Vampire schüchterte ihn offenbar kein bisschen ein.

Dann bemerkte Spike, wie oben auf dem Berg ein weiterer großer blauer Kopf in Sicht kam. »Oh, wie schön«, er deutete nach oben. »Er hat einen Zwillingsbruder.«

Der zweite Riese kam ebenfalls den Berg herunter. Nur zum Spaß feuerte Spike auf ihn. Ohne Wirkung. Er warf das Gewehr zur Seite. »Sieht aus, als müssten wir es auf die altmodische Tour versuchen«, sagte er. »Hat jemand eine Idee?«

»Ja«, meinte Faith. »Ich finde, wir machen jetzt Party!« Und schon rannte sie den Hügel hinauf. Buffy folgte ihr, dann Angel. Spike kam als Letzter.

Faith war zuerst bei dem blauen Riesen. Er zögerte, nahm eine Verteidigungshaltung ein, duckte sich ein wenig und verlagerte das Gewicht nach hinten, da er am Abhang stand. Faith katapultierte sich in die Luft und trat mit dem rechten Fuß in die Brust des Monsters. Es schlug nach ihr wie nach einer Fliege, Faith landete mit einem dumpfen Aufprall auf dem Boden und rollte sich ab.

Buffy blickte kurz zu ihr hinüber, widmete sich dann aber ebenfalls dem blauen Monster. Durch die Aktion war er ein klein wenig aus dem Gleichgewicht geraten. Buffy täuschte einen ähnlichen Sprung an, wie Faith ihn gemacht hatte, änderte aber im letzten Augenblick die Richtung und sprang an ihm vorbei ein Stück den Berg hoch. Um sie im Auge zu behalten, drehte er sich um, aber auch Angel und Spike rückten vor, um die er sich ebenfalls kümmern musste. Spike sah, wie sich Verwirrung auf seinem prähistorischen Gesicht ausbreitete, und da trat ihm Buffy auch schon von hinten fest in die Kniekehlen. Als hätten sie es zuvor choreographiert, griff ihn Angel gleichzeitig von vorn an und zwang ihn, eine seiner großen Hände zu schwingen. Damit geriet das Wesen völlig aus dem Gleichgewicht und es stürzte – wie ein gefällter Baum im Wald, fand Spike. Blitzartig wich der Vampir der großen Hand aus, die auf ihn zugesegelt kam.

Nur weil der Riese auf dem Boden lag, war der Kampf aber noch nicht vorbei. Er krallte sich bereits in die Erde und versuchte, wieder auf die Beine zu kommen. Buffy und Angel begannen, ihn mit Faustschlägen und Tritten zu bearbeiten. Der Blaue ächzte und stöhnte. Spike schloss sich an und genoss es, auf jemanden einzuschlagen.

Da kam jedoch schon der Zweite den Hügel herunter. Er verhielt sich vorsichtiger als sein Kollege und stützte sich beim Abstieg mit einer Hand am Boden ab. Daher war er fast schon bei ihnen, als der erste ohnmächtig wurde.

Faith erhob sich, klopfte sich den Schmutz von den Kleidern und fluchte leise vor sich hin. Das sah ihr gar nicht ähnlich, fand Spike. Die alte Faith hätte aus vollem Halse geflucht. Vielleicht rehabilitierte sie das Gefängnis letztendlich doch!

Was ihm sehr missfallen würde.

»Vorsicht, Buffy!«, rief Faith und zeigte auf das nahende Monster. Als hätte Buffy es nicht längst schon gesehen!, dachte Spike. Faith war eine Jägerin, aber Buffy war für ihn *die* Jägerin. Sie war einmalig.

»Danke!«, rief Buffy und wirbelte herum, als der Riese nach ihr griff. Sie wich der Hand aus und schlug nach den großen Fingern, woraufhin der Blaue seine Hand zurückriss und einen weiteren Schritt vortrat. Er hatte ein grimmiges Gesicht, aber ein halbes Lächeln spielte über seine Züge – der Blaue war in jeder Hinsicht riesig, außer was das Hirn anging. Er wollte offenbar weiter nach

Buffy schlagen – und verfehlte sie knapp –, ohne sich um Angel, Faith und Spike zu kümmern, die immer näher kamen. Buffy sprang aus seiner Reichweite und schlug erneut nach der ausgestreckten Hand.

Verärgert versuchte er es noch einmal. Diesmal trat Buffy zur Seite, griff mit beiden Händen nach seinem Handgelenk und zog nach Leibeskräften daran. Angel und Faith rannten an dem Riesen vorbei, der versuchte seinen Arm aus Buffys Umklammerung zu befreien. Ohne sich abzusprechen – wieder hatte Spike das Gefühl, sie hätten diese Bewegungen vorher einstudiert – aber das lag natürlich daran, dass sie schon so oft zusammen gekämpft hatten – schnappten sie sich jeder ein Bein des Riesen und schoben, während Buffy weiter zog.

Schon kippte er vornüber und kullerte Hals über Kopf den Berg hinunter.

»Je größer sie sind ...«, fing Spike an.

»Sag es nicht!«, befahl Buffy.

»Sag am besten überhaupt nichts!«, pfiff ihn Angel an. Gute Laune hatte er sowieso nie, aber nun war er obendrein mit seiner begrenzten Geduld am Ende.

»Was nervt dich denn so?«, fragte Spike.

»Du nervst mich! Du solltest nicht einmal hier sein und wir haben Besseres zu tun, als bei deiner Rettung unsere Hälse zu riskieren.«

»Ihr braucht mich nicht zu retten«, protestierte Spike. »Dazu bin ich sehr gut allein in der Lage.«

»Sah für mich nicht so aus. Meiner Meinung nach haben wir dir das Leben gerettet.«

»Ich habe genug von dir, Angel«, fuhr Spike auf. Er trat zurück und holte zu einem rechten Haken auf Angels männliches Kinn aus – und plötzlich durchfuhr ihn ein stechender Schmerz. Sein Kopf fühlte sich an, als explodiere ihm das Gehirn in der Schädelhöhle. Frustriert ließ er den Arm sinken.

»Ich dachte, ich wäre geheilt«, sagte er niedergeschlagen. »Ich dachte, der Chip wäre weg.«

»Tja, war wohl nichts«, bemerkte Angel. »Aber du kooperierst besser mit uns. Tu, was man dir sagt, und dann darfst du mitkommen.«

»Jungs!«, rief Faith. Spike drehte sich zu ihr um. Sie stand vor einem Portal, das sich am Abhang aufgetan hatte. »Wenn ihr mit eurem Testosteron-Geplänkel fertig seid, müssen wir los!«

Spike bemerkte, dass beide blauen Kreaturen wieder auf die Beine kamen. Sie sahen ganz so aus, als wäre bald Essenszeit und die Eindringlinge der geplante Hauptgang. »Also gut«, gab er halbherzig nach. »Ich vermute, ihr braucht meine Hilfe, also komme ich mit.«

»Danke, Spike«, sagte Buffy ein wenig zu fröhlich. »Hast du immer noch Kontakt zu Alina, Faith?«

»Deshalb stehe ich hier und sage, wo's langgeht, Buff. Glaubst du, ich denke mir das nur aus?«

»Würde ich dir nie unterstellen!«

»Meine Damen«, sagte Angel und trat dazwischen. »Schluss mit dem Gequatsche!«

Sie traten durch das Tor.

Es war ein merkwürdiges Gefühl, jemanden im Kopf sitzen zu haben – so kam es Faith jedenfalls vor. Sie hatte den Eindruck, Alina wie einen Passagier mit sich zu führen. Das russische Mädchen schien alles sehen und hören zu können, was Faith sah und hörte, und sie konnten in Gedanken miteinander kommunizieren. Sie erkannte sogar Alinas Gesicht, das schwach durch alles hindurchschimmerte, was sie ansah.

Sie spürte auch Willows Anwesenheit und die von Tara und der alten Dame, Doña Pilar, aber sie konnte sie nicht sehen – sie waren eher wie gestaltlose Schatten in ihrem Bewusstsein.

Aber mit diesem merkwürdigen Gefühl wollte sie sich gerne abfinden, denn es bedeutete, dass der Kontakt nicht unterbrochen war und Alina die Gruppe mit Hilfe ihres Realitätsindikators, der Magie und ihrer hoch entwickelten übersinnlichen Fähigkeiten wunderbar von Punkt zu Punkt durch die fast unendliche Zahl alternativer Realitäten führte. Alina konnte nun

Portale öffnen, wann und wo sie wollte, und was noch besser war: Sie wusste auch, wohin sie führten.

Alina steuerte Faith und Faith wies Angel, Buffy und den anderen den Weg. Das war ebenfalls ein merkwürdiges Gefühl, aber ein merkwürdig gutes, fand die dunkelhaarige Jägerin. Die anderen überließen ihr die Führung und folgten ihr ohne zu wissen, wohin es ging. Sie wurde respektiert. Das war neu. Und es gefiel ihr sehr.

Faith führte die Gruppe durch das Portal, vor dem sich eine riesige Stadt ausbreitete – Gebäude, so weit das Auge reichte, in allen Richtungen. Menschenmassen eilten Gehsteige entlang und rempelten sich bei jedem Schritt an. Dabei verloren sie kein Wort. Jeder schien völlig nach innen gekehrt, als könne man bei so vielen Menschen auf einem Haufen nur für sich sein, wenn man alle anderen ignorierte.

In dieser Stadt hielt sich Julianne Mercer auf. Die hübsche Brünette war von einer *Cowtown Burger Ranch* verschwunden und trug zu dem Zeitpunkt, als Buffy und die anderen sie im hundertdreiundneunzigsten Stockwerk eines Hochhauses fanden, immer noch ihre Kellnerinnen-Uniform. Seit sie oben in dem fast vierhundert Etagen hohen Gebäude angekommen war, lief sie die Treppen hinunter, hatte aber immer wieder eine Pause machen und etwas essen müssen, also war sie noch nicht im Erdgeschoss angekommen.

Ein weiteres Portal führte die Gruppe in eine merkwürdige Landschaft, in der aus langen zerklüfteten Rissen im Boden Dampf aufstieg und Flammen wie erdgebundene Blitze tanzten. Die Herrschenden waren gebeugte, verschrumpelte Wesen mit spitzen Zähnen und einer großen Gier auf Menschenfleisch. Cheerleader Julie Mazullo war hier gelandet und hatte an die neun Stunden – ihrem Zeitgefühl nach – damit verbracht, sich in Höhlen zu verstecken, in denen es so heiß wie im Backofen war. Überall hatten Menschenknochen herumgelegen.

Nachdem sie einige der menschenfressenden Wesen vernichtete hatten, führte Faith die anwachsende Gruppe wieder durch ein Portal. Diesmal präsentierte sich ihnen eine paradiesische

Welt mit großen, kräftigen Bäumen, an denen reife, verlockende Früchte hingen, mit wunderschönen Blumen, zwitschernden Vögeln und neugierigen, aber scheuen kleinen Säugetieren, die aussahen wie aus einem Disney-Comic. Die Kehrseite der Medaille: Das Paradies gehörte einem Lehnsherrn, der für Ordnung sorgte, indem er seinen Soldaten befahl, einen jeden aufzuspießen, der in das Paradies einzudringen wagte – die Hunderte aufgespießten Körper zwischen den Bäumen und Pflanzen bewiesen das. Zwei Teenys, ein Junge und ein Mädchen aus El Segundo, die gleichzeitig verschwunden waren, hatte es an diesen Ort verschlagen. Das Mädchen war den tödlichen Spießen bislang entkommen, aber der Junge hatte kein Glück gehabt.

Buffy war untröstlich. »Niemand hat verlangt, dass du sie alle rettest«, sprach Faith sie an.

»Das wollte ich aber«, entgegnete Buffy. »Kannst du dir vorstellen, wie es ist, den Eltern zu erklären, was ihm widerfahren ist?«

Faith griff Buffy am Arm – eine für sie befremdliche Geste – und drückte damit Zuneigung, vielleicht auch Besorgnis aus. Buffy zwang sich zu einem Lächeln und sah dann schnell fort.

Die Sache geht ihr wirklich nah, stellte Faith fest. Da rettete Buffy nun schon seit ewigen Zeiten tagein tagaus den Leuten das Leben und wenn es einmal nicht klappte, nahm sie es immer noch total mit. Aber Faith wusste, es nützte niemandem, wenn sie weiter herumstanden und den Verlust bejammerten – sie hatten noch einiges vor sich. Alina öffnete ein weiteres Portal und sie gingen hindurch.

Tony Tataglia, Halka Czornik, Joe Frost, Eric Vicente – Kids, deren Namen keiner von ihnen kannte, weggezaubert aus ganz Los Angeles, als Alinas Realitätsindikator noch darauf eingestellt war, Beliebige auszuwählen – sie fanden alle. Einige mussten sie aus Gefahren retten, andere davon überzeugen, dass es besser war, die scheinbar angenehme Welt zu verlassen.

Tony Tataglia war einer, der sich weigerte mitzukommen. Sie fanden ihn in der Realität, in der Angel von Tan-kia aufgehalten worden war. Tony hatte sich als einziger Mann in einem Hof voll

Frauen wiedergefunden – er stand im Mittelpunkt und das gefiel ihm sehr. Buffy und Angel hatten mit ihm diskutiert, bis Faith schließlich darauf hinwies, dass noch andere auf Rettung warteten. Man konnte ihn nicht zwingen. Als sie durch das nächste Portal traten, winkte er ihnen mit einem breiten Grinsen im Gesicht zum Abschied hinterher.

Die Gruppe wuchs und wuchs und Faith kam sich immer mehr vor wie der Rattenfänger von Hameln; allerdings nicht so gruselig. Sie entführten ja schließlich keine Kinder aus ihren Familien – sie brachten sie nach Hause.

Und das war ein großer Unterschied.

16.

Los Angeles

»Es funktioniert wirklich!«, rief Alina aufgeregt. Sie sah aus wie ein Schulmädchen, das gerade einen Brief von einem Verehrer – oder einer Verehrerin, korrigierte Willow – bekommen hatte. Sie strahlte, die Augen leuchteten und sie zog vor Entzücken die Nase kraus. Natürlich konnte Willow sie nicht richtig sehen, aber da sie immer noch mental mit Tara und Doña Pilar verbunden war, hatte sie auch eine visuelle Manifestation von Alina. Sie konnten sich alle »sehen«, als stünden sie zusammen in einem schneeweißen Zimmer mit einem ganz schwachen Rosenduft in der Luft.

Natürlich funktioniert es, rief ihr Willow zu. *Du hast doch gesagt, der Indikator geht wieder, und wir haben gesagt, dass wir den Rest im Griff haben.*

Aber es ist so ... wunderbar!, dachte Alina, der offenbar wieder eingefallen war, dass sie nicht laut sprechen musste, damit die anderen sie hören konnten.

Ja, mein Kind, pflichtete ihr Doña Pilar bei. *Das ist es. Aber verlier jetzt nicht deine Konzentration. Wir haben noch eine Menge Arbeit vor uns.*

Ich weiß, Doña Pilar, tut mir Leid.

Der schwierigste Teil lag noch vor ihnen. Sie hatten es geschafft, Faith durch die Alternitäten zu lenken, indem sie der schwachen Energiespur gefolgt waren, die der Realitätsindikator zu jeder von ihnen unterhielt. Es war ihnen gelungen, fast alle vermissten Kinder wieder einzusammeln.

Aber nun mussten sie durch das Portal wieder nach Hause gebracht werden – und zwar wohlbehalten. Keine von ihnen war hundertprozentig davon überzeugt, dass es ihnen gelingen würde. Es war machbar, wenn jemand, der theoretisch problemlos durch die Alternitäten reisen konnte, die Kids im richtigen Moment durch das richtige Portal führte. Aber das waren alles nur Vermutungen. Sie hatten es ja noch nie ausprobiert.

Bislang hatte der Realitätsindikator nach seiner Reparatur wunderbar funktioniert. Und Willow, Tara und Doña Pilar hatten mit ihrem Kommunikationsnetz einen wertvollen Beitrag geleistet. Auf dieser Seite hatte es keinerlei Störungen gegeben.

Was eigentlich bei verhexten Sachen üblicherweise der Fall war, dachte Willow.

»Das hier ist es!«, sagte Che, der Boss der mexikanischen Gang. »Wie der russische Kerl sagte, den wir entdeckt und uns vorgeknöpft haben, passen sie auf dieses Haus besonders gut auf.«

»Und das bedeutet«, fügte Pepé Villaréal hinzu, »da ist etwas drin, das wir nicht kriegen sollen.«

»Genauso ist es«, pflichtete ihm Che bei. »Und genau deshalb müssen wir rein.«

Er sah sich seine Truppe an. Es ging um eine große Operation – die größte, die er je erlebt hatte. Zehn Autos waren bereits da und um die Kreuzung Mount Vernon/Fairway abgestellt; in jedem Wagen mindestens drei, vier Männer. Ein weiteres halbes Dutzend war unterwegs. Jeder Mann war mit wenigstens einer Pistole ausgerüstet, einige mit Gewehren. Auch ein paar Handgranaten hatten sie dabei, dazu Benzinkanister, Flaschen und Stoffstreifen für Molotowcocktails.

Der verdammte Krieg dauerte nun schon lange genug. Che hatte sich mit einigen anderen *jefes* getroffen, nachdem er von diesem Haus erfahren hatte, und mit ihnen gemeinsam beschlossen, diesem Krieg mit einem gezielten Angriff ein schnelles und siegreiches Ende zu machen. Ein Ort, den die Russen so gut bewachten, musste ein strategisch wertvolles Ziel sein. Von dem Russen, den sie sich nach der Straßenschlacht in Crenshaw geschnappt hatten, wussten sie, dass das Haus gut befestigt war und von zahlreichen Sicherheitskräften bewacht wurde. Er war gestorben, bevor er noch mehr Details verraten konnte. Aber Che hatte genug erfahren.

Bisher regte sich rein gar nichts in dem Haus, obwohl man mit einem Blick aus dem Fenster gleich hätte feststellen können, was los war. Das Grundstück war umzingelt von Echo-Park-Leuten und East Side Kings, von Latin Cobras aus Sunnydale und sogar ein paar Valley Flashs aus Bakersfield.

Wenn Nicky mir nur das Geheimnis verraten würde!, dachte Che. Hätte ich das Ritual durchgeführt, könnte ich jetzt einfach so reingehen und vollkommen unbesiegbar alle rausschmeißen!

Aber Nicky hatte Che beleidigt, indem er in sein Haus eingebrochen war, und war dann in der Nacht verschwunden. Wenn er Nicky das nächste Mal begegnete, würde er ihn umbringen, schwor sich Che. Er würde ihn auf der Stelle umnieten. Ohne Hallo und Auf Wiedersehen.

Als Nächstes würde er vielleicht einen Überfall auf das Haus der de la Natividad machen, nur so zum Spaß. Er wollte den reichen Leuten mal zeigen, wie die andere Hälfte der Erdbevölkerung starb.

Che hörte Motorengeräusche und bemerkte aus dem Augenwinkel, wie Autos ohne Scheinwerferlicht die Straße heraufkamen. Der Rest seiner Leute. Er registrierte Bewegungen in einigen der umliegenden Häuser; Vorhänge wackelten, Verandalampen wurden ausgeschaltet. Jeden Augenblick erwartete Che auch die Cops. Aber sie würden mit Blaulicht und Sirenen anrücken, nicht heimlich und leise. Er befahl seine Gefolgsleute rasch auf ihre Positionen, damit sie das Haus einnehmen konnten, bevor die Bullen kamen.

Es gab also etwas in diesem Haus, das die Russen mit ihrem Leben zu verteidigen bereit waren ...

Che wollte es haben.

Was immer es war.

Als die anderen Autos vorgefahren waren und ihre Insassen ausstiegen, gab er das Zeichen.

Fünfzig Gewehre feuerten gleichzeitig wie aus einem Rohr.

Glasscheiben zersplitterten. Fensterläden, Verandabeleuchtungen, Bewegungsmelder und Rolladenkästen wurden zertrümmert. Putzstücke flogen aus den Mauern.

In der ganzen Straße breitete sich Rauch aus. Che gab ein weiteres Zeichen und das Feuer wurde eingestellt. Aufmerksam studierte der Bandenboss das Haus.

Hunderte Kugeln waren eingeschlagen, allerdings ohne bedeutenden Schaden anzurichten, bemerkte er. Hinter den Fenstern befanden sich keine Räume, sondern weitere Wände: Sie sahen aus wie aus galvanisiertem Stahl und hatten dem Kugelhagel mühelos widerstanden. Sie bekamen zwar Beulen, ließen aber nichts durch. Keine einzige Kugel war wirklich ins Hausinnere durchgedrungen. Sie hatten einigen kosmetischen Schaden angerichtet, aber keinen wesentlichen Erfolg erzielt.

»Das ist ja abgefahren! Ist ja wie 'ne Festung oder so«, entfuhr es Villaréal.

»Oder so, ja«, bemerkte Che. »Also ist es schwieriger, als wir dachten. Dann macht es nur noch mehr Spaß.«

Er hob den Arm, um erneut das Zeichen zum Feuern zu geben, hielt aber inne, als er ein schwirrendes Geräusch am Haus wahrnahm. Es klang, als surrten viele kleine Elektromotoren.

Und dann sah er, wo das Geräusch herkam.

Rings um das Haus fuhren Stahlwände aus dem Boden, in denen sich kleine schmale Scharten befanden.

Aus den Scharten ragten Läufe schwerer Waffen. Keine einfachen Gewehre oder Pistolen.

Maschinengewehre.

»Runter!«, schrie Che. Er warf sich hinter einem El Dorado auf den Boden.

Die Maschinengewehre fingen an zu rattern.

Es waren insgesamt vielleicht nur zwölf, aber ihr Feuer war weitaus ohrenbetäubender als die fünfzig Schießeisen von Ches Leuten. Ein unaufhörliches Geknatter. Und die Kugeln, die aus diesen Waffen abgefeuert wurden, waren riesig. Sie schlugen in die Autos ein, trafen Ches Männer und krachten in die Häuser auf der anderen Straßenseite, löschten Laternen und brachten den Tod über die ganze Kreuzung.

»Holt sie euch!«, schrie Che über den Lärm hinweg. »Holt sie euch!«

Er hob seine Waffe über die Motorhaube des El Dorado und feuerte zurück. Dabei zielte er auf die Schlitze und hoffte, die Schützen treffen zu können oder wenigstens die Waffen zu beschädigen.

Genauso gut hätte er es mit Seifenblasen versuchen können.

»Weitermachen!«, befahl er. »Nicht nachlassen!«

Er feuerte erneut, um mit gutem Beispiel voranzugehen. Seine Männer eiferten ihm nach. Überall ragten Hände mit auf das Haus gerichteten Waffen hinter Motorhauben hervor. Der Schusswechsel ging weiter. Stücke vom Mauerputz flogen durch die Luft. Metallummantelte Geschosse schlugen gegen die Stahlwände, prallten pfeifend wieder ab und es regnete Funken.

Ein Typ namens Alberto, den Che von Bakersfield kannte, rannte ihm geduckt entgegen. Mit einer abgesägten Flinte im Arm ließ er sich hinter den Wagen fallen. Blut tropfte aus einer Wunde über dem Auge.

»Al, du bist getroffen!«, rief Che.

»Ist nur ein Kratzer von einer Kugel, die vom Auto abgeprallt ist, glaube ich.«

»Was gibt's?«, fragte Che.

Al wich seinem Blick aus. Seine Stimme zitterte leicht, als er sagte: »Ich glaube, wir ziehen uns zurück, Mann.«

»Zurückziehen?« Che spuckte auf die Straße. »Das geht nicht! Wir stehen unter starkem Beschuss. Wir brauchen jede verfügbare Knarre!«

»Knarren nützen nichts, Che. Sieh dir das Haus an! Wir schießen jetzt schon seit fünf Minuten. In jedem anderen Haus wären alle Bewohner tot. Es gäbe dicke Löcher in den Wänden, durch die man mit einem Laster fahren könnte. Aber hier? Wir haben sie höchstens ein bisschen geärgert.«

»Dann müssen wir den Job zu Ende bringen und fertig«, meinte Che. Albertos Anblick machte ihn allmählich krank. Ein Kratzer, ein bisschen Blut – und der Kerl war auf und davon. Manchmal musste man eben Opfer bringen, fand Che. Für seine Freunde. Man musste ihre Belange vor die eigenen stellen.

»Die Sache ist die: Das hier ist kein Bakersfield-Krieg«, fuhr Al fort. »Das ist eine L.A.-Geschichte. Wir haben damit gar nichts zu tun.«

»Das ist ein Krieg für alle«, zischte Che. Er beugte sich vor und drückte mit einer Hand den Lauf von Als Waffe herunter. Da er in dieser Hand aber auch seine 9mm hielt, hatte Al plötzlich ihren Lauf vor der Brust. »Diese Typen, die Russen, werden es nicht mit Los Angeles gut sein lassen. Sie sind überall. An der Ostküste, im mittleren Westen, überall. Die und die Osteuropäer, das sind die neuen Sizilianer, verstehst du? Sie wollen alles unter Kontrolle haben. Dich und mich, Bakersfield und L.A., einfach alles! Wenn wir sie jetzt nicht stoppen, werden wir regelrecht von ihnen überrannt.«

Al nickte und blickte nur noch besorgter drein. »Ich weiß, Che. Aber meine Jungs wollen nicht hier sterben.«

»Jeder muss mal gehen, Al«, meinte Che nüchtern.

»Mal, aber nicht heute.«

Che bohrte den Lauf seiner 9mm in Als Brust. »Du gehst heute, *amigo*, wenn du uns jetzt sitzen lässt!«

»D-das würdest du tun?«, fragte Al und seine Augen weiteten sich vor Schreck. Nun zitterten auch seine Lippen und eine feine Spur Speichel lief aus dem Mundwinkel. »Du würdest mich einfach so umnieten?«

»Auf der Stelle.«

»D-die anderen hatten Recht«, stammelte Al. »Die sagen, du bist verrückt, Che. Einfach irre, meinen die. Ich habe immer zu dir gehalten, weißt du? Ich habe immer gesagt, das stimmt nicht. Che ist clever, der ist kein Weichei. Er hat keine Angst vor großen Plänen.«

»Da hast du Recht, Alberto«, pflichtete ihm Che bei. Er fühlte sich jetzt ganz ruhig, während er Al unter Druck setzte, obwohl der Donner der Maschinengewehre weiter dröhnte. »Du hast völlig Recht. Ich habe wirklich große Pläne. Dein Problem ist vermutlich, dass du keine hast. Du denkst, mit Bakersfield kann nie etwas passieren. Du sitzt da hinten in diesem Tal, fernab von allem. Du denkst, es ist immer noch 1949 und du kannst dich in einen feinen Anzug werfen, mit deiner Taschenuhr protzen und die Mädels beeindrucken. Also, hier kommt das Update, Al: Es ist nicht so. Jetzt musst du im großen Stil denken und den Mumm haben, deine Ideen auch umzusetzen, sonst gibt es dich bald nicht mehr.«

Al schien zu wissen, was nun kam. Er schüttelte heftig den Kopf. Spucke flog durch die Luft und er gab ein würgendes Geräusch von sich, als unterdrücke er einen Schluchzer, der ihm im Hals steckte. Che wahrte die Fassung und fühlte sich immer noch verblüffend ruhig, als er abdrückte. Es gab einen lauten Knall, Blut spritzte ihm auf den Arm und Al stürzte zu Boden. Seine Hand zappelte kurz hinter dem Auto hervor und wurde sofort durch eine vom Haus kommenden Salve zerfetzt.

»Handgranaten!«, schrie Che. »Cocktails! Auf was wartet ihr noch?«

Auf diesen Befehl hin fingen einige der Jungs an, Benzin in Limo- und Bierflaschen zu schütten, sie mit Lappen zuzustopfen und darauf Benzin zu tropfen. Andere hielten nervös die Granaten in ihren Händen. Nur wenige von ihnen hatten schon einmal eine benutzt.

»Hierher!«, verlangte Che und streckte seine Hand aus. »Gib sie mir.«

Der Typ reichte ihm die Handgranate. Che lehnte sich mit dem Rücken an den El Dorado und nahm den Sicherungsstift zwischen die Zähne. »So geht das«, sagte er, zog die Granate fort und hielt den Stift mit den Lippen fest. Er spuckte ihn aus, zählte bis fünf, schleuderte die Handgranate im hohen Bogen auf das Haus und beobachtete, wie sie einschlug.

Sie hüpfte zweimal im Hof und blieb vor der Hauswand liegen. Eine halbe Sekunde später ging sie hoch, eine gewaltige Explosion von Licht, Lärm und Energie. Flammen schossen die Mauer hinauf und züngelten um eine der Schießscharten. Che spürte die Druckwelle noch auf der Straße.

Als der Rauch sich langsam wieder auflöste, schwieg das Maschinengewehr in dieser Scharte. Der Lauf war schwarz.

Die Jungs jubelten.

»Es funktioniert!«, triumphierte Che. »Werft jetzt die anderen! Gebt es ihnen!«

Auch die anderen warfen nun Handgranaten auf das Haus und die Molotowcocktails folgten, explodierten an der Hauswand und steckten alles in Brand.

»Wir grillen sie«, bemerkte Villaréal hämisch. »Wie im Backofen!«

Che nickte grinsend. Man musste nur ein bisschen Mumm haben, dachte er. Dann klappte es auch ohne Zaubertricks ganz gut.

Als es anfing zu donnern, dachte Alina zunächst, es gebe ein Gewitter über dem Meer. Aber es hörte nicht auf und zog auch nicht weiter, sondern wurde heftiger und heftiger.

»Was ist das?«, fragte sie besorgt.

Konzentriere dich weiter!, befahl Doña Pilar.

»Aber ...«

Es klingt nach Schüssen, schaltete sich Willow ein. *Nach vielen Schüssen.*

Willow, bist du in Ordnung?

Ich denke schon, Tara. Ich habe nur ein bisschen Angst.

Meine Töchter ..., mahnte Doña Pilar.

Sorry, Doña Pilar. Ich mache mir Sorgen um Alina. Und um mich, glaube ich.

Ich mache mir auch Sorgen um Willow.

Aus dem Donner wurde allmählich ein Klopfgeräusch, das immer deutlicher in Willows Bewusstsein drang. Jemand war an der Tür. Sie hörte eine Stimme.

»Willow! Ich bin's, Riley! Mach auf!«

Riley ...

Willow, nein!, warnte Doña Pilar.

Aber ...

Dann unterbrach Willow die Verbindung und eilte zur Tür, entriegelte sie und riss sie auf.

»Riley, was ist los?«

»Da draußen tobt die Hölle«, rief er. »Es ist die reinste Invasion.«

»Unser Haus wird gestürmt?«

»Dieses Haus hat eine Verteidigungsanlage, das kannst du dir nicht vorstellen«, sagte Riley. »Und mehr Leute als ich dachte. Man könnte fast meinen, es wäre ein Initiative-Posten.«

»*Du* könntest das meinen«, entgegnete Willow. »Für mich klingt es eher Furcht erregend.«

Riley nickte. »Ja, okay, ist es auch. Furcht erregend. Aber so weit, so gut. Das Haus hält dem Angriff stand. Du bist in diesem Zimmer sicher und die Flores habe ich in einem anderen abgesicherten Raum untergebracht.«

»Und was ist mit dir?«, fragte Willow. »Du weißt, Buffy köpft mich, wenn dir etwas zustößt.«

»Ich passe gut auf mich auf«, versicherte ihr Riley. »Glaub mir. Ich habe kein Interesse daran, in diesen Kampf verwickelt zu werden. Aber wenn es sein muss, dann muss es eben sein.« Er sah sich im Zimmer um. »Wie läuft es hier?«

»Es *lief* ganz gut«, erklärte die Hexe. »Bis wir von den Schüssen unterbrochen wurden.« Rileys hartnäckiges Klopfen an der Tür ließ sie unerwähnt. »Aber nun haben wir, befürchte ich, den Kontakt verloren.«

Riley sah sie erschrocken an. Seine Angst um Buffy war spürbar und wurde nur noch von Willows eigener übertroffen.

»Aber du kannst ihn wiederherstellen?«, fragte er voller Hoffnung.

»Ich glaube ... Ja, sicher.« Sie biss sich auf die Lippen und lächelte verkrampft. »Ganz sicher, Riley.«

Er brachte ein halbherziges Lächeln zustande. »Dann mach weiter! Ich halte dir den Rücken frei.«

»Okay«, meinte Willow. »Sei vorsichtig! Pass auf dich auf!«

»Kein Thema!«, versicherte Riley und verließ sie. Willow verschloss die Tür hinter ihm.

Ihr Blick traf auf Alina und die Augen des russischen Mädchens füllten sich mit Tränen.

»Wir haben sie verloren!«, jammerte sie.

»Sie ist weg«, verkündete Faith und sah sich mit großen Augen um. Ihre Stimme klang merkwürdig schwach.

»Wie meinst du das – weg?«, fragte Buffy.

»Weg eben! Was soll das sonst heißen? Nicht da! Abgetaucht! Verschwunden!«

»Verschwunden«, wiederholte Angel.

»Ich glaub, ich hör nicht recht«, raunzte Spike und schob die Fäuste in die Taschen seines Ledermantels. »Hab ich gerade richtig gehört?«

»Ich glaube schon«, sagte Buffy. »Nicht wahr, Faith?«

»Hört mal, ich weiß nicht, was ich sagen soll«, fing Faith an. »Alina war in meinem Kopf und jetzt ist sie plötzlich verschwunden.«

Spike winkte verärgert ab. Überall öffneten und schlossen sich Portale wie hungrige Schnäbel in einem Vogelnest, blinkten auf und verschwanden wieder. Alle zusammengesuchten Jugendlichen blickten mit besorgten Mienen zu ihnen auf. Hinter ihnen lag die Landschaft einer untergegangenen Stadt: ausgebrannte Gebäude, die nicht von Menschenhand gemacht waren, umgestürzte Türme und Trümmerhaufen zeichneten sich am Horizont ab. »Was wollen wir also tun?«, fragte Spike. »Welches von den Toren bringt uns nach Hause? Denn ich muss euch sagen, es gefällt mir hier nicht besonders gut.«

»Wartet mal, ich krieg das wieder hin«, versprach Faith ihnen. Sie waren durch das Portal gekommen, um das letzte noch fehlende Kind zu holen, einen Freund von Gunn namens Marcus. »Seid einfach mal ruhig, ja? Gebt mir eine Minute!«

Aber sie war längst nicht so zuversichtlich wie sie zu klingen versuchte. Es war toll, wie sie die Truppe angeführt und mit Alinas Hilfe durch ein Portal nach dem anderen geleitet hatte. Sie hatte die Kontrolle gehabt und die anderen waren ihr gefolgt. Bisher hatte sie auch keinen einzigen Fehler gemacht. Sie hatte sich – und es war ihr sehr unangenehm, dies zuzugeben – wie eine richtige Jägerin gefühlt.

Nun war all das verschwunden, die Gewissheit und das Vertrauen. Körperlich war sie genauso stark wie immer. Sie konnte gegen jeden kämpfen und gewinnen. Aber die Basis ihrer Führerrolle war so zerbrechlich wie ein Rotkehlchenei. Sie war eng daran geknüpft, die Truppe durch die richtigen Portale führen zu können, und die hatte sie soeben verloren.

Aber das Wort Niederlage existierte in Faiths Wortschatz nicht. Zu einer anderen Zeit hätte sie die Situation ausgenutzt, wäre rasch durch eines der verblassenden Portale getreten und hätte die anderen zusammen mit dem Rest ihrer Haftstrafe hinter sich gelassen. Als Jägerin konnte sie sich wahrscheinlich problemlos überall hinbewegen. Besonders an einen Ort, wo sie niemand kannte und wo sie weder eine Akte noch einen Ruf hatte. Sie könnte durch eines dieser Tore flitzen und in irgendeiner neuen Welt Königin werden.

Vor sechs Monaten – ach was, vor sechs Wochen – hätte sie das getan!

Andererseits, wenn Angel nicht etwas in dem Loch gesehen hätte, wo sich ihre Seele befand, wäre sie jetzt nicht die, die sie war.

Sie ließ ihren Blick über die anderen schweifen. Diese schauten sie an – schauten zu ihr auf und hofften auf ihre Hilfe – und sie fühlte sich stärker denn je. Sie fühlte sich gut.

Ich muss mal meine Temperatur messen, dachte sie. Ich hab bestimmt Fieber oder so!

»Hör mal, du Juniorjägerin«, unterbrach Spike ihre Gedanken. »Ich will dich ja nicht unter Druck setzen, aber die Einheimischen kommen schon aus ihren Häusern. Und sie sehen nicht aus, als bekämen sie gern Besuch!«

Spike hatte Recht. Eine Vielzahl von Kreaturen – Monster war wohl die korrektere Bezeichnung – schlurfte auf sie zu. Monster jeder Form und Farbe, von kleinen Wadenbeißern bis zu riesengroßen Bestien mit dicken Hälsen und gefährlichen Klauen. Sie flogen, sie zuckten und sie trotteten. Es mussten Hunderte sein.

»Spike«, setzte Buffy misstrauisch an. »Kommen sie dir bekannt vor?«

»Sehen wie verdammte Monster aus, Buffy«, antwortete Spike. »Oder was willst du wissen?«

»Ich meine, die vielen Arten«, drängte sie. »Allein die große Zahl.«

Angel nickte. Faith begriff nicht und kam sich blöd vor. Buffy musste immer die Clevere spielen.

»Denken kann ich am besten«, gab Spike zurück. »Oder am zweitbesten. Warte eine Sekunde.«

»Verstehst du, was ich meine?«, fragte Buffy.

Der blondgebleichte Vampir besah sich die Horden von Monstern. »Sie kommen von überall«, beobachtete er. »Versammeln sich zu einer Schlägerei.«

»Oder zu etwas anderem«, bemerkte Angel. »Es sind ziemlich viele.«

»Eigentlich nicht. Es sind nur alle, die hier leben«, sagte Marcus, der Freund von Gunn. »Scheint ihnen hier gut zu gefallen.« Er sah die fantastischen Vier – Jägerin, Jägerin, Vampir, Vampir – dankbar an. »Jetzt versteht ihr, warum ich so froh war, als ihr aufgetaucht seid.«

»Ich komme der Sache schon näher«, meinte Spike. »Viele Monster, von denen wir manche schon zu Hause …«

»Wir befinden uns offenbar in der Realität, von der aus ein Portal nach Sunnydale geöffnet wurde!«, fuhr Buffy fort und wurde immer aufgeregter. Angel nickte.

»Aber welches von denen ist es?«, fragte Faith und sah zu den blinkenden Toren hinüber.

»Das Portal nach Sunnydale ist doch jetzt verschlossen, wie du dich vielleicht erinnerst, liebe Jägerin«, bemerkte Spike. »Und es gibt keine Garantie, dass uns ein anderes nach Sunnydale führt. Genauso gut kann es uns in Pomona ausspucken oder an einem anderen höllischen Ort.« Er schüttelte sich. »Alternde Geldsäcke und Damen mit blauem Haar!«

»Im Moment wäre ich tatsächlich für Pomona«, ließ sich Faith vernehmen. »Ich würde sogar den Boden von Pomona küssen!«

»Du hattest noch nie Niveau!«, lästerte Spike. »Und diese Monster? Sie kommen näher. Sucht euch Waffen!«

Die Monster kamen auf sie zugeschlurft. Große, dunkelrote, amorphe, wackelpeterartige Bestien rollten heran und hinterließen eine Spur aus Tierknochen und Schleim; Klumpen mit grünen Tentakeln; Lindwürmer und gehörnte, bepelzte Bestien. Sie nahmen ihren Geruch auf und wurden der Menschengruppe gewahr. Ein unglaublicher Gestank breitete sich aus. Die Kids bekamen Panik, und Angel und Buffy schalteten auf Angriffsmodus. Faith sah zu den Portalen hinüber.

Blink, blink, blink. Sie tauchten auf und verschwanden, waren manchmal eine Minute oder länger, manchmal nur Sekunden zu sehen. *Alina?*, dachte sie. *Willow? Wo seid ihr?*

»Was sollen wir jetzt tun?«, kreischte einer der Geretteten.

»Wir werden sterben!«, schrie ein anderer.

»Ruhe!«, donnerte Faith und holte tief Luft. »Es wird alles gut.« Sie sah Angel an, der grimmig nickte.

»Dafür werden wir schon sorgen«, knurrte der Vampir mit zusammengebissenen Zähnen.

17.

Angst war ein unangenehmes Gefühl für Faith und Panik erst recht. In diesem Augenblick verspürte sie beides; in der Summe drohte es sie zu überwältigen. Sie wusste, sie konnte Monster erledigen, wenn nötig; das konnten Buffy, Angel und Spike auch. Aber sogar zu viert – vier der toughsten Kämpfer der Erde – konnten sie es nicht mit einer ganzen Dimension wütender Kreaturen aufnehmen, vor allem nicht mit fast fünfzig Teenagern im Schlepptau, auf die sie aufpassen mussten.

»Wo gehen wir hin, Faith?«, wollte Spike wissen. »Such schon eins aus!«

»Soll ich wirklich?«, fragte Faith, an niemand besonderen gerichtet.

»Wo immer wir enden, schlimmer als hier kann es ja nicht sein, oder?«, meinte Buffy. »Ich meine, wenn wir nicht direkt mitten im Land der Killerclowns enden oder so, weil Clowns, also brrr!« Sie schüttelte sich.

»Okay«, Faith grinste schwach. Summers, du bist echt verrückt. Willkürlich wählte sie eines der Tore aus. »Das da!«

Einige der Teenys liefen auf dieses Portal zu – das plötzlich aufhörte zu existieren.

»Oder auch nicht«, sagte sie.

»Bleib ganz locker«, empfahl Angel. »Versuch, Alina wiederzufinden!«

Von hinten rückten bereits die Monster an – ein einziges Gebrüll und Geschnaufe; Rüstungen und Ketten klapperten, ledrige Haut knarrte und Zähne knirschten. Keine Zeit mehr für

Ene, Mene, Muh, dachte Faith. Sie mussten hier raus, und es musste …

Da durch!, ertönte plötzlich Willows Stimme in ihrem Kopf, fast so klar, als stünde sie direkt neben ihr.

»Willow?«, schrie Faith und sah sich um.

»Kannst du sie sehen?«, fragte Angel.

»Nein. Nicht so wie Alina.« Faith strich sich die Haare aus der Stirn. »Sie ist in meinem Kopf.«

Buffy sah sie scharf an. »Du lügst! Du willst nicht zurück!«

Dann griffen die Monster an, als hätte jemand Unsichtbares »Angriff« gerufen. Ein einziger grüner Ansturm mit blutenden Wunden und Tentakeln, Schwänzen und Zähnen kam auf sie zu.

»Konzentriere dich!«, bellte Angel Faith an, die sich zum Kampf bereit machte und neben ihm auftauchte, als er mit Buffy auf die Monster zulief. »Kümmere dich um das Portal!«

»Aber …«, protestierte sie.

»Faith, bitte!«, drängte Angel. »Du bist die Einzige, die es kann!«

Dann nahm er sich zusammen mit Buffy die erste Phalanx der Angreifer zur Brust. Die beiden bewegten sich in dem koordinierten, aber nicht vorausgeplanten Ballett der Gewalt, das sie so gut beherrschten – griffen im Gleichschritt mit Roundkicks und Genickschlägen an und landeten Treffer an den weichen, empfindlichen Stellen. Monsterteile flogen durch die Luft, während die beiden ihr Ding durchzogen. Dic Kinder liefen vor Panik auseinander. Da begriff Faith, dass sie sehr schnell ein Portal auswählen musste, wenn sie nicht die ehemals Verschollenen wieder verlieren oder sogar sterben lassen wollten.

Und dann …

Dann sah Faith den Bürgermeister.

Er stand in seiner menschlichen Gestalt lächelnd und mit ausgebreiteten Armen in einem schimmernden Lichtkegel. Er trug ein Kambrikhemd und Khaki-Hosen und sah genauso aus wie zu Lebzeiten: Mit braunem Haar und Funkeln in den Augen war er wieder für sie da. Böse zwar, aber er liebte sie. Er glaubte an sie. Er war ihr ergeben.

Und es gab ein Picknick, ausgebreitet auf der karierten Decke hinter ihm. Hühnchen mit Kartoffelsalat, Soda in Dosen. Ein altmodischer Strohkorb; darin war vermutlich ein Schokoladenkuchen, vielleicht sogar selbstgemacht und nicht einfach beim Bäcker gekauft.

»Der noch nicht betretene Weg«, flüsterte der Bürgermeister. »Wir können es tun, Faith. Wir können es haben.«

Die Welt fing an, sich um sie zu drehen, wurde zu einem unwirklichen Kaleidoskop flimmernder Bruchteile und Stücke. Alles, was sie erlebt hatte, wehte wie papierdünne Schnipsel eines Negativfilms an ihr vorbei, verlor an Schärfe und verschwamm zu Möglichkeiten, die sie vorgegeben hatte, nicht zu besitzen.

»Du kannst diese Spule wieder aufrollen«, versicherte ihr der Bürgermeister. »Nimm sie aus dem Projektor und komm mit mir, Faith. Ich werde dich beschützen. Ich werde für dich sorgen.«

»Faith! Mach schon!«, schrie Buffy.

Ein großes Ungetüm mit spitzen Zähnen und scharfen Krallen stürzte sich auf sie. Plötzlich spritzte ihr Blut über die Wange und gleichzeitig verspürte sie einen stechenden Schmerz im Rücken. Als sie versuchte, einen kräftigen doppelten Sidekick an eine Stelle zu platzieren, an der nichts Spitzes oder Scharfes war, dachte sie: Verdammt, diesen Kampf werden wir verlieren.

»Angel?«, rief sie, aber Gebrüll, Knurren und Schreie waren viel zu laut. Das Chaos wirbelte und kreiste um sie herum, so groß und erbarmungslos, dass sie ein Wesen nicht von dem anderen unterscheiden konnte. Sie war von Bösem umgeben – Haut, Fell, Zähne, Stachel; nichts, was ihr freundlich gesonnen war; nichts, was sie retten konnte oder half, die anderen zu retten …

Im Sonnenschein der Lichtung trat Angel zu ihr. Wassertropfen glitzerten in seinem Haar und den Wimpern. Lächelnd reichte er ihr die Hand. In der anderen hielt er einen frischen, saftigen Pfirsich, von dem er ein Stück abbiss.

Sie nahm seine Hand und spürte sein warmes Fleisch. Seine Finger verschränkten sich mit den ihren und er zog sie sanft zu sich heran. Ihre Hand ruhte an seiner Brust und der gleichmäßige gesunde Rhythmus seines Herzschlags versetzte sie in Erregung.

Er hielt ihr den Pfirsich an die Lippen und sie biss in die fleischige, süße Frucht. Es war das Köstlichste, was sie je gegessen hatte. Er wischte einen Tropfen Saft von ihrem Mundwinkel und sein Lächeln wurde noch strahlender.

»Komm mit mir und sei meine Geliebte!«, flüsterte er. Er schien vor Liebe und Wärme zu strahlen. Er widmete ihr seine ganze Aufmerksamkeit, sie war seine Welt. » Hier können wir zusammen sein.«

»Ja«, antwortete sie. »Das können wir.«

In dieser Welt konnten sie zusammenleben, heiraten, Kinder bekommen. Sie konnte Kinder mit Angel haben. Sie konnte Mutter werden.

Sie konnte ihre Waffen ablegen und der Welt neues Leben schenken. Was konnte es für ein größeres Schicksal geben, als Angels Auserwählte zu sein und sich in seiner Freude zu sonnen, ihm Vergnügen zu spenden und ebenso viel zu empfangen.

»Komm mit mir!«, drängte er. »Buffy, es ist noch nicht zu spät. Geh durch das Portal ...«

»Oh, Mann, wir sind verloren!«, schrie Spike. »Wir werden verdammt noch mal sterben!«

»Nicht, wenn ich es verhindern kann«, rief Buffy und schlug im Duett mit Angel auf eine Mauer aus roten stinkigen Monstern ein. »Faith!«

Ich wurde schon oft in Versuchung geführt, dachte Angel.

Aber diesmal wird dir eine wirkliche alternative Realität angeboten, sagte eine Figur, die in leuchtend silberweißes Licht getaucht vor ihm stand. Die Mächte der Ewigkeit geben dir diese Chance. Es ist keine Prüfung. Geh durch das Portal, Angel! Dort findest du den Frieden, den du suchst. Die Last wird dir von den Schultern genommen.

Es wird keine Vergeltung geben. Keine Konsequenzen.

Nur Frieden.

Und Angel, der einzige Vampir mit Seele auf der ganzen Welt, sah nichts außer dem Licht. Er hatte keine Visionen von anderen Leben oder von Personen, die er liebte – nicht einmal von Buffy. Er sah nur diesen kostbaren, wunderschönen Lichtschein, der sich über ihn ergoss. Wärme und Leichtigkeit drangen in jede Faser seines Wesens bis in seine Seele.

Ruhe dich aus, Ermüdeter!

Er schloss die Augen und fing an loszulassen.

Und dann öffnete er sie ruckartig und half Buffy, mit Faustschlägen ein Monster zu vertreiben. »Danke«, sagte sie und nickte ihm kurz zu.

»Beruhigt euch«, rief Faith den von Panik überwältigten Kindern zu und trieb sie wie eine Viehherde zusammen.

»Was sollen wir machen?«, fragte einer mit angstverzerrtem Gesicht. Sein kahl rasierter Kopf war mit Spitzbart und Ohrring geschmückt. »Sag uns, was wir machen sollen!«

Faith begriff, dass die anderen ihr Schicksal in ihre Hände gelegt hatten. Sie waren ihr ausgeliefert und vertrauten auf sie. Sie hatte sie hergebracht und sie musste sie auch wieder herausbringen.

Da spürte sie Willows Anwesenheit, stark und real. Sie sah den Rotschopf vor sich, wie er sich mit Tara an den Händen hielt. Sie hatten die Augen geschlossen, Tara war da und gleichzeitig auch wieder nicht. Und da war Riley und Gewehre und ... du liebe Zeit, Handgranaten! Da wusste sie plötzlich, dass es für sie nur ein Portal geben konnte: das, auf dem ihr Name stand und das ihr Schicksal war.

Komm!, drängte Willow. *Hab keine Angst.*

Das Portal schimmerte direkt vor ihr.

Wenn ich durchgehe, sterbe ich vielleicht, dachte sie.

Komm! Willow war da, stark und real.

Sie packte den Kahlrasierten an der Schulter und schob ihn auf das Portal zu. »Durch dieses da! Beeilt euch! Los jetzt!«

Die Kinder reagierten auf ihren drängenden Tonfall – wie auch auf den Haufen Monster, der immer näher rückte. Die bösen Kreaturen waren Angel und Buffy zahlenmäßig eindeutig überlegen und das Gespann wich weiter zurück.

»Bist du ganz sicher, Faith?«, fragte Angel, als ein Teeny nach dem anderen in das Licht sprang und verschwand.

Faith trieb sie an und dachte dabei an *Titanic*. Den Film hatte sie im Gefängnis fünf- oder sechsmal gesehen. »Willow sagte, es ist dieses Portal.«

»Willow? Ich dachte, du stehst in Kontakt mit Alina«, kreischte Spike misstrauisch.

»Planänderung«, war alles, was Faith darauf erwiderte.

Sie tauschte einen Blick mit Angel und reckte das Kinn vor.

»Zum Teufel!«, fluchte Spike.

Aber als er auf das Portal zuging, verschwand es plötzlich wie das vorherige.

»Netter Schachzug, Juniorjägerin!«, bemerkte Spike. »Du hast gerade all diese verfluchten Kids verloren, die wir so mühsam zusammengetrommelt haben.«

»Nein!«, schrie Faith und wurde von Angst, Wut und Frustration übermannt.

In diesem Moment stellte sich ein riesiges pelziges Wesen vor Buffy und Angel auf die Hinterbeine; Faith stürzte sich darauf und stieß Buffy dabei zur Seite.

»Das Portal!«, rief Angel ihr zu. »Faith! Konzentriere dich!«

»Ich muss ...«, keuchte Faith, als ein Arm der Kreatur herniederfuhr und Zentimeter vor ihr in den Boden einschlug. Die Erde riss auf. Rauch und Feuer schossen in die Höhe wie aus einem Geysir.

Komm!, rief Willow wieder.

Willows Anwesenheit war stärker als das Chaos. Faith konnte sie schon wieder sehen, als stünde sie mit Tara und Doña Pilar hinter einer Milchglasscheibe.

Alles in Ordnung, beruhigte Willow sie. *Sieh doch!*

Und als Faith sich umsah, bemerkte sie, dass alle Jugendlichen verschwunden waren. Nur sie, Spike, Angel und Buffy waren noch da – und eine Trillion Monster.

Die Kids sind schon zu Hause, sagte Willow, *jetzt seid ihr dran.*

Ein neues Portal tat sich vor ihnen auf. Es flackerte, stabilisierte sich dann aber und schwebte einen halben Meter über dem Boden.

Ohne ein Wort packte Faith Spike an den Schultern und schob ihn hindurch. Er verschwand.

»Angel!«, rief Faith.

»Geh du, Faith!«, schrie er.

»Ich muss als Letzte gehen«, erklärte sie. »Falls es wieder ’ne Planänderung gibt.«

»Buffy! Dann du!«, rief Angel der blonden Jägerin zu, die gerade durch die Luft wirbelte, eine Drehung um die eigene Achse vollführte und beide Füße in den Oberschenkel einer Pelzbestie rammte. Das Monster taumelte rückwärts und Buffy landete in der Hocke.

Bevor sie aufstehen konnte, war Faith bei ihr, packte sie an den Armen und zerrte sie durch das Portal.

»Jetzt du!«, befahl Faith Angel. Der schaute von einem weißen Riesenmonster zum Portal herüber.

Dann zu Faith. Sie sahen sich lange an.

Er glaubt, ich will mich verdrücken, dachte sie verletzt. Er denkt, ich suche einen Fluchtweg.

»Wir sehen uns«, versprach sie.

Das Pelzmonster kam wieder auf die Beine und stürzte sich auf die beiden.

Angel trat durch das Portal. Faith sah ihm nach und holte tief Luft. Sie spürte Willows fragenden Blick. »Ich komme, Willow«, sagte sie und ging durch das Portal.

Für einen Augenblick wurde sie von Übelkeit überwältigt, dann kam sie auch schon auf der anderen Seite heraus.

Angels stolzer Blick war das Erste, was sie wahrnahm.

Buffy erkannte zunächst nicht, dass sie sich im Haus der Vischnikoffs in Hawthorne befand – aber Alina und Willow waren da, auch ein kleiner Apparat, bei dem es sich um den Realitätsindikator handeln musste. Alina sah gestresst aus, war aber offenbar froh, sie zu sehen; Willow befand sich noch in Trance. Als Faith hereinstolperte, schlug die rothaarige Hexe die Augen auf und strahlte über das ganze Gesicht.

»Ihr seid zurück! Alle zusammen!«, rief Willow glücklich.

»Was ist mit den Kids?«, Buffy sah sich suchend um.

Willow nickte. »Alles in Ordnung. Es war nicht ganz einfach für Alina, besonders bei dem ganzen Lärm und den Schießereien, aber ...«

»Schießereien?«

»... aber sie hat es geschafft, dass alle Kids exakt an die Stelle zurückkehren, an der sie verschwunden sind. Für einige von ihnen ist das nicht immer der beste Ort, aber sicherer als hier. Sie werden sich nicht einmal an ihre Reise erinnern.«

Alina nickte. Sie sah sehr müde und gleichzeitig zufrieden aus.

»Toll! Aber was für Schießereien?«, fragte Buffy noch einmal nach. Sie konnte die Schüsse hören, obwohl das Zimmer recht gut isoliert zu sein schien. Auch Angel und Faith sahen Willow fragend an.

»Also, wir befinden uns in einer Art Belagerungszustand«, erklärte Willow und schnitt eine Grimasse. »Wie im finsteren Mittelalter.«

»Vom Mittelalter habe ich die Nase gründlich voll«, rutschte es Buffy raus. »Was für eine Belagerung?«

»Es herrscht Krieg«, erzählte Willow. »Banden, die den Realitätsindikator haben wollen. Wo ist eigentlich Spike?«

Buffy sah sich um. »Ist er nicht aufgetaucht?« Und nach einer Sekunde: »Wo ist Riley?«

In diesem Augenblick sah Angel ihr in die Augen und sie dachte: Das hier ist die Realität. Das hier. Riley. Und nichts anderes.

Als hätte er ihre Gedanken gelesen, rückte er unmerklich ein Stück von ihr ab.

»Ist alles in Ordnung, Alina?«, fragte er.

»Dieses Haus – es sieht von außen ganz normal aus«, erklärte das Mädchen. »Aber alle Wände und Fenster sind stahlverstärkt und kugelsicher. Wir können hier sehr lange überleben. Bestimmt kommt auch gleich die Polizei.«

»Was deinen Leutchen vielleicht gar nicht so sehr gefällt«, gab Buffy zu bedenken. »Die Cops werden hereinkommen wollen und so.«

»Ich werde diese Maschine nie wieder benutzen«, verkündete Alina und es lag etwas in ihrer Stimme – ein Loslassen, eine Ergebung – das Buffy tief berührte.

Auch sie sieht die Dinge nun klarer, dachte Buffy. Es wird ihr schon gut gehen, wenn das alles hier vorbei ist.

Bevor jemand etwas sagen konnte, platzte Riley durch die Tür. Er kam zu Buffy und nahm sie fest in die Arme. Ihre Lippen verschmolzen zu einem leidenschaftlichen Kuss. Sie schmiegte sich einen kostbaren Augenblick lang an ihn und löste sich dann wieder.

»Feuergefecht«, erklärte Riley knapp. »Die Freunde der Vischnikoffs haben eine gute Ausrüstung, aber die anderen sind zahlenmäßig überlegen. Familie Flores ist hier, Angel, in einem der inneren, sicheren Zimmer. Es geht ihnen gut.«

»Schön«, sagte Angel.

»Und wie lautet der Plan?«, fragte Faith.

»Wir müssen hier für Ordnung sorgen«, Buffy grinste sie an.

»Und mal richtig mit der Faust auf den Tisch hauen«, meinte Faith und warf lachend den Kopf in den Nacken.

Vor dem Haus an der Kreuzung Mount Vernon/Fairway sah es aus wie auf dem Schlachtfeld. Mitglieder der Echo Park Band hatten zusammen mit einem Dutzend anderer Latino-Gangs die Anwohner aus den umliegenden Gebäuden vertrieben, um ihre Häuser als Deckung zu benutzen. Das Haus der Vischnikoffs war mit Fahrzeugen umstellt. Von überall wurde gefeuert. Die Russen im Haus beantworteten das Feuer durch die Schießscharten in den Mauern. Mittlerweile waren die Nachbarhäuser mit Kugeln durchlöchert, die Fenster zerstört und aus den Mauern bröckelte der Putz. Kein Auto im ganzen Block hatte noch intakte Scheiben oder Reifen.

Die Sirenen heulten, als Polizei und Krankenwagen anrückten. Auch in voller Kampfmontur zögerten die Polizisten, weiter vorzurücken, denn die Gangs hatten keine Hemmungen, auch auf sie zu schießen. Überall flog Blei durch die Luft. Die Polizei riegelte das Viertel ab, brachte die Bewohner der umliegenden Häuser in Sicherheit und hoffte, wenigstens das Schlimmste zu verhindern. Irgendwann würde den Kombattanten die Munition ausgehen und dann konnten die Beamten aufräumen.

Kate Lockley schritt wütend hinter der Linie der Polizei auf und ab. Die Adresse war ihr von den mexikanischen Bandenmitgliedern verraten worden, aber bei ihrer Ankunft war das Gefecht schon in vollem Gange und sie konnte vorerst nicht ins Haus. Dann waren die vor Ort zuständigen Kollegen eingetroffen. Kate befand sich nicht mehr im eigenen Revier, aber ihre Plakette verschaffte ihr das Recht zu bleiben und im Augenblick würde sich sowieso niemand die Zeit nehmen, sie wegzuscheuchen. Sie kannte keinen der Cops, denn aus ihrer eigenen Truppe entfernte sich niemand so weit vom eigenen Revier. Überwiegend hatten sich Polizisten aus Hawthorne versammelt, einige Officer des L.A.-Bezirkssheriffs, sogar ein paar Beamte der Bundespolizei. Man redete davon, auch die Nationalgarde mit Panzern dazuzuholen, wenn sich die Lage nicht bald beruhigte. Kate hielt das für keine schlechte Idee. Sie wäre gern in das Haus hineingekommen, bevor es zerstört oder von den Straßenbanden gestürmt würde. Sie spürte, in diesem Haus befand sich der Schlüssel zu dem ganzen Chaos. Dies schienen auch die Gerüchte, die den Mexikanern zugetragen worden waren, zu bestätigen. Die Verschwundenen, der Bandenkrieg, sogar das Feuer auf dem Ölfeld in Sunnydale, von dem sie gehört hatte – all das schien irgendwie mit den Vischnikoffs zu tun zu haben.

Kate hatte vorab am Computer ihres Polizeifahrzeuges recherchiert, dass das Haus tatsächlich den Vischnikoffs gehörte. Darüber hinaus hatte sie etwas Ungewöhnliches herausgefunden: Das Haus war im Nachkriegs-Bauboom errichtet worden wie der Rest der Straße, aber als es die Vischnikoffs vor ein paar Jahren gekauft hatten, war es abgerissen und ganz neu wieder aufgebaut worden. Von außen sah es genauso aus wie das alte Haus. Man durfte aber davon ausgehen, dass es sich innen völlig verändert hatte. Alle Aufzeichnungen und Abnahmeprotokolle waren der Stadtverwaltung jedoch gestohlen worden.

Kate musste unbedingt in dieses Haus.

Während sie es so anstarrte, donnerte plötzlich ein großer Truck heran.

Mischa hatte seine übersinnlichen Fähigkeiten für recht beeindruckend gehalten, bevor er durch Alina erfahren hatte, wie viel Macht ein Bewusstsein tatsächlich haben konnte. Nun wusste er, dass seine Fähigkeiten kaum mehr als kleine Zaubertricks waren, die jeder mit ein wenig Training und Übung erlernen konnte, wenn er nur realisierte, dass er dazu in der Lage war.

Zu seinem Glück wussten die meisten Menschen nicht, wozu ihr Gehirn in der Lage war, und so konnte sogar er mit seinen begrenzten Mitteln ihre inneren Widerstände überwinden. Das hatte er gerade bei dem LKW-Fahrer getan, den er an der Tankstelle in der Wüste manipuliert hatte. Sie waren bisher ohne Halt gefahren. Mischa musste die ganze Zeit über das Bewusstsein des Fahrers kontrollieren und ihn jeden Kilometer lenken. Dabei war er bis an die Grenze seines eigenen Durchhaltevermögens wie auch das des Fahrzeugmotors gegangen. Dabei beherrschten ihn die Sorgen um Alina. Er hatte nicht gewagt, sie mental zu kontaktieren – alle seine bisherigen Versuche waren vergeblich gewesen und er musste sich auf den Fahrer konzentrieren. Unzählige Male hatte er bereits versucht, mit dem Handy des Fahrers in Hawthorne anzurufen, aber es war nie jemand an den Apparat gegangen.

Nun kam Alinas Haus in Sicht. Es war umstellt von Einsatzfahrzeugen der Polizei, Krankenwagen und schwer bewaffneten Officern in Kampfanzügen. Mischas Augen weiteten sich vor Schreck, aber RJ, der Fahrer, blieb über das Lenkrad gebeugt und starrte geradeaus. Seine Augen reagierten nur auf die Straßenlage, sonst nichts. Mischa tat der Mann Leid – wenn er ihn aus seiner mentalen Umklammerung entließ, würde er sich wundern, wie er so weit vom Kurs hatte abkommen können und sein frisch gefüllter Tank schon wieder leer war.

Einige Polizisten bemerkten, wie der Truck auf sie zubretterte. Sie fingen an zu brüllen und wedelten mit ihren Waffen. Mischa duckte sich hinter dem Armaturenbrett und zwang RJ weiterzufahren. Das Fahrzeug hob leicht vom Boden ab, als die Straße plötzlich abfiel.

Mischa hörte die Schreie der Polizisten, Gewehrfeuer und das Einschlagen der Kugeln auf dem Truck. Aber das monströse Fahrzeug fuhr unbeirrt weiter, auch als es mit der Stoßstange einen Streifenwagen rammte, der quer auf der Straße stand. Metall knirschte, Glas splitterte. Der Truck fuhr weiter.

Mit einem Blick aus der auf wundersame Weise heil gebliebenen Windschutzscheibe stellte Mischa fest, dass er die Polizeilinie durchbrochen hatte. Vor ihm lag das Haus. Es war von Autos umstellt, hinter denen zahlreiche Mitglieder von Straßenbanden Deckung gesucht hatten. Als der Truck herandonnerte, hörten sie auf zu schießen und blickten ihm mit Entsetzen entgegen. Mischa lenkte den Fahrer Richtung Haus, wo zwei Fahrzeuge auf dem Rasen parkten.

Der große Truck rumpelte auf den Gehsteig. Gangster flohen in alle Richtungen vor seinem erbarmungslosen Ansturm. Schließlich ließ Mischa den Fahrer im letzten Moment mit beiden Füßen auf die Bremse treten. Der Truck rammte die parkenden Autos und krachte schließlich in sie hinein, während er noch ein Stück weiterschlingerte und umzukippen drohte.

Mischa rannte schon auf das Haus zu, als der Truck noch einmal erzitterte und dann qualmend zum Stehen kam.

Kate Lockley flitzte mit gezogener Dienstwaffe hinter dem Truck her. Das ist es!, dachte sie, wusste allerdings selber nicht, was »es« eigentlich war. Sie hatte einfach das Gefühl, der Truck würde die ganze Situation umstürzen und sie wollte dabei sein. Sie wusste, wie dumm und leichtsinnig sie war, denn sie trug nicht einmal eine kugelsichere Weste, aber das kümmerte sie in diesem Augenblick wenig.

Als der junge Russe aus dem Fahrzeug sprang, blieb Kate wie angewurzelt stehen und fixierte ihn. Die Bandenmitglieder an der Front richteten Waffen auf sie. Der junge Mann ignorierte sie und rannte zur Haustür. Seltsamerweise wurde von drinnen nicht auf ihn gefeuert.

»Warten Sie!«, rief Kate. »Ich komme mit!«

Der junge Mann sah sie einen Augenblick an und rannte dann, ohne zu antworten, weiter den Weg zum Haus hoch.

»Niemand geht allein in dieses Haus, *mama*«, brüllte einer der Gangster, »wenn, dann gehen wir alle zusammen!«

Mischa war schon fast an der Tür, da öffnete sie sich und wohl bekannte Gesichter stürzten heraus: Angel, Buffy, ihr Freund, der Soldatentyp, an dessen Namen sich Kate nicht erinnerte, Faith, Willow und ein platinblonder junger Mann, den sie nicht kannte. Buffy sprang mit Anlauf ab und landete nach zwei Salti mitten unter den Kerlen, die Kate mit der Waffe bedrohten. Fäuste und Füße wirbelten durch die Luft; innerhalb kürzester Zeit waren sie entwaffnet. Angel stürzte sich auf einen anderen Bandentrupp, riss einem das Automatikgewehr aus der Hand, um es den anderen über den Schädel zu ziehen. Auch Faith stürzte sich auf einen bewaffneten Mexikaner, rammte ihm die Schulter in den Magen und riss ihn zu Boden, bevor er feuern konnte. Riley nahm sich ein paar Gangster vor, die sich verdrücken wollten, und rang ihnen die Waffen ab. Der Kate unbekannte, gut aussehende Blonde schließlich zeigte ein merkwürdiges, zufriedenes Lächeln, während er ein paar Gegner vermöbelte und entwaffnete.

In all dem Durcheinander bemerkte Kate den Mann, der mit einer Knarre auf dem Boden lag, erst, als sein Finger sich um den Abzug spannte.

»Achtung, Kate!«, rief Angel. Sie drehte sich um und hatte plötzlich das Gefühl, alles laufe in Zeitlupe ab. Angel hechtete los, aber die Entfernung war selbst für ihn zu groß und es gelang ihm nicht, Kate zu erreichen, bevor sich die Waffe entlud. Kate hörte den Schuss wie aus weiter Ferne, sah den Rauch und die Flamme aus dem Lauf schießen und die Streuladung, die aus dem Lauf auf sie zuraste. Sie war überzeugt, gleich in Stücke gerissen zu werden.

Aber sie wurde nicht getroffen.

Das Geschoss blieb mitten in der Luft hängen.

Kate sah jede einzelne Schrotkugel, jeden kleinen Stahlsplitter wie in einem angehaltenen Film.

Dann fielen sie einfach zu Boden und hüpften über den Gehsteig wie ein plötzlicher kurzer Regenschauer.

Immer noch in Zeitlupe drehte sich Kate zum Haus um. Weder Buffy noch Angel hatten solche Tricks drauf, soweit sie wusste.

Vor dem Haus stand ein mexikanischer, ein wenig gedrungener Mann mittleren Alters. Kate erkannte Rojelio Flores, dessen Polizeiakte sie gelesen hatte, als Angel sich mit seinem Fall befasste. Sein Gesicht war vor Anstrengung gerötet und der Schweiß tropfte ihm von der Stirn aufs Hemd. Er starrte den Schützen an und als Kate zu ihm hinüberblickte, sah sie, wie die Waffe aus den Händen des Mannes in die Luft segelte.

Mischa wollte sich an Flores vorbeidrängen, aber da erschien Alina in der Tür und warf sich in seine Arme. Einen langen Augenblick umarmten sie sich innig.

Hier endete Kates Zeitlupenvision und die Welt nahm wieder ihr normales Tempo auf. Schreie ertönten, Schritte klapperten auf der Straße – die Cops rückten vor. Aber es wurde nicht mehr gefeuert. Für den Moment schien die Schlacht vorbei zu sein.

»Buffy, das ist mein Freund Mischa«, sagte Alina aufgeregt. »Er ist gerade aus Arizona gekommen.«

»Hab ich gesehen«, meinte Buffy kichernd. »Mit einem großen Truck.«

»Aber nicht die ganze Strecke«, korrigierte Mischa. »Und ich hoffe, der Fahrer hat nichts abbekommen.«

»Hat er nicht«, informierte ihn Angel. »Er ist nur sehr verwirrt.«

»Dann ist es ja gut.«

Alina ging wieder ins Haus und Mischa, Buffy, Angel und die anderen folgten ihr.

»Ich möchte ein paar Erklärungen hören«, forderte Kate. »Und zwar schnell.«

»Willst du die Wahrheit wissen?«, fragte Angel.

Sie sah ihn finster an. »Das wäre mir recht. Aber ich brauche auch etwas, das ich den zweihundert Cops erzählen kann, die in einer halben Minute hier auflaufen!«

»Nervengas ist immer eine ganz gute Ausrede«, schlug Willow vor. »Oder Massenhalluzinationen.«

»Vielen Dank«, entgegnete Kate. »Wie ich sehe, funktioniert deine kleine Maschine wieder, Alina?«

»Im Moment ja. Aber ich habe vor, sie zu zerstören.«

»Das ist eine hervorragende Idee«, meinte Kate.

Alina öffnete die Tür zu ihrem Zimmer und erstarrte. Buffy ließ Rileys Hand los und drängte sich an Mischa vorbei durch die Tür. »Was ist?«, fragte sie alarmiert.

Aber als sie hereinkam, bemerkte sie auch schon, was los war. Ein neues Portal schwebte im Raum. Und hindurch gingen zwei Menschen.

»Mama!«, schrie Alina schrill. »Vater!«

Als der Mann im Portal sich noch einmal zu seiner Tochter umdrehte, hoffte Buffy noch, er würde umkehren, aber er sah Alina nur lange an. Liebe und Bedauern mischten sich in seinem Blick, dann war das Portal verschwunden. Und mit ihm Alinas Eltern.

»Nein!«, rief Alina. »Kommt zurück!« Sie stürzte an den Indikator, aber bevor sie ihn erreichte, fing er an zu rauchen und zu qualmen.

»Vorsicht!«, rief Willow. Buffy riss Alina von dem Gerät weg und schirmte sie mit ihrem Körper ab. Schon explodierte das Gerät mit einem lauten Knall, Metall- und Plastikteile flogen durch die Luft, von denen Buffy einige abbekam.

Als sie Alina losließ und sich umdrehte, hockte Riley bereits auf dem Boden und besah sich den zerstörten Apparat. »Sieht aus, als hätten sie eine kleine Sprengladung hineingesteckt, bevor sie gegangen sind«, meinte er. »Nicht so viel, dass jemand verletzt wird, aber gerade genug, um das Ding zu zerstören.« Betroffen sah er Alina an. »Sie wollten nicht, dass man ihnen folgt«, sagte er schließlich. »Oder sie zurückholt.«

Alina warf sich schluchzend in Mischas Arme. Buffy legte ihr tröstend eine Hand auf die Schulter, aber sie wusste, sie konnte eigentlich nichts für sie tun. Ihre Eltern hatten sich aus dem Staub gemacht und sie im Stich gelassen, nachdem ihr ideologischer Traum zerbrochen war.

Riley schien die Lage sofort zu begreifen. Er hielt Buffy in seinen starken Armen. »Vielleicht gibt es noch eine andere Realität da draußen«, meinte er, »wo ihre Sowjetunion immer noch existiert, vielleicht sogar eine wohlwollende; ein Ort, an dem die Prinzipien des Kommunismus nicht von totalitären Kräften verdorben werden wie auf dieser Welt. Vielleicht haben sie dort, wo sie hingegangen sind, immer noch eine Tochter. Kann man ja nicht wissen, oder?«

Buffy nickte mit dem Kopf. »Nicht bei dieser Unmenge an Möglichkeiten«, sagte sie.

»Es sind unendlich viele.«

»Unendlich viele. Und wir können immer nur eine sehen.«

»Buffy«, sagte Riley sanft. »Die einzige Realität, die ich sehen will, ist die, in der du bist.«

Sichtlich gerührt lehnte sie ihren Kopf an seine Brust und lauschte auf seinen Herzschlag. Umgeben von ihren Freunden Willow, Angel, ja, und auch Faith, erkannte sie, dass auch sie mit dieser einen Realität vollkommen zufrieden war.

Einen Augenblick später stürmte die Polizei das Gebäude. Alle gingen hinaus. Buffy besah sich das Ausmaß der Verwüstung, die zerstörten Fenster und Häuser, den Truck zwischen den anderen Fahrzeugen – aber auch das Gras, die Bäume, den Himmel. Ein Vogel flatterte vorbei. Staunend und mit großen Augen sah sie sich alles an und beschloss, nichts in dieser wunderbaren Welt mehr als selbstverständlich hinzunehmen, sondern alles so zu betrachten, als sehe sie es zum ersten Mal. Zu viel Zeit ihres Lebens hatte sie schon im Dunkeln verbracht, in der Finsternis, und sich auf Pfaden bewegt, die für die meisten Menschen unsichtbar blieben. Daran war natürlich nichts zu ändern. Es war nun einmal ihre Berufung. Aber mittlerweile hatte sie verstanden, dass es auch gar nicht entscheidend war, ob die Welt sie sah oder nicht.

Das Wichtigste war, dass sie selbst mit offenen Augen durch die Welt ging.

EPILOG

Faith und Kate Lockley standen sich auf dem Rasen vor dem Haus der Vischnikoffs gegenüber.

»Jetzt sind Sie keine ... äh, Geisel mehr, oder?«, fragte Kate.

Faith zögerte. Dann streckte sie ihre Hände vor, um sich Handschellen anlegen zu lassen. »Ich glaube nicht«, antwortete sie.

»Ich will Sie nicht in Handschellen legen«, meinte Kate. »Mir scheint, Sie haben diesen Menschen geholfen ... Wobei und weshalb, weiß ich nicht, und ich will es auch gar nicht wissen. Aber wenn Sie auf ihrer Seite waren, haben Sie wahrscheinlich Gutes getan.«

»Wahrscheinlich«, pflichtete ihr Faith bei. Sie umarmte Angel und sogar Buffy und ließ sich von Kate zu einem wartenden Streifenwagen führen. Jetzt war sie überzeugt, dass sie es schaffen würde, ihre Strafe abzusitzen. Sie hatte schon Schlimmeres überstanden.

Die anderen kletterten in Rileys Auto. Es war völlig überladen, bis sie Alina und Mischa bei den de la Natividad absetzten.

Willow hatte mit Doña Pilar gesprochen und diese wiederum mit Salma. Von allen Jugendlichen, die in die unterschiedlichen Alternitäten entführt worden waren, war Salma – unter magischer Assistenz ihrer Großmutter – die einzige, die sich daran erinnerte. Sie wusste, was Buffy und Angel durchgemacht hatten, um sie zurückzuholen, und sie hatte auch verstanden, welche Rolle Alina bei der ganzen Geschichte gespielt hatte. Man hatte ihr auch erzählt, dass Alina von ihren Eltern verlassen worden war.

Als sie vor der Tür standen, füllten sich Salmas schöne braune Augen mit Tränen. Sie hatte ihren Bruder verloren. Die Erinnerung daran war immer noch sehr frisch und tat weh. Sie streckte die Arme aus und umarmte Alina. Mit gesenkten Köpfen brachen beide Mädchen in Tränen aus.

Buffy ahnte, dass Salma nicht mit ihr nach Sunnydale zurückkehren würde.

Salma ließ Alina los und sagte: »Wir haben viele Zimmer hier.« Das russische Paar sah sich strahlend an.

»Wir haben viel anzubieten«, versprach Mischa.

»Ich weiß«, entgegnete Salma und drehte sich zu Willow um. »Wirst du uns besuchen? Meine Großmutter will dir noch so vieles beibringen.«

»Ja.« Willow strich Salma über die Wange. »Gott schütze dich!«

»Gott schütze dich, Willow«, murmelte Salma und nahm sie bei der Hand. »Gib Tara *besitos* von mir.« Sie zog die Nase kraus. »Küsschen!«

»Das werde ich.« Willows Augen glänzten. »Ich kann es gar nicht abwarten, sie wieder zu sehen.«

Dann fuhren sie bei Cordelia vorbei, um Angel abzusetzen. Cordelia öffnete ihnen.

»Hurra!«, schrie sie. Dann wurde sie ernst. »Ist es vorbei?«

»Es ist vorbei«, versicherte ihr Angel.

Cordelia dachte einen Augenblick lang nach. »*Was* ist eigentlich vorbei? Ich habe keine Ahnung.«

Die Einwohner von Los Angeles hatten die Geschichte mit den verschwundenen Kindern bereits vergessen. Was die Stadt anging, war das alles nie geschehen. Außer Salma erinnerte sich nur das kleine »Rettungskommando« daran.

»Das werde ich dir später alles genau erzählen«, sagte Angel.

»Nun, ich vermute, ihr wollt alle reinkommen und meinen Kühlschrank plündern«, lachte Cordelia warmherzig.

»Da ist wirklich was zum Essen drin«, rief Wesley von hinten. »Ich bin schnell mal in den Laden geflitzt und das meine ich ganz wörtlich.«

»Wir äh … wir wollen uns jetzt aus dem Staub machen«, meinte Buffy. »Wir sind quasi schon verschwunden.«

Riley legte ihr den Arm um die Schulter. Die freie Hand reichte er Angel und sagte: »War ein guter Kampf.«

»Was denn?«, fragte Cordelia verständnislos und wandte sich an Wesley. »Haben wir hier vielleicht irgendetwas verpasst?«

Wesley zuckte mit den Schultern. »Das wäre ja nichts Neues.«

»Danke, Angel«, sagte Buffy und schüttelte ihm zum Abschied die Hand. »Für alles. Wir sehen uns!«

Angel hielt ihre Hand einen Augenblick länger fest als nötig und sah ihr tief in die Augen. »Ja«, antwortete er schließlich mit belegter Stimme. »Wir sehen uns.«

Giles stand vor dem Haus und betrachtete den Sonnenaufgang. Er rieb sich die Hände und genoss die Wärme, die von dem weit entfernten leuchtenden Ball auf die kleine Erde strahlte. Im ersten Licht eines neuen Tages sah Sunnydale so aus, wie man es sich nur wünschen konnte – eine friedliche, verschlafene südkalifornische Gemeinde; ein Ort, an dem junge Menschen Familien gründen konnten, ihre Kinder aufziehen und in Rente gehen, alles in Harmonie mit Natur und Nachbarn.

Morgens kann man sich gar nicht vorstellen, dass diese Stadt am Höllenschlund liegt, dachte er.

»Sie sind nicht zufällig der Verrückte, der den Milchmann erschreckt, oder?«, rief Xander von hinten. Giles drehte sich um. Xander kam nach draußen und rieb sich den Schlaf aus den Augen, hinter ihm Anya, die so strahlend und fröhlich aussah wie immer. Obwohl sie nun ein Mensch war und kein Dämon mehr, schien sie nicht sonderlich viel Schlaf zu benötigen.

»Hm, da bin ich mir nicht so sicher«, antwortete Giles aufgeräumt.

»Hören Sie nicht auf ihn«, meinte Anya. »Er will Sie nur ärgern!«

»Ihr wisst doch, der X-Man liebt es, die anderen zu necken«, meinte Xander.

»Das ist mir klar, Anya. Aber trotzdem danke.« Giles wandte sich an Xander. »Mir fiel gerade auf, wie wenig Monster es heute Morgen gibt.«

»Eigentlich gar keins, soweit ich sehe«, bemerkte Xander.

»Ganz genau. Wir haben das Schlimmste überstanden. Ich glaube, jetzt sind wir sie los.«

»Ist das eine Tatsache?«, fragte Anya.

»Es stimmt«, Tara kam auch nach draußen. »Ich kann es spüren. Die Portale sind verschlossen und die Monster, die sie durchgelassen haben, sind wieder verschwunden. Oder tot.«

»Wir haben ganz schön viele erledigt«, meinte Xander. »Wir sollten eine Medaille dafür bekommen.«

Joyce Summers tauchte hinter Tara auf. »Ich denke, wir werden damit belohnt, dass wir in einer Stadt leben können, die nicht von Monstern überlaufen ist.«

»Abgesehen von denen, die sich sowieso hier rumtreiben«, fügte Anya hinzu.

Und meine Belohnung ist, die Wohnung endlich wieder für mich zu haben, dachte Giles. Allerdings könnte er sich – wenn er wirklich seinen Lebensraum mit jemandem teilen müsste – schlimmere Mitbewohner vorstellen als diese Truppe.

Er sah seine Freunde an, die in die Morgensonne blinzelten und sich räkelten und stellte fest, dass, so schrecklich die Welt manchmal auch war, alles im Grunde gar nicht besser sein konnte.

Cordelia spürte einen Stich in ihrem Herzen, als die alte Truppe gegangen war. Die Armen, sie mussten nach Sunnydale zurück!

Sie sah Angel und Wesley an, die sich in die Sessel fallen ließen. Dennis raschelte in der Küche mit den Zeitungen. Cordelia dachte daran, wie schön es war, in Sunnydale zu shoppen und in ihren Lieblingsgeschäften mit Namen begrüßt zu werden. Oder zu dem Erfrischungsstand im Kino zu gehen und Mark, der große, gut aussehende Filmvorführer, der dort halbtags arbeitete, fragte »Wie immer?«, und ihr dann eine Wasserflasche auf Raumtemperatur reichte, die er ständig für sie bereithielt.

Aber in Los Angeles war es auch ganz nett, fand Cordelia. Angel nahm die Fernbedienung zur Hand, überlegte es sich dann doch anders, legte sie wieder hin und schloss die Augen. Wesley blätterte träge in einem Buch.

»Kaffee?«, fragte sie.

»Das wäre nett«, murmelte Wesley ohne aufzusehen.

Lächelnd ging sie in die Küche.

Riley und Buffy saßen auf der Heimfahrt vorn, Willow allein auf dem Rücksitz. Von Spike fehlte weiterhin jede Spur.

Buffy hielt Rileys Hand. Sie hatte sich früher immer so unsichtbar gefühlt, weil sie jede Nacht hinausging und für Leute kämpfte, die nicht einmal wussten, dass sie existierte – oder denen es egal war, ob sie lebte oder nicht. Nun aber hatte sie erfahren, dass es eine ganze Bandbreite – eine unendliche Bandbreite – anderer Realitäten da draußen gab; Orte, an denen sie nicht existierte und solche, an denen sie existierte oder nur ein Teil von ihr. Bestimmt gab es auch eine Welt, in der sich ihre Eltern nie hatten scheiden lassen; eine, in der sie sich nie von Angel getrennt hatte, und sogar eine, in der Buffy Summers nie Jägerin geworden war.

»Ganz schön hart zu wissen, dass es die anderen Möglichkeiten gibt«, sagte Riley leise.

»Ist doch egal.« Sie lächelte ihn an, aber etwas in ihrem Innern drohte fast zu zerreißen. In ihrer Brust war ein leeres Gefühl, als wäre ihr Herz in kleine Stücke zerbrochen.

»Ist nicht egal.« Riley sah kurz zu ihr herüber. »Du bist eine Kämpferin. Wenn du etwas willst, holst du es dir. Wenn etwas nicht stimmt, änderst du es.« Er sah wieder nach vorn auf die Straße. »Ich bin auch ein Kämpfer, Buffy. Wir nehmen die Dinge selbst in die Hand.«

»Aber unser Schlachtfeld ist dieses hier«, sie legte eine Hand auf sein Bein. Er blickte nicht mehr so ernst und sie fühlte sich ein bisschen besser. Als fügte sich ihr Herz wieder zusammen … anders als ursprünglich und auch nicht ohne Narben. Aber es war immer noch ihr Herz. Es verschwand nicht einfach.

»Hier sind wir, wer wir wirklich sind«, sagte sie und ihre Stimme stockte leicht. »Wir spielen mit den Karten, die uns ausgeteilt wurden.«

»Manchmal muss man abwerfen, wenn man bessere Karten haben will«, deutete Riley dezent seine Sorge an. Er legte seine Hand auf die ihre.

»Aber vom selben Stapel, Riley«, murmelte sie. Buffy sah ihn an. »Ich bin über die Gewissheit froh, dass die Sonne morgens immer wieder aufgehen wird und die Menschen, die ich kenne und liebe, darunter spazieren gehen.«

»Oder sich vor ihr verstecken«, bemerkte Riley ganz leise.

»Oder sich vor ihr verstecken«, pflichtete sie ihm bei. Ein neuer, bittersüßer Beigeschmack mischte sich in ihre Gefühle.

Auf dem Rücksitz schlief Willow mit einem sanften Lächeln im Gesicht.

»Aber ich werde mit offenen Augen durch mein Leben hier in dieser Welt gehen. In der Sonne, Riley. Ich will nur ... Ich will einfach, dass die Leute mich auch wirklich sehen, wenn ich da bin. Solange ich da bin.«

Riley sah sie lange ohne zu blinzeln an. »Ich sehe dich, Buffy Summers.«

»Und ich sehe dich, Riley Finn.« Sie ließ ihn tief in ihr Innerstes blicken und hoffte, er wusste nun, wie sehr sie ihn liebte.

Riley zupfte sie am Ärmel und zeigte auf eine Stute, die in der Morgensonne mit ihrem langbeinigen Fohlen über eine Wiese galoppierte. Ihr Fell glänzte im Licht des neuen Tages wunderschön.

»Es wird gut tun, wieder zu Hause zu sein«, meinte Buffy leise.

»Wir *sind* zu Hause.« Seine Stimme war sanft, aber stark. Es lag eine tröstliche, beruhigende Gewissheit in ihr.

Faith, Angel, Cordelia, dachte Buffy. Passt auf euch auf, in dieser großen Stadt!

Sie ließ die Unruhe aus ihrem Herzen ziehen, wehrte einen Anflug von Tränen ab und ließ das Sonnenlicht auf die zarten, nun heilenden Wunden ihrer Seele scheinen.

»Ja«, erwiderte sie. »Wir sind zu Hause.«

London, 1880

Wo zum Teufel ...?, fragte sich Spike. Und dann wusste er es.

Er war nicht Spike, sondern immer noch William, der mit Tränen in den Augen und laut pochendem Herzen von dem Ort seiner Demütigung floh. Seine einzig wahre Liebe hatte über sein Gedicht und seine zärtliche Liebesbezeugung gelacht. Hatte gesagt, sie sei ihm haushoch überlegen und was, zum Teufel, er sich überhaupt einbildete.

Spike wurde klar, dass er durch ein anderes Portal gegangen war als die anderen.

Und da waren sie: Angelus, der bösartige Vampir, der Angel gewesen war, bevor er seine Seele zurückbekam. Und Darla, Angels wunderschöne Erzeugerin mit dem blonden Haar und dem schwarzen, nicht schlagenden Herzen.

Und Drusilla! Spikes dunkeläugige, wahnsinnige Geliebte und Erzeugerin.

Die drei kamen auf ihn zu; heimtückisch grinsend, den Blutrausch im Blick.

Nun wird sie mich verwandeln, dachte William. Mein Leben als Spike wird beginnen.

In diesem Augenblick überkam ihn Todesangst. Mit einem Schrei ließ er sein Papierbündel fallen. Er fürchtete sich irrsinnig.

Aber ich will es!, dachte er verdutzt. Ich will ein Vampir werden!

Als das tödliche Trio jedoch raubtiergleich näher kam, erwachte sein Überlebensinstinkt. Um sein Leben fürchtend, rannte William die nasse, dunkle Straße von London hinunter und lief, als sei der Leibhaftige hinter ihm her.

Wieso zum Teufel?, wunderte er sich, aber vor lauter Panik konnte er nicht mehr klar denken. Halb wahnsinnig und zitternd vor Angst rannte der junge, lesewütige Mann die Straße hinunter.

Am Ende der Straße tauchte vor einem Holztor urplötzlich ein helles Licht auf. Es erstrahlte wie ein Leuchtfeuer, ein Signalfeuer, und er rannte so schnell darauf zu, dass er schon fürchtete, ihm zerspringe das Herz.

Oh, mein Gott, hilf mir!, dachte er. Rette mich!

Das Leuchten wurde noch stärker, als wolle es ihn anlocken – um ihn in den Himmel zu bringen oder ihn zu einem Aschehaufen zu verbrennen.

»Hilfe!«, schrie er und stürzte sich in das Licht.

ENDE

Close Up
www.closeup.de
wir haben Poster
Postkarten
Kalender
Stand Ups
Action-Figuren
zu den TV-Serien
Hier seht Ihr eine kleine Auswahl aus unserem riesigen Postersortiment!
G-709.210 / DM 12,90
ANGEL
G-720.660 / DM 14,90
G-718.490 / DM 12,90
Gleich mit dem Stichwort „Vampir“
Gratis Katalog anfordern!
Hotline 01804 450 450 (48Pf/Anruf)

ANGEL
JÄGER DER FINSTERNIS
SEASON ONE
ANGEL – JÄGER DER FINSTERNIS
AUF DVD UND VIDEO FÜR HORROR-SESSIONS
OHNE WERBEPAUSE
TV-SERIEN
Wann ICH will!
www.fox.de
© 2002 Twentieth Century Fox Film Corporation. Alle Rechte vorbehalten.